唐达天　漠川 著

出路

不管《一把手》，
还是《二把手》，人人都在寻找《出路》。

重庆出版集团 重庆出版社

图书在版编目（CIP）数据

出路/唐达天,漠川著. — 重庆:重庆出版社,2012.5
ISBN 978-7-229-04741-2

Ⅰ.①出… Ⅱ.①唐… ②漠… Ⅲ.①长篇小说－中国－当代 Ⅳ.①I247.5

中国版本图书馆 CIP 数据核字(2011)第 259863 号

出路
CHULU
唐达天　漠　川　著

出 版 人:罗小卫
策划编辑:王传丽
责任编辑:陶志宏　汪晨霜
装帧设计:青华视觉

重庆出版集团 重庆出版社 出版

重庆长江二路 205 号　邮政编码:400016　http://www.cqph.com
北京宏泰恒信文化传播有限公司制版
北京兴湘印务有限公司印刷
重庆出版集团图书发行有限公司发行
E-MAIL:fxchu@cqph.com　邮购电话:023-68809452
全国新华书店经销

开本:710mm×1020mm　1/16　印张:16　字数:260 千字
2012 年 5 月第 1 版　2012 年 6 月第 2 次印刷
ISBN 978-7-229-04741-2
定价:32.00 元

如有印装质量问题,请向本集团图书发行有限公司调换:023-68706683

目 录

第一章　复员了，父亲却退休了

1. 一声长叹

叶飞永远忘不了那个远离城市的小所，那个被黄沙半淹着的小所。事过多年之后，他常常想起，如果当时不去那个小所，也许他的初恋不至于被葬送，也许云云还活在人世，也许他的命运将会被重新改写。但是，现实就是现实，不是假定。他去了，这就注定了他从此迈上了一条曲折复杂的人生道路。

叶飞清晰地记得，那是一个飘落着尘土的初冬，空气中弥漫了一种呛人的干尘味，整个天空混沌一片。这是一个令人情绪糟糕的日子，就在这个日子里，他怀揣着分配通知书，在云云凄凄的目光中上了班车。

他当了四年兵，复员后满以为能够分到一份好的工作，跟他的云云日夜相守地度过他的一生。没想到他的父亲从局长的位子上退下来了，父亲的权力落到了他的副手胡红国的手中，叶飞就被分到了那个远离城市的沙梁小所。

当他拿到分配通知书的刹那间，他的心仿佛被针刺一般的难受。云云偎在他怀里，轻轻地说："飞子，能不能想个法子，不去沙梁？"

他咬了咬嘴唇说："我还是去吧，好赖也是份工作。"他知道，父亲大权旁落之后，就意味着他失去了选择的可能，他不愿意为此而增加父亲的负担。

云云扬起头说："我等着你。"说着泪就溢出了她的眼眶。

他用手指轻轻揩着云云的泪水，苦笑了一下说："又让你受委屈了，等以

后调回来，我要加倍地偿还你。"

云云说："谁让你偿还，只要能够在一起，我就满足了。"

他拍了拍云云的背，说："好，我先欠着。"

叶飞坐的是一辆早被其他路线抛弃了的"驼铃"牌老客车，空荡荡的车厢里没几个乘客，越发使得这个早晨变得冷清。"老爷班车"用了近五个小时才把一百公里的沙路走完。叶飞下了车就像一件刚出土的文物，用手揉揉眼，找到那个他将要驻扎青春的小所。

小所的围墙都长在沙丘中，几间低矮的土坯房坐西朝东地孤立着，院子大得像片戈壁，每间的门都锁着，墙根处满是东倒西歪的枯草，好像到了一处被废弃了的荒舍。叶飞从门口的木牌上确认这儿就是小所，仰起头，闭起双目……好大一会儿，他才长叹一声，睁开双眼。

拍拍到处是沙的衣服，他有点痛惜云云为他买的这身西服。叶飞从挂包里拿出张报纸，找了一块被太阳照射得暖和的沙坡坐下来。他点了一根烟，掏出书来，看了一会儿，什么也看不下去，就把书扣在脸上，不一会儿就进了梦乡。

他梦见一张薄薄的纸片不抵风力，随风忽东忽西地在天地间不停地旋转。又梦见和云云挽着手，在沙洲的大街上欢快地追逐……

醒来时，四周能见度已经很低了，偶尔传来野猫野狗的叫声，令人有点生畏。叶飞吸了几口冷气，抖抖身子，拎着包又朝几间低矮的平房走去。来到房前，他看到靠边一间的玻璃窗上映出些灯光，脚好似踩到了弹簧，特兴奋地跳上去敲门。屋里边的人听到敲门声问了一句："谁呀？"接着传来连续不断的咳嗽声。

叶飞应了一声，门打开了，出现在他眼前的是一张皱得找不到眼睛的脸。

昨天晚上，叶飞听了父亲对这个小所人员的介绍，但看到这张脸，他心里仍感觉对不上号，只得堆上满脸的微笑问："大爷，您好！"

老头点了一下头问："你是谁？有啥事吗？"话没说完，老头又开始咳嗽，扭曲的脸让叶飞的心提起很难放下。

终于找了个机会，叶飞舒展眉头，赶忙说："我叫叶飞，新分配到这儿来工作的。"

"噢!"老头点了点头,盯着叶飞的脸打量了一下,闪了闪身子说,"进来吧,早听说你要来的。"

叶飞进了房,把背包放在地下,老头示意让他坐在小床上。小床上铺着一块不知什么颜色的床单,叶飞用手摸了摸,满是沙尘,心顿了几下,还是坐下了。

房间里没什么摆设。靠墙边一座火炉烧得旺旺的,叶飞感觉暖和了许多。老头坐在另一张床上,床头有一个和床面齐平的小方凳,上面放着一盏油灯和一些散形的红柳小条,火苗昏昏的,伴着一束束窜不完的青烟,空气中弥漫着呛人的烟味。叶飞掏出香烟,递给老头,老头摆摆手,拿起一支黑中透黄的烟杆朝他摇了摇说:"我吸这个,那个没劲。"

老头说完从垂在烟杆上的黑烟袋里摸出一点烟丝,放在大拇指和中拇指上下揉搓,揉搓成一个小烟蛋儿放进烟锅里。又拿起一根红柳条对着油灯的火苗点着,然后点燃烟锅里的旱烟,大大吸了一口,还来不及感受,浓烟伴着起伏的咳嗽全喷了出来。于是,咳嗽声又断断续续地在房间里弥漫开来。

叶飞的耳膜艰难地承受着,他终于理解了吸烟为了咳嗽这句话的含意。但他还是深情地看着老头,看着他深深的皱纹和他的衰弱。老头虽然拒绝了他的香烟,但老头的旱烟驱散了他的困意。

老头过足了烟瘾,放下烟杆,把吐在地面上的浓痰用脚抹开,两人才开始交谈。叶飞知道了老头叫王援朝,快六十岁了,年末就要退休。叶飞有点不相信,老头的这张脸才经过了五十九个年头。

叶飞说以后我就称您王爷吧!老头脸上映出层红光说:"称爷也差不多。孙子都两个了。"

"那您老可幸福了,儿孙满堂!"叶飞不失时机地恭维了一句,王援朝哈哈地笑了起来。笑完,王援朝说:"我记得,你父亲比我大三岁,他身体还好吗?"

"心脏不太好,每天都靠药养着。"叶飞说。

"你爸呀!人太要强了。那病还是大跃进修水库时得的。"王援朝说着停

了停，仿佛沉浸到了遥远的回忆之中，两眼木木地看着空气说，"大跃进修水库那阵，你爸是工段长，领着我们没白天没黑夜地干。那时生活很苦，每天吃供应粮，没法吃饱，饿着肚子还吼着学大寨的歌，推着架子车一路小跑。那时没有太多的机器，全靠人力。可几千号人，浑身都劲蛋蛋，苦不觉得苦，累不觉得累。我还记得那个雨夜，沙洲多少年都没下那么大的雨了，库岸被雨水泡塌了，你爸领着我们整整一个晚上在雨地里打桩、垒坝，浑身没一块儿干的地方，像是刚从水里捞出来一样。第二天，你爸就病倒了，你爸那个人啊！"王爷没再说话，又拿起了旱烟袋，深深地叹了口气，情绪很是激动。

父亲的这段光荣业绩，叶飞清楚得都能帮母亲记起地点和日期。打小母亲就是以此为教材教他忆苦思甜。叶母看着儿子长发披肩，崭新的牛仔裤磨出洞，流里流气地和石磊、虎子在大街上东逛西窜，心里那个急啊！她对儿子一次次讲，不厌其烦地讲叶局长的伟绩。可叶飞呢，自认为整个沙洲都被自己踏在脚下，自我感觉特好，根本感觉不到父亲业绩的优秀。

父亲的这段业绩已好久没有人讲起了，如今听王援朝讲起，叶飞第一次感到自豪的同时，又有了一丝对往昔白白糟蹋了的岁月的惋惜。王爷抽了阵烟，又咳嗽了一阵子，继续描述起了叶飞不曾经历的那段物质匮乏、精神亢奋的岁月……

整个晚上，叶飞也没怎么睡踏实。聊了大半夜，又被王援朝长一声短一声的咳嗽伴着。天已微明，叶飞才感觉入了梦。醒来已至中午，王援朝拾掇好挂包，准备回家吃饭。他邀请叶飞，叶飞仍想睡一会儿，没去。王援朝告诉叶飞出大门右拐不远处有家羊肉馒头店。

叶飞其实早就饿了，只是觉得刚来，不好意思。王援朝走后，他按王援朝所指来到羊肉店，狠狠吃了一大碗。然后回到小所，倒头大睡。

不知过了多久，院内的嘈杂吵醒了叶飞。小所里的最高长官韩兴民所长和会计田军来了。叶飞拉开门，作了自我介绍，并和韩兴民、田会计握了手。韩兴民指给叶飞一间宿舍，田军拿给他一把钥匙。叶飞开门的声音和突进的一束强光惊动了一群小老鼠，它们四下夺路而逃，窜进东倒西歪的杂物深处。室内弥漫着股股霉气，很是呛鼻。叶飞用手在脸前扇扇，一手捂住鼻子，将破鞋烂袜、纸灰酒瓶清扫了出去，又打来一桶水把墙角的老鼠洞浇了个透。

房间里原本就有床、桌子等物品，叶飞一一摆置好，擦干净，并把火炉生起。不一会儿，小所的其他人都进了屋，韩兴民看着干干净净的屋子，挺高兴地给了些鼓励。

就这样，叶飞的工作就从打扫自己的宿舍开始了。

日子过得很无聊。小所的冬天基本上没什么事可干，叶飞除了睡觉就是自己摆弄着饭吃。他其实挺怕做饭，但身处小所，也就谈不上喜欢不喜欢。日子总得过，他如此安慰着自己，每天看着太阳移动，便成了他最费时的工作。到了这个时候他才明白，小所的其他人为什么对他心怀感激。小所里其他的人都不远不近地散落在周围的村庄，叶飞没来之前，他们的工作就是排个班轮流在小所睡觉，以防门窗玻璃什么的被"好心人"拿走了。叶飞的到来，彻底解脱了他们，叶飞十天八天见不上他们的影儿也很正常。于是，空荡荡的大院，让叶飞对王援朝的咳嗽都忍不住产生思念。

直到带来的书被一本本翻透了，叶飞才理解了云云送他上车时说的那句话："飞子，去那种地方上班，跟坐牢有什么两样？"

"毛主席不钻延安窑洞能住进中南海吗？越是艰苦的地方，才越能锻炼人。"叶飞不知是安慰云云还是安慰自己，但云云却背过身流出了眼泪。

云云打小和叶飞在一起。云云有个不幸的家，母亲在云云两岁时因难产随没见天日的弟弟同去了另一个世界，云云对母亲的感觉全是从叶飞妈妈那儿得知的。父亲李建国在车站搬运处工作，喜欢麻将和酒。也许是壮年丧妻，人们对他的行为也寄予了同情。叶飞临来沙梁前去看过云云的父亲一次，李建国依旧老样，叶飞去时带了两瓶老酒，两人相对无言却喝光了一瓶。

李建国一直对叶飞的态度很是冷漠。他总以为是叶飞耽误了云云，可女儿对叶飞一往情深，便也只好听之任之了。

云云天生就很美，杨柳般的身材透射出万种风情，很讨人怜爱。特殊的家庭给了云云特殊的性格，她很孤僻，也对生活有着过高的期望，这大概是漂亮女孩的天性吧！云云有着很聪慧的头脑，打小学习挺好的，可就是高考差了那么几分。叶飞学习成绩忽好忽坏，不是脑子笨，而是根本就静不下心

来。也许有了这定格的因素,许多许多的故事才有了根源。云云后来被招工,进了沙洲市农具厂,与生铁钢条为伴,毫无趣味的工作使她像一棵焦枯了的树苗期盼着雨露的滋润。直到叶飞从部队回来,他们天天泡在一起,生活才像播满希望的种子,有了生机,也有了期盼。

2. 爱情危机

冬眠在黑糊糊的小所里,时间过得很慢。叶飞感到连生理的需求也得靠最原始的动作才能得到安慰,他很悲凉,却又无法不忍耐。

熬到了年根,叶飞告假回到沙洲,他对母亲流露了不想去那个连人影都看不到的小所的想法。母亲听了看着他,没有言语,只扭头长长地叹了一声。

叶飞去找云云,却没见人。李建国一人在家做饭,他抬头看了看叶飞,没作什么理会,仍回到厨房将碗勺碰得叮当作响。叶飞跟上去问云云去哪儿了,李建国回答不知道。叶飞有点不自在,呆立了一会儿说:"李叔叔,云云回来你告诉她,我在家等着她!"

厨房仍是叮当声,叶飞走了出来,很尴尬,也很无奈。

叶飞心里有点不踏实,自去沙梁上班,再没和云云相见,也没她的音讯。他不知是怎么了,点了根烟,骑上自行车回到家中。

天渐渐黑了,还不见云云的影子。叶飞吃过晚饭,坐不住了,又骑上自行车来云云家找。

云云仍旧不在,李建国仍回答不知道,神情依然冷漠得令人寒栗。

叶飞软塌塌地出了门,推上自行车沿路独个儿朝前走。他心里很乱,甚至有点苦闷沮丧,他不知道这是为什么。大街上人群车流来来往往,他就一个人走着,越走越觉得心烦意乱。

其实,云云就在他后面,一直注视着他。自从叶飞去了沙梁,她成天觉得心里慌,班组师傅的训斥更使她丢三落四。她想叶飞,但更多的是忧虑,她觉得整个世界残酷得如一把尖刀。她以为四年的痴情能唤回一个美满的相守,没想现实与想象有着很大的距离,一切是那么无力,那么地摸不着边。她有点怯了，过早经历家庭的不幸，过多的贫困，已使她的心失去了韧劲。她不愿踏在原地，她同样需要美好，需要和别人一样的东西。她觉得女人天生是菜籽命，撒到好土出好苗，撒到瘦土出瘦苗。可自己呢？眼前呢？一切显得那么遥不可及。

下班回来，父亲告诉她飞子来过了，她的心顿时慌了起来。这些日子，她在努力让自己忘记飞子，努力让自己下决心告别过去的一切。可一听飞子来找她，飞子的身影就越来越强烈地占据她的整个心房。她坐不住了，耳朵在搜寻着门的响动。她盼飞子来找她，又怕飞子的到来会动摇她的决心。可她实在无法躲开浮现在脑海中飞子的眼睛，那双打小就熟悉的眼睛。她默默地坐在梳妆台前，精心地打扮着自己。

到了叶飞家楼下，她的脚步又挪不动了，熟悉的路线今天却怎么也迈不开脚。她躲在角落里，一次次将目光定格在飞子的窗户上，一次次鼓励自己的脚步，可脚步似有千斤，怎么也抬不起来。就在这痛苦的煎熬中，她看见飞子出来了，心忽地加速了跳动。就在她几乎要冲过去的同时，飞子上了自行车。

她急忙悄悄地跟在后面，她看见飞子进了自己的家，看见飞子出了自己的家，看见飞子狠命吸烟的样了。她的心碎了。终于，她走了过去，两人久久地相拥……

一切仿佛都没有发生，一切又开始继续。云云没法阻挡对叶飞的依恋，复杂的感情化作相思的泪水涌出眼眶。

叶飞也感觉有些伤感，喉咙像卡了根鱼刺。他拍拍云云的肩说："好了，别哭了。"云云没动，仍伏在叶飞胸前轻轻地抽泣。叶飞双手捧起云云的脸，两人含情地相视了一会儿，云云扑哧一声笑了，又窜进叶飞怀中，像只白兔。

许久，云云才仰起头来说："飞子，我真的好想你。"

叶飞深有同感地说："我也想你。云云，你也许很难想象，在沙梁那个如牢一般的小所里，我几乎是度日如年呀。他们十天半月都不来一次，我就一个人待着，那种寂寞是可想而知的。白天还算好打发，可以到村舍里去遛一遛，尤其到了晚上，我实在难以承受那种无边无际的孤独。半夜里猛然醒来，我就再也睡不住，就想你，想你小的时候，我们一块儿上学下学，想你给予我

的一切温柔……"

云云说："飞子，你说，相爱为什么这么苦呢？我苦苦地等了你四年，好不容易等你回来了，可又被分开了，我不知道什么时候才是我们的尽头。飞子，你调吧，想办法调到沙洲来，调回来我们就结婚。"

叶飞何尝不想调回沙洲？何尝不想同云云在一起？可是他知道调动并不是一件轻而易举的事。自父亲从局长的位子上退下来之后，他已不是昔日的叶飞了，顶替了父亲位子的胡红国也不再是那个唯唯诺诺的胡副局长了。上次胡红国到小所里来视察工作，他像以往一样热情地管他叫胡叔叔，未料热脸对了个冷屁股，当着那么多人的面，胡红国理都不理他一下，搞得他满面通红。到后来饭桌上敬酒的时候，他叫了一声胡局长，胡红国才勉勉强强应了一声。

这事儿虽然过去了，但留给叶飞的印象却是非常深刻的。人他妈的怎么是这个德行？过去胡红国当办公室主任那会儿，在他父亲叶局长面前就像一条哈巴狗，让人看着都肉麻，现在当了局长，竟像换了个人似的，这真是"子系中山狼，得志更张狂"。面对这样一个得志小人，要想从基层小所调到沙洲，你首先必须要把自己变成一条哈巴狗，像当年的他一样，这或许有所指望，否则，你就别想回城。他虽然还不清楚胡红国把他分到小所里来的真正原因，但他却从父母的表情中看出，他们两家肯定发生过什么不愉快的事。如果真的是这样，他就在胡红国的手里死定了。

一次，王援朝跟他提起了这桩事，就感叹道："你爸是个好人啦，可就是太直了。"

叶飞问他爸是不是得罪了胡红国？

王援朝就含糊其辞地说："我一直在基层待着，有些事儿我也不清楚。不过，人在屋檐下，不得不低头。你要想改变一下你的处境，调到沙洲去，该上的香还得上，该拜的佛还得拜。现在的社会就是这样，送小礼办小事，送大礼办大事，不送礼难办事，礼数到了，事儿也就解决了。"

事后，叶飞想了很久，觉得王援朝说的很有道理，但是让他去做又觉得十分困难。人往往就是这样，明明知道该怎么做，却又无法去那么做。

3. 人走茶凉

此刻,当他看着云云那双苦苦期待的目光,听着她那发自肺腑的哀求声时,一股热浪禁不住涌上心头,他重重地点了点头。一瞬间,他浑身漾满了从没有过的豪情与胆气,他觉得为了爱情,为了云云,即便让他上刀山下火海,他也只能牙关一咬冲上去,他不能让她再这样痛苦地失望下去了。

回到家中,他不敢对父亲讲。偷偷地探了探母亲的口吻,母亲没有反对,但也没赞成,只是不住叹着气。看着母亲为难的样子,叶飞的心里真不是个滋味。

早上起床,母亲进来,给了他两千块钱,悄悄地告诉他别让父亲知道。叶飞拿着钱,心里很酸楚。他发觉母亲的眼睛深深陷了下去,越发凝聚成几何图形。

整整一天,叶飞揣着钱满沙洲转个遍,也没买到一件称心的礼品。他觉得礼品太小了怕拿不出手,太大了又没钱,满脑子都是送啊送啊在搅和。眼见太阳已下山,他咬咬牙,将两千块钱装进牛皮信封来到胡局长家楼下。

叶飞终于熬到天黑了。因为这个时候,晚饭刚吃,外人少,是送礼的最佳时间。他扔掉手中的烟头,上了三楼,长长地吸了口气后,举起右手敲响了门。

门开了,胡局长千金胡晓晓打开了门。胡晓晓见是叶飞,飞过来一个斜视,没理会叶飞仆人般的微笑。

也许是在家里,胡局长听叶飞仍没改口的问候,没流露什么不满,还挪了挪坐在真皮沙发上的屁股,示意叶飞也坐下。

叶飞有点受宠若惊,赶忙掏出在拐角小店买的一包红塔山香烟,抽出一根双手敬了过去。

他感觉自个儿的心怦怦直跳,有种做贼般的惊慌。他用烟压住快到嗓子眼的心,颤颤地说:"胡叔叔,我家的情况你可能也知道,爸、妈身体都有病,身边又没有什么人照应,你看,能不能想个办法,帮帮忙,给调回来?"

"噢!"半天,胡红国才有了声气,好像才知道叶飞家的情况。胡红国吐着烟圈儿若有所思地说:"叶局长有病?啊!你想法不错,调回来照应照应父母。可系统各个单位都人满为患,往哪儿调呢?"

叶飞的心有点往下沉,他巴望着胡红国的下句,没想到巴望的下句却是一盆冷水:"小叶,你父亲不是本事大吗?让他给你找个接受单位,找好了,告诉我一声,事儿不就解决了吗?"

叶飞觉得让心继续凉下去也不是个办法,手搭进口袋里摸了摸,一横心,掏出牛皮纸信封放在茶几上对胡红国说:"胡叔叔,我的事烦你费心了,这是我一点心意……"

"这是什么意思?"没等叶飞说完,胡红国吼了一声,"拿回去,让你父亲知道了,还不摘掉我的乌纱帽,拿回去,拿回去。"

叶飞的头嗡的一下大了,羞愧得恨不能寻个地缝钻进去。他眼睛盯着茶几上的那个还带着他体温的信封,却不敢正眼去看胡红国。嗫嚅了半天,才说:"胡叔叔,你别嫌少,我……我会有……"

不等他说完,胡红国拿起信封一把摔到他怀里,说:"滚!你给我滚出去。你把我看成什么人啦?你以为别人都像你的老子!"

叶飞感觉到血液呼的一下涌遍了全身,霍地站起来,对着胡红国说:"请你不要污辱我的父亲。希望你记住,谁也有退休的那一天,不要太张狂了。"说完,他转身离开了胡红国的家。

来到大街上,叶飞感觉怒气攻心,仿佛胸膛里装满了火药,随时都有爆炸的可能。他恨不能将地球踹一个洞,点燃自己,将一切美好的和丑恶的人和事统统毁灭掉。

再见到云云时,他觉得自己好像矮了许多。

云云问:"叶飞,你怎么啦?调动的事儿办得怎么样啦?"

他轻轻摇了摇头。

云云说:"你说呀,到底怎么啦?"

他说:"我恨不得把胡红国那头猪给杀了。有他挡在那里,看来我叶飞是很难有出头之日了。"

云云说:"你也不能吊死在一棵树上。他不调,就让你老爸联系一个别的单位,只要能调到沙洲就行。"

叶飞说:"云云,你可能不知道,人一旦退下来,说话就不管用了。不是我爸不想调我,他也有他的难处。我只能下去吧,我想总有一天,我会让那些曾经伤害过我的人后悔到死。"

4. 连串打击

一到了春天,位于腾格里沙漠边缘的沙洲就成了风的季节。一场接一场的沙尘暴卷地而起,刮得天地昏暗、日月无光。风一直刮到田野绿了,树叶儿放展了,才渐渐地平息了下来。

小所最忙的日子是秋季。只有到了秋季,麦子上缴入库了,瓜果上市了,黑瓜子出售了,农民有钱了,他们才好挨门挨户地去收费。别的时候,只有叶飞一个人蹲班就可以了,其他的人没啥事儿几乎就不来。叶飞已经习惯了这种生活,他们不来也好,无聊之极,他就想用纸和笔来完成萦绕在心迹的那个久远的梦。

就在这个春季最后一场沙尘暴平息之后,云云来了趟小所,与云云同来的还有石磊。石磊是叶飞和云云儿时的共同伙伴,又是他部队上的战友,两人从小到大一直情笃意深。从部队上下来后,石磊凭借着他老子的关系,开办了一家公司,专门经销黑瓜子等农副产品,生意做得很红火。现在,他已有了别墅,有了私人轿车,活得要多风光有多风光。这次来沙梁,石磊就是开着他的那辆本田轿车来的。此刻,叶飞见到云云和石磊,心里甭提有多高兴,上去就给了石磊一拳,一边笑骂道:"你小子还行,还没忘记咱多年的感情,知道来看一看我。"石磊只知尴尬地搓着两手傻笑,却不知道说什么好。云云看到他们的这份亲热劲儿,却默默地别过头去。对此叶飞并没在意,他以为几个月没见云云,彼此当着外人的面有些羞怯,也是正常的,就只好让他们稍等一会儿,他要到附近的商店里去采购一些食品去。然而,他万万没想到,当他回来时,屋内却空空如也,只见案头上放着一张纸条,上面写道:

011

飞子：

对不起。我本来想和你当面谈谈，我们还是分手吧。但是我没有勇气面对你，更没有勇气说出口。你不要恨石磊，要恨，你就恨我吧。

云云

×月×日

顿时，他觉得一阵天旋地转，怀中的一包食品和两瓶腾格里酒哗的一声撒落在地上。他失魂般用手狠狠地薅着自己的头发，如狼一样大声嚎叫了一声，泪水止不住夺眶而出。

"该来的，终于来了，可我负了你吗？"

叶飞痛苦地默默念道，自打来沙梁小所上班，直觉告诉他两人之间有了危机。从每次的相聚到分离，他的直觉越来越强烈。但同时他也很自信，他认为自己的能力远在众人之上，即使待在沙梁，他也不会成为庸庸碌碌、灰头灰脸、死气沉沉、双脚烂在沙堆里的小职员。

叶飞心里一直有着挺伟大的蓝图，这幅蓝图在他从部队回到沙洲就有了，无奈理想与现实总有太长的距离。他忍耐着，并默默地奋斗着，用他的努力来缩短其中的距离。他时刻准备着迎接黄黄的太阳花，没想到太阳花刚冒出芽儿，便遇到了一场冰雹。

云云的突来突别，使他恍然间又忘却了云云的模样。他努力在心的尘埃上回望，却怎么也找不出云云的影子。刹那间，他的心像被什么啃着一般。仰在床上，他双眼空洞地对着红柳席顶，任那锈斑的颜色在眼中打转。

渐渐地，叶飞的眼前又浮现出那个扎着两条麻花辫，双手揉着眼窝的小女孩，她是谁？怎么如此清晰地出现在眼前？仿佛就在昨天，不，就在今天，就在眼前。那个受人欺侮的小女孩揉着眼窝，哭诉着："飞子哥，他们又抢走了我的鸡毛毽……"

叶飞使劲地挤了挤双眼，手忍不住又拿起那张纸条，轻轻地拂在脸上。熟悉的、淡淡的香味更使他心如蛇缠，他记得就是这淡淡的清香曾有着怎样的妩媚,有着怎样的动人心魄。

可如今,这一切的一切远去了,他的心虽然默念着,却再也抬不起脚步了。

就这样躺着,他的心无时不在斗争着。他如决心戒烟的瘾君子,发了誓却仍留念最后一口的诱惑。躺着躺着,止不住又坐在桌前,拿起了笔。

可对着白白的稿纸,千言万语却无法从笔端流出。他不知道该说什么,不知道怎么说才算有用,就呆呆地坐着。

也不知坐了多久,猛然间他感觉脸上有些冰凉,泪珠从脸颊上滑落在铺开的稿纸上,才使他的思绪勒住缰绳。白白的稿纸已不知什么时候画满那个令他心碎的名字……

天,不知道伤心地亮了,一夜似睡非睡的叶飞鼓足勇气,来到邮局给石磊挂了电话。接电话的人不是石磊,但告诉他石磊昨天下午上了省城。

叶飞没有去沙洲根问。这一次,他清楚驻满心头的故事,只能在寂静中,在没有灯的黑暗中用红红的烟头去寻觅了。累了,他真的感觉到累了。四年的分别曾给过很多这样的夜晚,给过他很多这样冰冷的目光。他也曾将这样的夜晚当做美好的恋曲,词是相思,曲是月光,在星光的五线谱上弹奏着爱的恋歌。

几颗红豆远远地带去了他的寄托,也让他加倍珍惜生命的春意。他曾感觉昼夜都是美丽的,阳光是灿烂的,黑夜同样亮着记忆。记忆中的红豆在梦中成了枝繁叶茂的相思树,红红的小果亮艳满枝。醒也灼灼,梦也灼灼。每次邮差来临,那亲切的问候,总令他怦动的心了却了孤独的烦恼。他感觉着恋人的目光,迎接着九月的红彤,盼望着挽手的灿烂。他觉得情是绿的,心永远是红的,因为它是属于希望的明天,是属于更美好等待他的未来。

走了,在这沙尘暴刚刚过后的季节里,他思恋的人儿走了,走了。这次是真的走了,走得如此无声,又走得如此嘈杂。叶飞有点想写诗的冲动,于是信手写下了自己也不知是不是诗的诗:

会哭的不一定流泪 / 会笑的不一定绽颜 / 沉默的灯 / 是黑暗唯一的指标 / 苦笑的心 / 是安慰狂躁的另一种痛苦 / 只有自己 / 只有自己的心 / 懂

得无奈是什么／只有自己／只有自己的双肩／懂得什么叫真的承受／黑暗的眼／已找不到方向／清晨的泪／已流落夜的梦／轻轻的，像一片云彩。

　　离开叶飞的云云，双眼也含满泪水，她同样痛苦着。石磊轻轻按下CD，车内回荡着梦的狂想。云云双手抱胸，倚在车座上的楚楚姿态更让石磊打开欲的闸门。他没有去开导，没有去安慰，有的更多是狂喜，和一种想象中的满足。

　　坐在他身旁的云云是经过人生很多苦难的云云，她胸腔里跳动的心，已是一颗过于现实的心。都市的奸诈，物欲的诱惑，使她不再有虚无的幻想。理想已无法支撑起生活的大厦，过于现实就剩下利己。一年来，她不止一次地正视眼前的现实，她过分地相信女人的命运，她知道女人是个菜籽命，菜籽撒到哪儿都能发芽，但开的花结的果却有着天壤之别。万点灯光的璀璨与千堆沙丘的苍白，有着质的截然不同，生活中的种种喧嚣加剧了她日益膨胀的欲望。她也开始了不切实际的幻想，也做起了一步登天改天换地的美梦，也盼望着那些鄙视怜悯她的人，仰慕她。她觉得自己过于酸楚，没有漂亮的链子，没有时尚的衣裙，抬不起高傲的头。但她有着自信的容貌，有着美貌人共同的虚荣和越积越厚的心理失衡。

　　一次晚上，她在酒吧里独自喝起了闷酒。她不知道什么时候喝醉了，被石磊带回到了他的别墅。醉眼蒙眬中，她非常渴望叶飞，渴望叶飞的呵护，渴望叶飞的滋润。她不知道她是怎样进入到角色中的，也不知道是自己主动的，还是石磊主动进攻的。次日酒醒，看到自己赤条条的身子，她哭着责问石磊："你就这样对待你的哥儿们的女朋友？你这是他的什么哥儿们呀？你连畜生都不如，你还算个人吗？"

　　石磊说："云云，你别生气，这也许就是天意。昨天晚上我也喝多了酒，我不知道自己干了些什么，就像你不知道自己干了些啥一样。但是既然已经干了，我就要对你负责。请相信我，叶飞爱你，我也同样爱你。"

　　云云厉声道："你不要说了，再也不要说了！以后，你还有啥脸再做叶飞的哥儿们！"说着穿起衣服，就要出门。

　　石磊挡住她说："云云，你冷静点，请你冷静点。事已至此，我们谁也别再埋怨谁了。既然事情到了这一步,我可以开诚布公地告诉你,云云,我爱你,你就嫁给我吧,我会给予叶飞永远给不了你的东西。你看这所别墅,你看这豪华的装饰,这都是属于你的,我一定要改变你的一切,我也有能力改变你的一切,让你过上舒舒服服的日子,过上让千万人仰慕的生活。"

她无力地跌坐到了松软的沙发上。

一切也许是命运的安排,她无法抗拒,无法抗拒石磊的承诺,无法抗拒那金属般闪亮的光环对她的诱惑。她曾试图再回头,面对过去的一切,但是已经晚了。她同时无法面对过去,无法面对叶飞,也无法面对那遥遥的期盼。她清楚,飞子的环境已不会给她的生活带来质的转变了,她不愿意自己融入庸庸碌碌的生活中而消失天生的丽质。想想自己为一瓶好点的化妆品也需再三算计,她的心整个就凉透了。生活的单调乏味,父亲的越来越不可理喻,更使父女俩难以沟通。这并非是她心地不善良,只是太多的诱惑使她难以舍弃,太多的痛苦使她难以承受。车间的轰鸣,冰凉的铁器她早已生厌。而飞子呢? 多年的企盼以为相聚就是幸福的开端,谁想短暂的幸福后,生活又无情地将他们拉开。有苦的时候找不到他,委屈的时候无处哭诉,甚至连高兴的事也没人庆贺。留给她的,只是黑夜与笔的交流和凭借最原始的传递方式继续往昔的煎熬。

既然她与石磊阴差阳错有了这档子事,她只好认命了。也许这正是命运的安排。

她决定要找一趟叶飞,想当面了断这牛郎织女式的生活,想及早从这种矛盾和痛苦中摆脱出来。石磊说要送她去,要一块儿去看看叶飞。然而,当她真正面对叶飞时,才发现自己真正爱的人并不是石磊,而是叶飞。她无法再待下去了,要是再待下去,也许她的人格会被撕裂成碎片,彻底崩溃在那个僻远的沙梁小所。她只好趁叶飞不在之际,匆匆写了一张便条,失魂落魄地逃逸了。

第二章 天塌了,谁明浪子心

1. 父亲去世

蜗居在小所里的叶飞一直存有一丝幻想,幻想这一切不是现实,而是一个真实的梦。他一天天期盼着,期盼着云云能重新给他一种解释,说这是一个玩笑,是为了促使他下决心调动的玩笑。那样,他一定不会责怪云云的。终于,他等来了一封很厚的信,他有点惊喜。但当他颤抖地撕开信封,一气读完之后,他才明白,他又一次撕碎了破败的心。他彻底地不再充满新的期待了,不再有柔柔的惦念了。因为云云说她不想继续背负这织女式的生活了,不想继续承受这份爱的痛苦了。

作为一个男人,叶飞能从云云的字里行间感受到一个男人所谓的尊严被践踏的耻辱。但经过夜的过滤,面对不能左右的现实,他只剩下忧伤,心痛欲裂。

"如果在爱中只有痛苦 / 那为什么要爱呢? / 那是多么痴傻 / 你要求她的心 / 只为已把自己的心献给了她……/"

叶飞想起了泰戈尔的诗句,心中念道,走吧,走了也许是一种解脱。既然自己没有能力改变这一切,为什么不允许别人替代。喜欢她就是希望她好!爱她,就是希望她过得幸福。一味的霸占,难道不是满足于自己的私欲吗?

整个苦夏,待在沙梁的叶飞很少回家。偶尔去一趟,又令人生畏。沙路和"老爷班车"相擦犹如古战场两军对杀,尘土封天。他觉得远离沙洲,远离熟悉的人群,心反倒好受些。

随着日历一页页撕去,看起来每一天都像是在延续着昨天。但就是这一页页中,生活发生着让人无法应付的悲欢。一年又消失在隆冬,春节到了,天,没有阴云密布,也没有"鹅毛"横飞,叶飞却经历着家庭历史上最沉重的悲痛。叶飞的父亲走了,静静地,没留下一句话。

父亲刚解放就参加了工作,在叶飞幼时的记忆里,家从来都是父亲的旅店。直到读初中,父亲才进城在家一日三餐。父亲不再视家为旅店时也是父亲一生中辉煌的时期。父亲回城任了局长。叶飞想起父亲当局长时,家比秦腔馆还热闹,隔三差五就有人带着酒来找父亲对垒。父亲从不收礼,但没法拒绝来人带酒和他对饮。父亲行起酒令嗓门特大,颇具气势,从不服输且喜欢打擂台个个单挑。若将对方打败,父亲就会高兴得哈哈大笑:"服吗? 丢倒一个俘虏一个! 咋的,还不服! 来,有种再来个十三太保。"

叶飞记得胡红国来得最勤,他记得胡红国每次带的酒档次都很高。父亲看见那酒总先数落几句,觉得是一种奢侈,极端的浪费,不愿喝。但胡红国摸透了父亲的脾性,笑着便拧开酒盖。那时,胡红国任局办公室主任。叶飞当兵临走的那些日子,胡红国刚提升为副局长,脚步更勤了,如公鸡打鸣一般准时。叶飞还记得自己上车临走时,胡红国硬把两条希尔顿香烟塞进包里,拍着他的肩膀,再三叮嘱:"到部队好好干,干出个样给咱们局也争争光。"叶飞称胡红国叔叔快五六个年头了,感觉上很是亲切。

没想到当兵回来,叶飞继续称已任正职的胡红国为叔叔时,胡红国早没了以往热情,弄得叶飞每次都很纳闷。经过了多次冷遇,叶飞才明白应该称之为胡局长才对,只是叫惯了的嘴偶尔拐不过弯来,使他一次又一次陷入尴尬。

父亲在那次雨夜里带领大伙排除了险情,自个儿却高烧不醒,烧出了心肌炎。出院后又过度劳累,加上长期烟酒的催化发展成为冠心病,一直徘徊在黄泉的边缘。母亲看见父亲喝酒心便发抖,父亲却常说:"生死有命,与酒何干? "

父亲从机关大院搬出来的那天晚上,约了许多机关的酒友来家对饮,以

求平稳过渡。母亲如往常一样拌好了几样小菜,可全家人等到繁星出场仍没来一人,反倒闻到对面胡红国客厅里喷薄而来的浓浓的酒精味。父亲站在阳台上朝对面看了很久,对面窗户上刺目的灯光一直贼光光地亮着。父亲第一次感觉到大权旁落的可怕与世态的炎凉。回到沙发上,父亲一支接一支地抽烟,一杯接一杯地喝酒,灰铁的脸令母亲的心如玻璃碴碾磨着。母亲几乎要跪下来,父亲才摇摇晃晃默默地躺在床上。

父亲虽然也有了心理准备,但没想到反差如此之强烈。家中突来的沉寂弄得他每次都要拉上母亲搬搬家具,让家中的摆设换换岗。母亲看着,难过得头都快晕了,但只能忍着。

母亲读书虽不多,但世态炎凉多少还是懂点,看着父亲这样,她一直不厌其烦地劝慰,让父亲看穿些,想开点,不要太在意。可母亲的劝慰不仅起不到作用,反而更惹恼了父亲。母亲知道父亲有着不便向外人倾诉的郁闷,所以每当父亲提起酒瓶时,母亲就流泪了。

父亲退休后,物价疯狂上涨,家里的生活越来越困顿,母亲没有工作,哥哥在南疆有着自己的家。叶飞当时在部队,全家唯一的生活来源都靠父亲那点微薄的退休金,父亲过分的烟酒爱好更加剧了全家生活的窘迫。父亲吸烟、喝酒的档次越降越低,低得吸烟时都不敢掏出烟盒,而是把手伸进口袋里摸出一根点上。

想起这些,叶飞的心有点打颤,他原本以为回来能为家立起柱子,谁料一切的一切竟出人意料地走向另一个极端。叶飞呆呆地想着,想着过去,想着现在,想着未来,大脑如灌满糨糊。

春节到了,小所放了假,蜗居了一个冬天的叶飞回到家。就在他回来的第二天,李建国来家问罪,母亲赶忙招呼他坐下,一边递烟倒茶,李建国却拍响了桌子,向叶飞要人。

叶飞有点气愤:"她半年前就跟石磊跑了,我到哪里去给你找人?"

李建国有点噎,云云好长时间没回家了,单位打电话找人,他哪儿也找不到,以为云云仍和叶飞在一起。听叶飞说云云跟了石磊,李建国知道自己的女儿负了叶家,但嘴上仍是不饶,骂骂咧咧,最后留下一长串难听的话走了。叶局长很是憋气,关上门开始训斥叶飞,叶母无声地哭泣。

本来心情就坏的叶飞被长辈一数落,顿时来气了,他对父亲吼道:"你们骂什么?云云为什么离开我你们知道吗?她瞧不上咱这个家,瞧不上你们。我们原来好好的,就是因为我被分到了沙梁,分到那个满是沙土疙瘩的小所。"

父亲听了儿子的吼叫,不再训斥了,无声地坐在沙发上,摸索出烟,手抖得很厉害。

叶飞看着父亲,砰的一声合上门,把自个儿关在卧室里,久积了的泪水从眼里涌出来,他猛地转过身,一头扑在床上,伤心地痛哭起来。

吃晚饭时,母亲敲了好几次门,叶飞仍把自己锁在屋内,父母的叹气声如锤般一下一下砸在他心上。他其实也想出去告诉父母不要再为这事伤心了,但同时又有一种解恨的快感在阻拦着他,却没想就是这解恨的想法,带来的却是无法挽回的悲痛。

父亲也没什么胃口吃饭,心里一直想着之前发生的事,也觉得有点愧对儿子,于是放下碗筷,一声不响地独自出了门。来到局机关大院,胡红国正拉开车门,抬脚准备上车,叶飞的父亲叫了他一声。

没想到胡红国抬头看了他一眼,好像压根不认识,低头钻进轿车,轿车一溜烟驶出大门。

叶飞的父亲呆了,没想到胡红国如此骄狂,他仿佛看见机关楼的每一扇窗户上都长满了嘲笑。他捂着胸口,好久才缓过气来。他没有回家,从此,回家的路上再也没有了他的脚印。

叶飞和母亲找了整整一个晚上,直到第二天早晨才在郊外的水渠旁找到父亲。父亲静静地斜靠在干渠纪念碑下,已无声地永远离开了这个世界。

2. 战友深情

哥哥叶腾匆匆回来又匆匆走了。给家里放下两千块钱,胳膊上套个黑圈圈,一挥手,带着他的一家远远地走了。叶母看着大儿子越挥越远的手哭个不停,叶飞却呆呆地站着,呆呆地看着,他有点气恨哥哥就这般轻飘飘地把家交给他而自己却远远地走了。叶飞平生第一次感到肩上的压力,闷声不响

地继续父亲的爱好,却被母亲扇了一记耳光。叶飞哭了,母亲也哭了。叶飞记得这是母亲第一次打他,他感觉不到脸痛,只是呆呆地流泪,呆呆地看着也流泪的母亲。

突然间,叶飞好像长大了。

春节假期早过了,丧假也到期了,叶飞打了好几天电话,才找到所长韩兴民。

叶飞说:"韩所长,还得续几天假。"

"行啊,不来也行。"韩兴民不耐烦地挂了电话。

家里来人了,来的都是战友,他们的到来多少给了这个家一点活跃的空气。

战友们和叶母、叶飞问候过了,一时却不知说什么好,每个人都小心翼翼,生怕说错什么。叶母看出来了,觉得不能委屈了这些孩子,让叶飞拿出酒来招呼,自个儿退到厨房,拌了几样小菜。

"飞子,想开点,节哀顺变吧!别太伤神了。"虎子见有些沉闷,先发了话。

"就是,看你这些天人都瘦了。谁都会有这一天,想开点。"林子接着说。

"谢谢!"叶飞咬咬嘴唇,点了点头。

室内有股暖意开始微微升腾。叶母端上拌好的小菜,看见孩子们说笑,也露出了难得的笑容。

天擦黑了,叶飞留战友们吃饭,叶母也极力挽留。战友们相互看看,便都留了下来。叶母特意做了一顿手抓羊肉。

叶飞家里已很少有机会摆出这么多菜了,青青到厨房把叶母拉到餐桌前。虎子让了首座,端起酒,敬了叶母两杯。

叶母做的手抓羊肉很是中吃,民子含糊不清地夸着手艺,丽丽嚷嚷着找机会非要偷此手艺,叶母高兴地说:"喜欢吃,你们就常来。"

叶母喝了挨个儿的酒,有点头晕,先离桌回房休息了。叶飞又拿出一瓶酒,将酒平均分配,每人面前一杯。

"来!"叶飞站起身端起酒杯说,"难得你们还记得我,我先敬各位,以表谢意!"

大家都应和着端起酒杯相互碰杯后将酒入肚,独林子怕烫似的用手指转着杯子口,眼瞅着战友,又瞅瞅杯中微微晃着透明的酒,像是杯中掺着绝命散。虎子放下酒杯见他杯中仍有酒，立了眼睛说："唉！林子，咋的了，这杯酒也不喝？"

林子没理他，只用无奈的微笑看着叶飞。

叶飞笑了，点点头对他说："林子，就这一杯，喝了吧！聚在一起喝酒的机会越来越少了，你们来我家我很感激。喝酒是因为难受，但更多的是为了滋润感情，咽下去就没事了，喝了吧！"

林子的脸拉得很长，端起的酒杯一碰嘴唇，又拿下，握在手中不停地颤抖。

"喝不喝？不喝我家法处置了！"虎子说。

"咋这个熊样，是个男人不是？"

林子见青青也来数落他，瞪了她一眼，端起酒杯小抿了一口，又皱紧眉头，仰起杯，酒全部倒入口中，艰难地咽下去。

酒精马上起作用了，叶飞顿时感到头脑一阵发热，本不愿说的一句话，还是说了出来。他问石磊为啥没来。见没人回答，叶飞便低下头，又拿起酒瓶给空了的酒杯倒满。

"其实也没什么，没来就没来吧！人各有志，也怨不得谁。"叶飞强忍着心酸，怕扫了大家的兴，"不提他们了，来！喝酒！"

"就是嘛。"虎子接了说，"不就一丫头片子吗？犯不着，端起来，喝！"

林子也仰起头，大大咽了一口，脸色一下变得赤红起来。

青青的酒杯空了，她已有点不胜酒力，拿手轻轻揉着太阳穴。林子眼疾手快地拿过酒瓶，青青明白了他的意图，捂住杯口，不让倒酒。林子讥讽了一句："你不是挺厉害的吗？"

"厉害不过别人，就比你厉害些。"

"厉害了就把手拿开，厉害给我看嘛！"

"拿开干啥？想弄醉了我占点便宜？"

所有的人都笑了，笑得很是开心，开心中像回到青春无忧的岁月中……

一块儿去部队当兵的老乡中，就青青和丽丽是女性，青青和丽丽在机关通讯站做话务员。每当叶飞他们几个揉胳膊捶腰叫苦时，就嚷她们俩命好。青青和丽丽却说叶飞他们能蹦蹦跳跳洒洒脱脱才好，全不像个儿坐在小

凳上闭着眼睛一天得记住几十个电话号码。更令她俩可气的是每到深夜,她们成了男兵倾诉生理和生活之苦的知心大姐。对这,叶飞能理解,石磊和虎子更理解得透彻,因为他们都在倾诉生理和生活之苦的小分队中任职。

石磊父母有多少钱,谁也没个准儿,但提起石宏,沙洲人老幼皆知。石家做瓜子生意比安徽那个年广久的历史还长,爷字辈就开始了。凡是沙洲人,大都吃过石家瓜子。只是石家没年广久那般好运,没让总设计师树为典型,当然,也没像年广久那般给瓜子早早注册,没有和前妻后妻儿子媳妇不屈不挠地打着官司。这一系列的"没有",也就导致了石家没有年广久那般的传奇,那般的知名。

大西北历来是瓜子主产地,大西北的瓜子又数沙洲郊县的番城最好。每年瓜子节,沙洲比过春节还热闹。天空中的彩球亮丽,大街上横幅飞舞,中小学彩旗飘飘,锣鼓声声。外商的奔驰,石宏的沙漠王等坐骑反射着道道亮光一长串在大街上招摇,惹得大小记者扛着摄像机满头大汗。

时代走到今天,石宏早已扬眉吐气了,不再是那个东躲西藏,用棉被捂住窗户炒瓜子的石宏了,他已是台商合资集团公司的董事长。石磊脱掉了军装回到沙洲,立马住进了大楼里,整个人忽然就变了,变得令人很难理解,又让许多人羡慕。

刚回沙洲,石磊还是常开着本田轿车带叶飞和虎子兜风。渐渐地,叶飞和虎子再去找他时,石磊总说很忙。

石磊在部队倒是挺窝囊的,尤其上军体课,他人高马大的身体吊在单杠上除了使单杠被压成月牙状,就只剩下不停蹬腿冒大汗的本事了。但石磊有钱,他总抢在门口小店替领导付了赊欠的烟酒费,叶飞和虎子他们也没少用石磊的钱。

3. 酒吧美女

石磊接到虎子的电话,本也想去看看叶飞,听说叶飞的父亲过世了,心里也不是个滋味。但是,自从他把云云撬到手之后,总觉得有负于叶飞,总觉得没有脸面再见他。有时候他也在问自己,现在还缺女人吗?干吗非对云云这么着迷?从而伤了几十年的兄弟情谊。人啦,有时候干的事儿连自己都说不清楚。

这天晚上,他在绿洲酒吧体味着挥洒人民币的快乐。他觉得沙洲遍地黄沙,应该多有几个这样的地方。此刻,看着大厅里喷泉四溅,鲜花绽放,春意盎然,他心里很惬意。他斜靠在漂亮的柜台旁,掏出鼻烟嗅嗅,又要了一杯鸡尾酒。对他来说,现在的生活真的太有滋味了,偶尔想想在部队的四年,恍若隔世般,觉得非常遥远、陌生。光顾绿洲酒吧的都是些比较有档次的客人,见石磊到来,不少人都过来打招呼。石磊手托酒杯,得意地点着头。他喜欢这个氛围,觉得这才是生活,有这么多人向他表示敬仰,他感到非常满足。

绿洲酒吧在沙洲算得上是有档次的,光滑亮丽的大理石墙壁,透着月光般的银色,五彩雕花玻璃器具以及许多名贵的酒瓶,在忽明忽暗的灯光下,充满了魔幻般的色彩。

石磊喜欢上绿洲酒吧还有一个原因,就是这家酒吧女主人沈蔓有一双漾满了水一般柔光的眼睛。洒过来,觉得整个人仿佛都被浸淫到了里面,有一种说不出来的温暖。

石磊是在一个偶然的机会认识沈蔓的。当时,他陪台商来绿洲酒吧谈生意,女主人沈蔓像春风一般温柔地接待了他们,台商很是满足。沈蔓款款坐在沙发上,眼中满是秋水般的柔光,她似乎还有意无意地撩撩裙摆,露露丰硕白嫩的大腿。

沈蔓第一次见面就发现了石磊是个主儿,是个财源。她的职业使她了解了人性的弱点,她料到石磊会杀回马枪,并且,从石磊那有些走神的眼光中她知道故事才刚刚开始。她打开一瓶路易十三,眼睛一挑,很妖媚地碰了碰杯,一小口下去,那双毛茸茸的眼睛里洒出的柔光满含带钩的渴望。

石磊送走客人再回到酒吧时,忽觉头顶一阵炸响,抬头看了看,石磊问什么声音。沈蔓嘴巴一努:"午夜狂欢,我的石大总经理不上去闹闹?"

正值夜的高潮,色彩斑斓的灯光,震耳欲聋的音乐。歌手看上去是位女性,穿着金属片闪闪发亮的怪装,但唱出来的声音却如狼吼。领舞的男女将如雷般的鼓点弄得花里胡哨,人群沸腾着,嗷嗷怪叫着。

沈蔓拉石磊进去，对着石磊，身体像触电一样不停地晃动，石磊也对舞着，显得兴奋异常。

就在人们腿脚无力，气喘如牛时，音乐突然消失，旋转的彩灯也戛然停止。朦胧中，又响起了一首轻曼的曲舞。

"当我想你的时候，我的心在颤抖，当我想你的时候，你为什么不来摸我的脸，当我想你的时候，你为什么不来亲我的胸……"

一声颤颤的呻吟洒了过来，暧昧得让人不能自持。石磊搂着沈蔓轻轻摇摆，手无意间触摸到沈蔓圆圆的臀部，一阵酥麻，忍不住展开了手掌，轻轻地揉搓。沈蔓拿眼一瞅，踮起脚尖，轻轻地吻了吻石磊前额。石磊晕了，紧紧地抱住沈蔓，嘴唇凑了过去。沈蔓却挣扎着后退，潮红着脸，像位初情的少女，羞怯地看着如猫挠心的石磊，娇声地说："急什么，心急吃不了热豆腐嘛！"

石磊说："豆腐就要趁热吃，冷了就没味儿了。"沈蔓轻轻点了点他的鼻头，娇嗔道："你放心，冷了的就绝不会让你吃。"

回到家中，石磊一个劲儿地遗憾怎么早没发现这个尤物。那火红欲滴的香唇、起伏的酥胸、风情的笑脸，怎么也挥不去。早已熟睡了的云云梦呓着翻了个身，打断了他无穷的幻想。这时，他已不再对身旁的云云激动不已了，尽管，他曾是那般地渴望，那般地着迷，那般地不顾一切，可今日却仿佛很远很远了。

第二天大早，石磊就打了电话过去。电话那头的沈蔓正在梦中，听到铃声，慵懒地抓起听筒，听是石磊，不禁发出得意的笑声。笑过之后，便娇滴滴地问："石总，晚上还来吗？"

回答是肯定的，放下电话，沈蔓笑了。有人奉承，有人对她着迷，本身就是件快乐的事，何况这位石总是那般倜傥，那般富足。她喜欢如此有利可图的游戏，喜欢如此急不可待的主儿。

夜晚在漫长等待中终于到来了，石磊穿好云云递过来擦得亮亮的皮鞋，打好领带，定定发型，又在穿衣镜前左晃右摇地欣赏了一番，得意地跨出家门,根本无视云云越来越忧郁的眼神。来到绿洲酒吧,沈蔓娇声笑道:"我的石大经理,怎么才来?"

沈蔓今天穿一件齐膝的黑色短裙,如葱般的双臂在黑裙的映衬下,显得更加白皙修长。心驰神往的石磊有点把持不住了,觉得如此尤物真乃上天恩赐,忍不住伸手揽住沈蔓的柔腰。沈蔓身体扭了一下,但没有躲开。

石磊等待着,终于等到沈蔓把他带到了她温馨的卧室。

石磊旋风般地向沈蔓扑去,疯狂地用嘴唇搜寻着向往中的东西。沈蔓也动了情,咯咯地笑着,挑逗着欲火熊熊的石磊,直到两人都到了欲火中烧的时候,才剥去了身上的最后一块遮羞布……

一夜荡人心魄的风雨过去了。清晨的阳光撕破沙洲的灰被,洒向大地,照在裸身拥睡在一起的石磊和沈蔓身上。等了石磊一夜的云云却始终没合一眼。虽然她的身上不再有机器的油垢味,双手也渐渐变得光滑,但她的心却渐渐感觉到了石磊对她的厌倦。她闹过,在石磊面前哭诉过,但这对石磊早已蜕变了的灵魂有什么用呢?

自打离开飞子跟了石磊,在石磊绵绵细语中享受了梦想的物质生活后,她渐渐淡化了对飞子的思念。原以为生活就会如此平静下去,谁知品尝更多的却是无法言语无法排斥的孤独。

新奇过后,她才明白一切原本没什么新奇,可惜迟了。她也想过去找飞子,可一想起飞子,泪水就像打开了的闸门,怎么也关不住。她知道是她背叛了飞子,是她伤透了飞子的心,她已失去了面对他的勇气。她怕碰见熟人,更怕见到相知的人,每天恍恍惚惚,就坐在窗前发呆。一会儿,想起机器轰鸣的车间,一会儿,打量富丽堂皇的别墅,一会儿是飞子如牢般的小所,一会儿是石磊发亮的轿车。她也想起石磊曾在第一次夜不归宿后对着她闹腾说:"别把新时代的男人拽回传统之中,优秀的男人是头牛,偶尔伸出嘴吃棵路边的青草,不过是调剂调剂营养。一直能走下去,就很了不得了。男人偶尔寻找一点开心并不能证明全部,你看看,你看看你现在拥有的一切,能说明我碰了别的女人不再喜欢你了吗?"

对此,她也无言以对,只有在以泪洗面的痛苦中一分一秒地煎熬着自己。

4. 街头练摊

为了生活,叶飞还是去了沙梁,可没待上几天,他又不得不再次回家。

接到姐姐打来的电话,叶飞骑着破自行车找到韩兴民请假。韩兴民看着叶飞写的假条,黑糊糊的脸像一只被火烧热的油气罐。

韩兴民没像往常接过叶飞的笔签字,他把假条抖了抖,气狠狠很有点不耐烦地说:"就你事儿多,还想不想在这儿干了,想干,就有个干的样,不想干,去了就别再回来。"

叶飞的母亲住院了。

叶母的病是心情所致。一个人闷在家里,想着过世的老伴和儿子的痛苦,病就慢慢浸上心头。叶飞赶回来送母亲住院,过了大半个月,病慢慢退了,叶飞的饭碗却碎了。叶飞的假期早超了,韩兴民见他不归,召集小所的人破天荒地形成了一个集体决定:叶飞因无故旷工十天,责令其调离工作。王援朝等人打抱不平,说这样做是不是对叶飞太过分了。韩兴民说不以规矩,难成方圆,就这么定了。其实这也不是韩兴民的本意,因为胡红国早已给他发了话,要他想办法把叶飞挤出去,他也不能不这么做。

失去了工作,叶飞就去批发市场批发了三十件汗衫,是前胸挂满美人照,后背涂着流行词语的那种。他又买了个能把整个脸捂得严实的口罩,把汗衫别在床单布上,摆在十字街旁的槐树上。

五月的太阳刚从沙尘暴中解脱出来,一个劲儿地放着光芒。叶飞感觉口罩下的鼻子窒息般地难受,下了七八次决心之后才一把扯掉。

叶飞选定双休日,坚持了三四个钟头,火辣辣的太阳开始西倾,纳凉的人群渐渐涌上街头。叶飞不敢大张旗鼓地吆喝,好在有不少顾客过来询问。叶飞卖得正起劲,胡红国的女儿胡晓晓过来了,看着叶飞和叶飞的汗衫,耸鼻冷笑着说:"我以为是谁,原来是叶大公子。你摆到这儿,是不是有点有碍市容?"说完,扭着屁股高跟鞋踩出满足,一扭一扭地走了。叶飞一把扯下床单,汗衫四下散落。他受不了这种侮辱,朝着远去的胡晓晓的背影狠狠地骂了一句："我操你妈！"

买了瓶酒，叶飞拎着沿着大街朝西走。走出城市，走到一片等待开发的戈壁滩上。风在戈壁滩上不慌不忙地刮着，路面远远地向天伸延，没有边际。天地极大，漫漫戈壁中，有棵孤零零的胡杨显得很瘦小。叶飞朝着胡杨走去，摇摇晃晃地歪靠在胡杨树上，仰起头喝尽最后几口酒。天已布满星斗，夜色笼罩住一切。叶飞顺手一摔酒瓶的破碎声引起阵阵犬吠。

这一晚，叶飞回到家中已是很晚了，母亲早已入睡。他轻轻地回到自己的床上，一根接一根地吸着烟。窗外，满天星星发出微微的光，将一团浓浓的夜色搅拌成淡淡的雾霭，朦朦胧胧。它们闪着眸子，在无尽的苍穹中孤独而不失美丽地展现着自我。叶飞看着，那团早消失了的理想又幻化在了脑中。他懂了，每个人都有自己的位置，不管曾经是多么的暗淡，只要不懈地努力，总会在生命的长河中亮起自己的灯光。一个人不管你有多么的不幸，社会绝不会陪你哭泣，它认同的只是你对它的贡献，你的成就。

苦难也许真是最好的导师。没有苦难，高尔基写不出《我的大学》。自己虽无法配比，但干吗不降一档将自个儿的苦难绘成《我的中学》呢？

哗的闪电照亮了他身上沉积的沙尘。他洗净眼鼻、毛发和口腔里所有的沙子。坐在小桌前，抖了抖稿纸上的灰尘，拿起了笔。

这些天来，他一直远离人群，在小屋里踱来踱去，折腾得满脑都是词句。疯了似的没日没夜写了一大堆塞进了邮筒，希望伯乐能发现他这匹千里马。

可那些把自个儿感动得流泪的文字，却接二连三又飞回到他的案头。叶飞一下子泄气了。

家里的电话也被局财务科长拿走了。十天前，财务科长送来通知，限期补交电话初装费，原因是老局长不在了，待遇也随之取消。这小小的电话是父亲一生唯一留下的能说明事儿的东西，不仅叶飞有点不舍，母亲也挺痛苦。可就这小小的东西，现在对他们也已是很奢侈了，最终，沾满母亲泪水的话机还是被财务科长拆走了。

叶飞呆呆地看着财务科长出门，真有点欲哭无泪。

他决定还是去找虎子。

第三章 下岗了,在夹缝中穿行

1. 新兵连

虎子名叫海虎,是和叶飞一块儿光屁股长大的。在成长的历程中,他俩始终为伴,上学时是同窗,当兵又是同室。在部队,虎子是叶飞手下的兵,虽然叶飞也是个兵,但他是个有级别的兵,叶飞是个代理排长。

一九八九年的冬天是他们谁也无法忘记的一个冬天。叶飞他们戴着大红花在亲人的告别下,哐当了两天三夜的火车来到黄河岸边一个原来没有多少人知道现在全世界都关注的叫小浪底的地方,开始吃黑不溜秋的馒头夹红不拉叽的萝卜条。也许是兴奋,他们满怀着一腔热血走到一起报效祖国;也许是饿了,他们舌尖苦涩却没一个人流露出萝卜条难咽的表情,吃得有滋有味,如狼似虎。石磊三个馒头下了肚,还想吃,他问叶飞:"还能吃吗?"叶飞看着四周小声说:"可以吧!"虎子也看着正咽同样萝卜条的领队,又看看不相识却千篇一律咽萝卜条的战友。领队给了叶飞和石磊一个眼色,悄悄起身取回来几个馒头。

新兵训练开始了,战友们挂上背包站在一排。

"向右看齐。"

可虎子的脑袋没有向右,他直愣愣地看着喊口令的老兵班长。老兵班长见自己的口令没有达到整齐划一的效果,挺严肃地瞪着虎子。叶飞赶忙拉拉虎子,虎子愣过神来,头朝左又赶忙朝右。

开始分班了,叶飞、石磊、虎子分在一班,林子、民子分在另一班,都在一个排里。

一个班加班长共十二个人,班长领着他们进了一间大营房,指着地板上的通铺说:"这就是你们的床,凑合着些,下连队条件就好多了。"

叶飞把背包放在墙根那张铺上,虎子看见挤出来,也把背包放在叶飞旁边。老兵班长却一个飞脚将虎子的背包踢到地板上。

虎子站起来,握紧了拳头,叶飞赶忙拦住。

"咋的? 新兵蛋子。"

老兵班长边说边上前,石磊见这架势,也赶忙站起来。叶飞抢过去横在中间,用肘捣捣虎子,虎子翻了翻眼皮歪头坐在床板上。虎子被老兵班长安置到正门那张床铺上,整个新兵生活,虎子用皮带扎紧被头还是被潮湿的冷风抽得哆嗦。

到了夜晚的军营,一过十点半,无论你干什么,几声哨音响过,屋子里立马漆黑。别以为苦了一天可以拉上被子呼呼大睡了,班长的小手电筒无处不在,要是谁不汗流浃背可就惨了。

老兵班长的飞腿每个人都有体验。在黑暗中,人人喘着气,拼命地做俯卧撑,仰卧起坐。以盼身体早点出汗,早得解放。

叶飞和石磊身体微胖,每次动作二十来下,汗珠便渗了出来,再坚持十来下,汗珠就一个劲儿地往下淌,湿漉漉的身体让班长的小手电筒照照,便可进入梦乡。虎子可就惨了,很长很细的身子使出吃奶的劲儿仍如沙洲的沙漠不见一点水珠,少不了继续累其筋骨。

人常讲,没有个性的生活,只能叫生存。在部队,尤其在新兵连,你必须和大家一样,不能有丝毫的出格,无论是在课上还是课余。你只能是这部机器的一个冰冷的零件,每个人必须遵奉它的规范,且必须是非理性的遵奉。

躲在墙角偷着吸烟时,虎子被班长的行为气得大骂:"要是在沙洲,我不废了这小子,我他妈的不是人。我哪辈子欠谁的了? 跑这儿受这份洋罪。"

叶飞安慰他说:"过吧,心字头上一把刀,忍忍吧! 只要新兵训练熬过去,什么也都过去了。不见得天天都是这样。"

从此,虎子给班长的第一印象不知不觉定格了。他试图用带来的香烟和

班长发生点关系，却没想鸡飞蛋打，又赔夫人又折兵。

老班长当兵三年还没入党，他的理想是争取加入党组织，回去干他们村的支书，因此在这最后的机会里显得特别有远见。他没被虎子的两条"云烟"俘虏，反将虎子和虎子的"云烟"作为材料报到新训大队长的办公桌上。

适逢部队正在开展政治教育，大队长听完老班长的汇报，一个巴掌重重拍在桌子上，来到已集合待命的部队前面。

大队长背着手，围着虎子推磨般转了几圈，突然把虎子叫出队列，手指向虎子，大声地讲："同志们，在建设社会主义的队伍中，我们绝不允许这样的害群之马、歪门邪道拉拢腐蚀干部……"讲了一通，他又叫出班长，但没有围着转圈。他表扬了宋班长的优秀品质，肯定了宋班长拒腐防变的能力，要求全大队新兵向宋班长学习。

散会后，虎子当晚便打了背包，死活要回沙洲，叶飞扯下他的背包问："回去干啥？你就这么回去？"

虎子喘着气，没吭声，他真想去找个人打一架。

叶飞拉他坐下，继续说："我们初来乍到，又是这个环境，发什么脾气？"

虎子从此天天耷拉着脑袋，且向左边歪着，好像右边刮八级大风似的。班长宋晓明也感到有些过分，对虎子的语气也柔和起来。

想到这儿，叶飞觉得部队生活真还是值得怀念。他点了根烟，勒不住的回忆被烟雾拉回到往昔的日子中。

下了连队，他们感觉连队生活也没什么神气之处。依旧是新兵连那一套，天蒙蒙亮起床出操，天黑乎乎趴在床上做俯卧撑，唯一不同的是伙食好起来，环境改变了，感觉不再对睡觉有强烈的渴望。

下了连队，又换了班长，班长叫华继红，山东人，宽宽的肩膀，宽宽的嗓音。华继红常在叶飞他们入睡后点支小蜡烛挑灯夜读，充足了劲儿准备军考。叶飞觉得他挺喜欢吐痰，尤其在深夜。华继红每吐一口痰还有个前奏，先咳嗽几声，鼻音再长长拉一声，然后再咳嗽，再挺响亮地吐进痰盂。

靠华继红床铺的王光明也是山东人，家住水泊梁山。每晚熄灯后，他不用做俯卧撑，抽根烟拉上被子倒头入睡，立刻就有了鲁智深般的鼾声。鼾声扰得挑灯夜读的华班长很难安心,因此,叶飞曾亲眼看见华继红用毛巾去堵王光明的嘴,因为王光明的鼾声对他有着比叶飞更深的痛苦。

最令叶飞讨厌的是临近的黄浩。黄浩来自深圳,私下里,战友们都称其为"小广东"。黄浩睡觉既不吐痰也不打鼾,但他叽叽吱吱磨牙。叶飞觉得黄浩磨牙还有个量质转变的过程,磨到一定积累犹如老鼠吃了三步倒,叽叽几声质变为咯咯吱吱、叽叽咯咯,好似有人用指甲划着墙壁,令他耳膜万分恐怖。叶飞曾警告过黄浩,可到了晚上,他仍继续,上足了发条叽叽咯咯、叽叽吱吱地无休无止。

有一次,邓小平同志去特区视察改革开放成果的实况通过电视传播到部队,全连队战友每天都坐在电视机前。此时,叶飞的军旅生涯滑进了第二个年头。

一天,电视正播出深圳巨变。听着播音员讲深圳怎样从一个小渔村发展为今天的现代化大都市。黄浩坐不住了,他指手画脚地顺着镜头掠过的座座高楼,抢在播音员前给全队战友嚷嚷这儿是什么,那儿是什么,以前是什么,现在是什么,兴奋得不得了。

"你嚷个屁!看你还是看电视?"虎子说着一把将黄浩推到一边。

黄浩最初给人的印象是特喜欢干净。每晚九点后,他准时端着盆子去冲澡,冲洗的时间非常长。叶飞有一次溜出营门去买烟,无意中发现去冲澡的黄浩坐在排档里喝着鲜啤吃着日本豆。黄浩没办法,只好从一大堆瓜子、果脯、鱼皮中挑出一袋三毛钱的五香瓜子准备堵住叶飞的嘴。叶飞却乘他不备,一把全抢了过来。黄浩急了,扑过来抢。叶飞高举着塑料袋威胁他说,再闹就给抖搂出去。黄浩喘着气求起了饶,叶飞就笑着给了黄浩原准备给他的那袋五香瓜子。黄浩伸手接的时候,想全部夺回来,被叶飞一手推了回去。

华继红终于考上了警校,副班长李中接任班长,叶飞也因较好的表现被大胡子队长提名,通过民主测评委任为副班长。叶飞是同批兵中第一个进步的。叶飞有了这顶小小的乌纱,除了当好兵,还过问班里的内务卫生,偶尔也在班长不在时体验班长的威风,感觉特好。

老兵走了,新兵来了,叶飞他们一下子轻松了许多,最大的解脱便是不再给别人洗衣服,洗袜子,洗床单,而且连自己的衣服、袜子、床单也不用亲

自揉搓了。因为他们不再是新兵蛋子了,新兵蛋子这一"光荣"称号让后来人继承了过去。没有了新兵蛋子的称号,也就意味着有了发号施令权,自己的事情可以让别人办。

虎子在这一年也终于出人头地了,靠着在家玩车练就的技术在全队有了名气,大胡子队长给了他用武之地。防暴队刚组建那会儿,值勤用的摩托车除了四五辆新的外,其余的全是市局里的二手、三手货。自打虎子光荣地接过车钥匙,车总是保养得挺棒,载着大胡子队长呼啸的车影伴着一个接一个不停闪烁尖叫的警笛,在大街上威风得不得了。

街上放录像的、耍刀弄棒的、卖玩具枪的见了虎子都挺怕,丝毫不敢张狂。巡逻时若遇上打架斗殴等轻度违犯治安的,虎子表现最勇敢,他经常是一个急刹车跳下去,扒开围观的人群,张飞般的一声大吼震住双方,先上去啪啪一人一巴掌,然后再论是非。于是,街上小混混见了他都怯,常凑着空约虎子出去喝酒。

2. 娱乐城

一路上,叶飞犹豫再三,才来到沙洲美食娱乐城。

虎子年前辞职下海,动用了老爸的社会关系,下海开了这家歌舞厅。虎子曾对叶飞说过,现今流行这个,歌厅是利润回报率最高的产业。他要用美食娱乐作为起点实现百万富翁的梦想。

已是夜里十一点多了,一楼餐厅冷冷清清,二楼的歌厅却生意正火。叶飞顺着铺着红毯的楼梯往上走,刚刚上了二楼,一位花枝招展的小姐冲他微微一笑:"欢迎光临,请问先生几位?"

叶飞听小姐称他为先生,很是新鲜,赶忙摇头说,找你们海老板。

"那麻烦你先坐会儿,我去跟海老板通报一声,请问先生贵姓?"

"姓叶,你就告诉他说是飞子来了。"叶飞说完,有点奇怪自己。多日来他说话都是仆人般的口气,今儿并没有刻意,感觉语气很是铿锵。

小姐招呼叶飞落座后,转身扭着腰肢进去通报了。

叶飞朝大厅里扫了一圈,只见五彩斑斓的灯光下,大屏幕上走来一群准备游泳的女郎。

叶飞觉得有趣,看得很有兴致,忽然感觉后腰被人抱住,忙收过神来,转过头,见是虎子。

虎子梳个背头,在灯光下闪闪发亮。他看着叶飞哈哈笑着,松开手问:"哪股风把你给吹来了?"

"我就要喝西北风了,当然是西北风了。"叶飞笑着回答。

几个月不见虎子,他此刻穿一件洁白的衬衫,打着一条有许多小黄块的领带,满脸红润,很是精神,看模样真阔起来了。

"你小子混出人样来了。"叶飞打量着他说。

"哪儿的话,还不凑合着,走,里屋请。"

虎子引叶飞走进里面的一间,虎子告诉叶飞,这是他的工作室。叶飞看房间不大却很得体,四周一溜发亮的沙发,靠窗一张棕色的板台,夸张而又气派。墙脚儿摆着几盆君子兰、春雨等绿色植物,粗枝宽叶,鲜花朵朵,一下子使房间有了品位。

虎子有点得意地看着叶飞,问他怎么样,叶飞跷跷大拇指。虎子笑了,拉叶飞坐在沙发上,合手拍了拍,从外面走进来一个特靓的小姐。鹅蛋脸洁净如皓月,红唇上面俏皮的小鼻秀而玲珑,双乳圆溜溜地藏在暗红色旗袍下,随身体的走动,微微颤抖。叶飞差点儿把她认做云云,又忽然想到云云没这般高挑。

"来,燕子,我给你介绍一下。"虎子招手。

"这是飞子,我老哥儿们。"

"这是燕子,我大堂领班。"

"美人鱼吧!"叶飞看着燕子的鹅蛋脸,握着她的手对虎子说。

燕子抽出被叶飞握住的手,嗲了一声。虎子哈哈笑着吩咐了几句,不一会儿,燕子单手托盘进来,把两瓶开启的啤酒和两只杯子一盒 555 牌香烟放在茶几上。看叶飞一直打量她,她抛了一个媚眼,微笑着退了出去,并带好了门。

　　叶飞拿起555牌香烟，边拆边对虎子说："你小子好命，仍吸这个，这辈子，我怕是再也与它无缘了。"

　　"咋了，老唉声叹气的，还不都一样，给，点上。"虎子自己也点了一根，接着说，"飞子，我就喜欢吸这个，别的都没味儿。"

　　叶飞苦笑了笑，朝吊顶吐了一串串烟圈。环儿般的烟圈向前滚动，又被换气扇慢慢吸了过去，一团一团地淡去，直至消失。叶飞的思绪随着一串串烟圈，泛起了许多涟漪。

　　叶飞、虎子和石磊，小时候都住在一个巷子里，成天都在一块儿。看着大一点的同学吞云吐雾，神气十足，他们也想效颦。初二暑假，石磊家来的台商送给他爸爸几条555香烟，石磊悄悄偷了一盒，他们三个就成了南郭先生之徒，跟人凑起了热闹。也许就是石磊的那盒555香烟，改变了他们的人生轨迹。他们开始故意干不该干的事，开始了故意不干应该干的事……

　　"唉！岁月如水，人生如梦啊！"

　　叶飞嘴里不知怎么蹦出了这句。虎子一怔，看着叶飞有点吃惊地说："咋的了，发哪路子神经，你没病吧？给，喝酒！"

　　虎子说完递给叶飞一杯酒，叶飞对虎子苦笑着喝干了酒，又拿起烟盒抽出一根烟说："是它给了启蒙，却没福让它送终。"

　　虎子有点坐不住的样子，他没喝酒，也没愣过神来。等叶飞说了原委，才笑着说："还以为是什么事呢，不过，小时候也真他妈的傻，有时候我也想起，觉得那都不是我，我怎么会那样呢？"

　　"是的，光阴都虚度了，那时候干吗不好好上学呢，不做小混混，今天的你和我，恐怕都不是这个样子。"叶飞有些伤怀。

　　两人都有些伤感，啤酒下了肚，虎子问："飞子，怎么今天有空上我这儿？"

　　叶飞本不想告诉他，但还是说："一言难尽，我他妈的没处去了，饭碗砸了。""真的还是假的？"

　　"都混到这个份上，我哪有心思骗你。"叶飞粗略地把自个儿的事对虎子讲了。

　　"也没什么大不了的。"虎子说，"我的工作不比你差吧！建行信贷部，有人请吃请喝的，工资还能落个不动。可我就看不惯办公室那个小科长的脸色，以为自个儿是个领导，指手画脚的，憋气。就沙梁那地儿，告诉你，就是蹬三轮车，也比那儿强。蹬三轮车，好坏，自个儿是老板，洒脱，省得受那份活罪。"

虎子说完见叶飞低头不言，接着说："飞子，不是我说你，凭你的本事，哪儿混不上口饭吃？我这儿的大门为你敞开着，随时恭候，有我吃的，就有你喝的。"

叶飞看了看虎子，苦笑着说；"你话别大了，我真的来了，你就不是这话了。石磊不是放着榜样？我怕我来了咱连哥儿们也没得做了。"

"咋了，不信我？把我看成什么人了，和石磊一般等同？"虎子有点急了。

叶飞仍笑着，他见虎子上劲儿了，扔给他一根烟。

虎子点上烟仍想劝叶飞："飞子，这个社会已不是你我想象中的样儿了。你知道我挣谁的钱？"

叶飞有点不懂，摇了摇头。

"我从天南地北招来这大帮小姐，挣国家的钱！"虎子说，"现在就属挣国家的钱容易，只能钻钻政策的空隙。我开这家娱乐城，压根儿就没想过百姓口袋里的钱。一楼餐厅，我请了几个川菜大师，水陆海空，山珍海味，名酒名烟，滋养小补个个齐全，哪个不是成百上千！刚开始我心里也有点晕，但我老爸说没问题，开业后，还真让我老爸给说着了。"

"官字辈的人眼，点上一大桌吃不上几下，甩张支票，就上了二楼，灯光是越暗越好，小姐是搂得越紧越妙。官字辈的货们比咱还色，咱们正值青春，没家没舍的，处在乱爱阶段还羞羞答答。可他们呢？搂着和自己女儿差不多的小姐，嘴一个劲儿往突出来的地方拱……你别摇头，哄谁我也不会哄你，你不信？去第三间包厢看看，你就知道你们的胡红国胡局长在干啥。"

叶飞呼的一下站起来说："真的？"

虎子说："不是真的还是假的？"

叶飞一听就要出门，虎子挡住说："你要干啥去？"

叶飞说："我要去抓这个狗日的，他让我过不好，我让他也过不安宁。"

虎子说："你抓他也不能在我的地盘上抓呀，你这一闹腾，我的生意还做不做啦？再说，他裤子一提不认账，反说你诬陷他又何尝不可？坐下坐下，别

急嘛,即便要抓他,也得想一个妙全之策,让他上了套儿,乖乖地束手就擒。这就是策略,我们干啥事都得讲究一点策略嘛。"

叶飞觉得虎子有意要为胡红国开脱,他觉得说什么也没用了,就气狠狠地对虎子说:"得回家了,晚了老妈又惦记了。"

3. 灰色空间

叶飞母亲出院后药仍不间断,熬虚了的身子骨一旦病倒,恢复起来挺费劲的。所以每天都要喝一碗特苦的中草药。

叶飞每天都想着虎子说的话,想到他那里去干一阵子,但又拿不定主意。

周末,姐夫姐姐来看母亲。晚饭后,叶飞征求姐夫姐姐的意见,姐夫姐姐还没说话,母亲却连连摇头,她说:"飞儿,现在找个工作多难啊!送你去当兵,也是为回来能安置个工作。辛辛苦苦花这么多心思为啥?你一句话,说不要就不要了?"母亲说到这儿,眼泪不知不觉地流下来。叶飞一直瞒着母亲,没告诉她沙梁小所想挤走他的事。母亲看儿子成天待在家里也问起过怎么不去上班。叶飞告诉母亲,夏天小所也没什么事,他请了事假。

叶母擦了把泪说:"你们知道胡家为什么老和咱们家过不去吗?"

叶飞看着母亲,期待着母亲的答案。

"原来两家关系也挺好的。你爸当局长时,胡红国不是天天上咱们家吗?你爸退休那年,胡家千金胡晓晓上技校时心思没在学习上,成天和男孩子混在一起,后来怀了孩子被学校开除了。回到沙洲,胡红国让你爸给胡晓晓安排个工作,你爸死脑筋没答应。现在听说胡晓晓毕业证也拿到手了,在局机关财务科做出纳。"

"也真是的,咱爸……唉!"姐姐叹了口气。

"还有件事,你爸更得罪了胡红国。"

"啥事?"叶飞问。

"你爸临退休时,市委组织部的同志来局里考察胡红国,征求你爸的意见。那不过是个形式，你爸反正要退，说那么多废话干啥？实心眼的他却对市委组织部的同志说，胡红国业务能力没啥问题，就是思想品质、生活作风差些，希望组织多考察考察。

"你爸说的这些话后来从组织部同志的嘴里传进胡红国耳朵里，胡红国就对咱们家种下了气。你从部队回来，民政局安置到局里，胡红国不接受。你爸找他吵了一架，你才有个工作。你不想想，这容易吗？不为你的工作，你爸能早早走吗？"

母亲说到这儿，已是泪流满面了，姐姐拿来毛巾，母亲擦了一把又断断续续地说："容易吗？你说不上班就不上班了，对得起你死去的爸爸吗？"

母亲哭得更伤心了，叶飞心有点痛。姐姐赶忙劝母亲，也对叶飞说："上班总有个固定收入。行政单位，就是拖了时间也拖不了分量。现在大城市的工人都纷纷下岗，有多少人盼望着有个稳定的工作。做生意也许能多挣钱，可人活一辈子长着呢，谁能说个准儿？"

叶飞不再提辞职的事儿了，姐姐仍陪母亲说话，他一个人离开客厅，心情沉重地回到床上。他没开灯，在黑暗中痛苦思考着。

这一夜，叶飞梦见了云云，梦见了和云云在一起时快乐的点点滴滴。

4. 战友的别样人生

叶飞又陷入了沉思，他又涌出了和死刑犯一样的心情，用香烟点燃已逝的岁月……

当兵的第三年四月是一个牡丹花盛开的季节，张翔调进叶飞的班里。按沙洲的习惯称呼，叶飞他们称张翔为翔子，张翔家在省城，也算老乡。

漆黑的夜一到来，熄灯后，翔子就给大家发烟，边吸边吹起他的父母。翔子吹起他当军分区司令员的父亲和任市委组织部长的母亲根本没谱，以至于使人觉得他是真吹而不是他所谓的讲。在一次翔子正吹得起劲时，石磊问，你爸那么牛你不在家门口混跑这儿干吗？翔子的兴致被石磊打噎了，没再言语，只发了一轮烟。石磊偏不饶，一遍一遍非要问个究竟。翔子气得翻白

眼,狠劲儿地吸烟。叶飞看发展下去不利于团结,便叫住了石磊。

几天后,翔子单独对叶飞说,在家那边他名义上是在后勤部开车,其实后勤处的领导都不敢用张翔,怕重了轻了尺度平衡不好。翔子只挂个名没事可干,成天在军区大院里转悠,想上街就上街,想回家就回家。转悠转悠到军区医院,他转悠上了一个四川籍小护士,有机会他就和小护士钻进被窝癫狂。癫狂大了肚子,小护士死活不做人流,缠着他非要转干。事闹到司令员那里,他就被发配到河南和叶飞成了战友。翔子说:"排长,石磊那孩儿少见识,那么多人我怎么讲? 拜托你给石磊说说,别再啥都不懂就知道叫唤。"

叶飞答应了。

翔子的加入给他们原本比较平静的生活增添了新的内容,翔子对女人的感觉永远是第一的。他们虽也有蠢蠢欲动的渴望,但没有翔子的深度。

翔子可不像他们那样不开窍,他去市上的一所大学军训十五天,就带回一个小巧丰满,穿着紧绷绷牛仔裤的女人。翔子起初告诉他们说是在家的女友,介绍称之为娜娜。

晚上,娜娜没走,翔子也没回宿舍睡觉。石磊翻来覆去睡不着,就溜到招待室去听窗根,他听见黑糊糊的房间里翔子对娜娜说:"娜娜,你真太美了,你让我神魂颠倒。让我再拥有一次吧,我受不了,我要吻遍你的全身。"

娜娜喘着气咯咯地骂了声馋猫,接着石磊就听见床的吱吱声和娜娜忘乎所以的呻吟……

第二天是周日,清早不出操。石磊等翔子回宿舍时,堵在了门口问他昨晚的事。这次翔子没噎住,他满脸堆笑地又给石磊、叶飞和虎子发了轮外烟,不好意思地说:"就这么回事,知道点就中了,不是朦胧才有美吗?"石磊不饶,嚷着要他请客,翔子痛快地答应了。

翔子趁没旁人时悄悄对叶飞说:"要是让大胡子问起可要挡挡驾,要统一口径,一定要说是在家的女朋友来看我。"

娜娜一连住了三天,表现得挺勤快,她把翔子平日没洗的衣袜、床单,甚至内衣都洗了个干净。翔子刚来没踏出尘土,没有继承过这儿的传统也就没人接他的班,平日衣服脏了都是用烟交换才得以应付检查。

娜娜的勤快倒把大胡子也蒙过去了。娜娜临走时,大胡子站在门口不停地挥手再见,尽足了老大哥的应分。

娜娜走后,石磊又凑在翔子身旁讨教,翔子得意地给石磊讲:"女人真是尤物,光摸那手就比摸全自动扳机感觉好,不用说超高部分了……"

再具体再往下,翔子就让石磊上烟。石磊赶忙掏出烟,还帮助点上。翔子把烟吸得很得意才说那感觉没法用言语形容,感觉嘛,只有亲自去感觉才知其中美味,没有亲自感觉听别人说就如看画上的美人着急死眼睛气死老二。石磊一听泄气了,他白了一眼翔子说:"亲自品尝用得着找你孩儿吱哇!"

叶飞和虎子也在一旁听着,听得哈哈大笑。叶飞不想让这件事影响了他的情绪,就终止了他俩的对话。在没法亲自品尝时,他们依旧打牌。部队上麻将是不允许的,打打扑克贴贴胡子顶顶被子倒没啥。

日子就这么一天天地过着。第四年,叶飞已是代理排长,每次玩牌大家对他都很客气。但他常和虎子、石磊、林子在一起玩,翔子想挤出去一个让他上,可就是挤不出去,急得他就在吵吵闹闹中跪在床铺上双手捂胸发自内心地呼唤:"娜娜,我的娜娜,你在哪里,想死我了……"

翔子这么一叫,石磊坐不稳了,两眼不眨地盯着只穿三点式泳装的女郎像忘了出牌,恼得虎子嚷嚷非要换人。

翔子听见赶忙凑过来,石磊挥挥手说:"一边玩去,大人的事儿小孩别搅和。"

隐约传来大胡子要去支队司令部任参谋长的消息,部队纪律有了微妙的松动。

翔子的娜娜渐渐不来了,翔子急得直蹦跳。有些日子,翔子一到晚上熄灯就从围墙爬出去。叶飞发现问了他几次,他支支吾吾含糊不清地说是出去看电影。快到中秋节了,再没几天都要复员回家了,叶飞也懒得去管。他也常想,人活一场,难得这么多人同吃一锅饭,也是不浅的缘分,何必搞得这么紧张,各奔东西后还让人一辈子记恨。

翔子先是一个人爬墙,后来黄浩也结伴爬墙,出去时还偷偷换上便装。叶飞知道翔子绝不只是看电影那么简单,怕闹出个事来,谁也没法交代,于是让石磊悄悄去打探,没想却把石磊也送了出去。

叶飞没睡,一直等到晚上十二点多他们才回来。叶飞不信,非要他讲清

楚,于是石磊告诉了叶飞实情。

石磊向叶飞叙述过程时想拉拢叶飞,不时插进两句跳舞的种种妙处,还重点叙述跳舞可以达到的目的,石磊说:"飞子,跳舞可以堂而皇之地闻着女人的香,搂着女人的腰,摸着女人的手。女人的手摸着就是比全自动扳机有感觉!"

"还有什么好处?"虎子在叶飞还没吭声前抢先问了一句。

"假如关系处铁,还能擦擦胸,亲亲嘴什么的。"

"你干了?"虎子跳起来。

"哪敢,摸摸手还心跳神慌,但翔子是老手,我亲眼所见。"

"睡觉。"叶飞瞪了一眼翔子说,"以后谁若再溜出去跳舞,先把床给我搬出去。"

石磊和虎子挤挤眼睛,回到床上仍小声地叽叽咕咕。

本来,石磊按叶飞的意思悄悄跟踪翔子和黄浩。看他俩进了舞厅,忍不住也想进去,没想到买了门票却被守门的拦住说,当兵的不让进去。石磊急了,脱下军装穿件背心硬是闯了进去。翔子见了石磊,忙将自个儿的舞伴介绍给他,条件是瞒住叶飞。没想到石磊这么容易就成了叛徒,翔子有点记恨。

他们还想着蠢蠢欲动,但见叶飞这次是真上了劲儿,好几天都沮丧着脸,便都默不作声。

石磊临复员的前三个月终于找到感觉,营门口斜对面大街上有家发廊,他一有空就溜进去,呼啦啦拉上窗帘,反扣上门,接着,床板就咯咯吱吱地发出怪让人生气的音乐。发廊的主人叫常爱,石磊称爱爱,叶飞他们也常去开玩笑,见了她也爱爱、爱爱不停地叫。爱爱给人的第一印象是一定戴了菲格帕丝胸罩,不然,绝不可能那么高耸。

爱爱好像天生怕热,穿什么衣服都得三露,大腿、肩膀、肚皮常抢人眼。加上丰胸肥腿,扁大的红唇和直尖尖的鼻梁,让人怀疑她是个混血儿。其实,爱爱是新疆人,达坂城的姑娘闯荡江湖已六年有余,先在广州发展,后又逐鹿中原。

虎子在翔子和石磊被女人烤得通红时一直默默无闻。虽然他也常流露出对异性的渴求,但没有人发现他有什么动静。

有段时间，叶飞发现他一有空就守在电话机旁，小桌上还放着杯浓浓的茶水，好像要打持久战。虎子的反常渐渐引起叶飞的怀疑，堵住他问，他只是笑笑，不显山水。

虎子请了探亲假，叶飞他们当然要送他回去，可虎子只让他们送上39路公交车死活不让陪着去火车站。叶飞想他前几天反常，猜他心里肯定有鬼，先依了。他叫上石磊、林子和民子上了另一辆去火车站的公交车。

虎子买的是八点半的火车票，叶飞他们在车站前后翻了个遍也没见虎子的影。就在入口处旁的茶馆里坐下，决定守株待兔。

太阳西下，虎子终于来了，放哨的林子叫起叶飞和石磊。只见虎子胳膊上还套着个妞，身体紧紧粘着他。虎子修长的身体好像有点支持不住，头虽居正中央，肩膀却如远处的山坡。那妞远看像个叫花子，等走近了，林子说像个模特。牛仔裤的膝盖部分用刀子划着"X"、"Y"的形状，上身一件鼓鼓囊囊的小白褂不能再短，头发和虎子的一样短，但比虎子杂乱得多。

石磊看着一直在不停地搓手。虎子没发现他们，仍神态满足地从茶馆门前走过，手从妞白嫩的后腰伸到肚皮，边走边像弹着吉他似的弹肚脐眼。石磊终于忍不住了，跳出去，右手比画成五四式手枪，左手撑着右手大喝一声："站住，不许动，举起手放在头上。"

虎子的手触电般从妞肚脐眼上夺拉下来，停了一会儿，猛然转身飞起一脚踢向石磊的"五四式手枪"，痛得石磊握着手不住地哀号。

"想就是你们。"虎子有点不好意思，见他们都来了，搓着脑袋说。那妞看着叶飞、石磊，又看看虎子，满脸疑惑。

"他们是谁？"胖妞问虎子。

"是我哥儿们，来认识认识。"虎子说。

轮到石磊和妞握手时，石磊握住不松了，虎子忙过来解围，石磊这才松开手，给了他一拳，说："有你的，虎子，你小子艳福不浅啊！申请专利了吗？"

"这能告诉你？这属一级机密！"虎子有些得意。

"唉！虎子，这就是你的不对了。"叶飞说，"你小子也太能藏了。"

虎子的妞叫火火，虽有点胖，但一米七的身高也胖得恰到好处。尤其那圆圆的屁股向上方稍稍撅起，宛如两个半球，走起路来一张一合的很让虎子

着迷。火火有家服装店，店名为"塔玛地精品屋"，好些日子，谁都搞不清楚"塔玛地"到底什么意思，问火火，火火也没说清楚，只说是花了五百块钱请命名店的"秀才"命名的。虎子和火火的相识很有戏剧性。虎子一次去街上溜达发现了火火，开始了单相思。可"塔玛地"的主人不仅漂亮，店里的衣服更漂亮，标签上那一长串串零，让虎子摸都不敢摸。想充款爷无奈没人扶持，怎么也弄不到个相识的机会。冥思苦想费了好些天，虎子才想出个妙计。街上的小混混平常都找机会讨好虎子，虎子给了他们一次机会。

防暴队巡逻一般都是开着车在大街上先转几圈，然后找个地方停车，再分为小组，徒步上街巡逻。虎子是分组长，有权调动分组员。他把任务交给副组长，自己守在"塔玛地精品屋"一旁。按事先导演的内容，"小混混"们进了"塔玛地"，拿起火火架上的衣服一个劲儿地往地板上摔，火火发出了警报般尖利的叫声。虎子听见，冲进去以迅雷不及掩耳的速度打得混混们落花流水四下逃窜。虎子赢得了火火的赞美。

英雄救美的剧幕一拉开，先前的所有障碍一一后退。

虎子探家，稍稍向火火申请了一下，火火立马批准。火火早对麦积山、月牙泉、莫高窟、鸣沙山等有所耳闻，加上虎子平时绘声绘色的描述，火火非要缠着跟虎子去看看西部的神奇。虎子不让叶飞他们认识火火，是怕火火问起沙洲的月牙泉时他们说漏了嘴碎了西洋镜！

以后的事就不得而知了，因为虎子所说的一切沙洲不仅一样也没有，且离得很远，而火火正是冲着虎子所描绘的沙洲才对虎子感兴趣的。

虎子探亲回来后一直阴着个脸，别人问起，他说他老妈看不惯火火的花里胡哨。叶飞看着虎子，想虎子说这话时心里一定特苦，毕竟花了心血，还欠了人情。

这些都是叶飞后来碰见火火时火火告诉他的，叶飞看见火火脖颈上虎子送的子弹项链已换成金灿灿的鸡心链。火火还对叶飞说："有沙漠，有戈壁地方的人，真不是个东西。"

虎子回来后一直在痛苦中，他仍穿着火火送的那双白丝袜。后来，脚指头露出来也舍不得扔，又买了一双一模一样的白袜，将新的补在旧的上，一直穿着。

第四章　为了梦,只能苦苦挣扎

1. 梦在心间

　　叶飞没日没夜地苦熬了一个月,接连画秃了几支油笔,终于将他的生活积累化作十多万字的文字,便如释重负般地长长透了一口气,心里充满了无限的希望来到邮电大厅里,那位负责挂号邮件的胖姐接过叶飞递过去的大信封,随手扔在秤盘上,好像没正眼瞧一眼就摔出来一句:"八块。"叶飞翻遍了身上的口袋,怎么也没想到全身找不出八块钱来。

　　是青青帮他付的。

　　青青回来分到邮电局。叶飞发信时她正在长途电话亭里检修电话,猛一抬头,看见了不停翻口袋的叶飞,就打了声招呼。

　　"飞子,干吗呢?"

　　听见有人叫他的名字,叶飞扭过头,顺眼望去,见是青青,忙招手让她过来。

　　青青穿一件湖蓝色翻口马蹄袖衬衫,上面加件小马夹,配着牛仔裤,弧线突出特飘逸。叶飞让她掏八块钱帮付邮资,看着青青掏出钱递给胖姐,叶飞心里涌出一股说不上的滋味,暗骂自己:我他妈的活着连八块钱也掏不出,我他妈的这人活着还有什么意思?

　　"过得还好吗?"青青给了胖姐一个微笑后转过脸问叶飞。

　　"还凑合吧!"叶飞能说别的吗?

　　"不是发生了什么事吧?瞧你眼窝深深的,脸灰不拉叽的,怎么成这

样了？"

叶飞看着青青，不知该怎样回答。

"也难怪云云要离开你，就你这样，我若是云云，我也会去找石磊。"

叶飞最不爱听这话，他准备不再答理她，扭头想走。

青青也觉得言重了，见飞子要走，忙拉住他说："算我没说，刚发的是个稿子吧！"

叶飞瞪了她一眼，但还是点点头。

"飞子，别太逼自己了，轻松一点好不好？逼出个文豪来也是对文坛的一大贡献，万一逼不出来文豪，像民子一样自己给自己逼出个神经病，向谁交代？"

"民子怎么了？"叶飞听了忙问。

"怎么了？疯了呗！哎，民子一直在茶饭不思地研究他的《文物大全》，收集了一大堆，没一个值钱。下岗后，拧眉瞪眼地出游了。走了快大半年了，没影没踪，无音无讯，家里也登报了，还是不见回音。前些日子听说有人在西安兵马俑见过他，后来又听说去香山寺做了和尚。家里人听风去找，连个影儿也没见到，现在是死是活只有他自己晓得。也不知道中哪门子邪了，一个个都混成这样！"

"还不是你害的，没你，民子能钻进《文物大全》？"叶飞有点解恨地回了她一句。

"你这人怎么说话的，怎么是我害的，他有喜欢我的权力，我就没有不喜欢他的权力吗？跟你说话真没劲，大作家，写你的书吧，我过去了。"

青青冲叶飞这么一嚷，不再理叶飞，继续去干她的活。

叶飞看着青青的背影，苦笑了一下，也扭头出了门。

晚上，叶飞给虎子打了电话，告诉他民子的事。虎子在电话里问怎么办呢，叶飞说天要下雨，娘要嫁人，有什么法子，等吧！

于是，两人都盼望着民子能找到真正的宝物，回沙洲来光宗耀祖。

太阳依旧从东升起，从西落下。叶飞的心不论怎么苦，可眼前的日子还得过。口袋里是没钱了，他从虎子那儿拿了些，买了一大堆报纸，按上面登的招聘启事，想尽各种方式去应聘。结果，没一个单位发现他的天才，所有的单位第一句就是问什么学历,英语能达到几级。叶飞听了,没脾气地悄悄出来。出来就恼,我他妈的高中就把宝贵的青春献给了伟大的祖国,我的热血洒向了保家卫国,而同辈人在我洒热血时却红了自己的颜色,我上哪儿去偷个本科文凭,我哪有时间去学鸟语。

他又试了一家,苦苦哀求说自个儿是中共党员,有三等军功奖章,有两年多的管理经验,却听到了阵阵讥笑。

"去找伟大的祖国吧!"人群中不知谁喊了一句。

叶飞又耐住性子,花了二十块钱买了张门票进了正在沙洲举行的人才交流市场,想找个不大的"馅饼",却让一句"我们不需要劳工,这儿是人才市场。人才,懂吗"给哄了出来。

叶飞泄气了,他出了门,一脚踹翻了自行车,生我养我的沙洲为什么让别人高高兴兴,轮到我却是冷眼,我他妈的吃屎也没赶上热乎的。

牛奶可以没有,但面包万万得有。叶飞继续寻找。他看到路旁的青砖上贴了张红纸,心想,也许这类不太上档次的招工条件更适合自己吧。走上去一读,心里很是无味,原来上面写着:"天王王,地王王,我家有个夜哭郎,过路的君王看一看,一夜睡到大天亮。"失望之余,叶飞的眼睛又看见电杆上贴着一张印刷纸,对工作的渴望又促使他将脚步移过去,读完,忍不住笑了,上面写着:"专治阳痿早泄,举而不坚,坚而不久。久而不射,射而不爽。"

叶飞在心里默默念道,顿时有了灵感:这个世界什么都可以流行什么都可以成为文化,知青文化、大墙文化、校园文化、茶文化、酒文化,甚至厕所都有了文化;那么为什么电杆不可以成为文化呢? 叶飞云山云雾地盯着电杆发呆。这时恰好路过几个小姐,看见叶飞目不转睛地盯着电杆上的文字,觉得可笑,边走边指指点点,这才把叶飞的思绪拉回现实。他翻着眼瞪着小姐们,小姐们缩着脖子张张嘴赶紧逃离。叶飞骂起来:"笑你爷,知道你爷在想什么吗? 想操你!"不过,他没骂出声来。

叶飞的脑子这些天有点异常,随便一两件小事,都会在他脑中引起一波一波过去没有的理念,于是他又开始寻找。

2. 戳心戳肺的场面

石磊刹住车，先下来，从车前转到右边，打开车门，挑了挑眼帘笑着做了请的姿势。沈蔓媚笑荡漾，伸出手让石磊握住，也下了车。石磊砰的一声，关好车门，右手揽着沈蔓的细腰，手指不停地挠着。沈蔓觉得痒痒，挺起胸脯噔噔跑了过去。石磊紧追上去，将沈蔓拦腰抱起。沈蔓咯咯地笑着勾住了石磊的脖子。

石磊用脚开了门，将沈蔓抱进去放在沙发上。刚要起身，沈蔓却拉住了他的领带，将石磊拉入怀中……

云云被眼前的这一幕惊呆了，她在卧房里听见有人大叫，走出来猛地看见石磊和沈蔓在大厅的地毯上狂欢，她不知道自个儿该怎么办，呆呆地看着他俩，看着沈蔓又转身垂着头，身体弓在地上，饱满的乳房随石磊的撞击前后跳跃……

云云看着，感觉双腿一点儿力气也没有了，身体顺着墙软塌塌地倒在地上。她实在看不下去这戳心戳肺的场面，实在不想听到这不堪入耳的叫唤声，她挣扎着爬起来，扑进卧室的床上哭了起来。

云云早就知道石磊在外面有了女人，可她还是没有想到石磊竟然这么无视她的存在，竟然将女人毫无顾忌地带回家。

外面不知什么时候没了响动，她极力阻挠自己不去再见那不堪入目的场面，但还是揩一揩泪，悄悄地探出头。

石磊和沈蔓终于累了，什么也没盖，赤条条地相互拥在一起。云云这一看，心中又窜起火，她拿起水桶里的拖把，跑下楼狠狠地砸了下去。

沈蔓的躯体一下子绘了张地图。随着沈蔓的尖叫，石磊爬起身，避开云云砸来的拖把，一个夺棍动作将云云拉倒在地上。云云抬头看了他一眼，捂住脸，泪水禁不住地又涌出眼眶。

沈蔓双手抱胸，哆嗦着问石磊她是谁？石磊扯过衣服，扔给了她，说："小保姆，最近得了神经病。"

石磊第二天下午才回来，云云揪住他不停地厮打，号叫。石磊也觉得自己过分了点，昨儿个他本来先给家打了电话，见没有人接听，他以为云云不在家，就带沈蔓回来了。现在见云云闹腾起来没完没了，石磊烦了，对又哭又闹骂骂咧咧的云云挥挥手臂："你必须顺从我的兴致，把我认为可行的消遣看做普通的小事。想继续留在这个家里，就要习惯我的爱好，没有谁可阻拦我的兴趣。都啥年代了，你以为你是玉女？你不也是叶飞剩了的二锅头吗？"

云云的头轰地大了，耳边响起阵阵炸雷。她几乎不认识眼前的石磊，只呆呆地凝望着，不再有泪水。她只感到一种恐惧，一种孤独于黑暗中的恐惧。她抓着头发，扯着，揪着，在床铺上滚来滚去，心中种种不祥的猜测已变为牢不可破的事实，美好的幻想开始接受理智的审视。

她不知道天是怎么亮的，灿烂的太阳光从阳台照进来，有点晃眼，她问自己这爱到底怎样才对？

鲜花和面包之间，她最终是选择了面包，而这面包又是多么地难以下咽。面包的实现是对鲜花的遗弃，她第一次认真地问自己，面包带来的是什么？

她觉得自己飘飘荡荡，身子仿佛一棵被风旋起的枯草。她的脸色苍白，被羞辱浸泡的眼睛满是血丝。到今天她才明白，明白石磊待她不过是情欲的一个点缀，一颗刹那间相拥的流星。她这颗流星已沉落在地上，不再有璀璨的光芒，她已让石磊感到了厌倦。云云的眼睛掠过室内件件代表钱的富贵，突然，她大笑起来，凄惨的笑声满载着人生的苦涩，弥漫了整个房间。生命也许真不过如此，自个儿不是也对这些从前做梦都想拥有的东西感到了不新鲜吗？人与物其实没什么不同，也许生来，自己就很贱。

"你还能说他什么呢，你不也抛弃过别人吗？你在乎过别人的感受吗？那你又有什么权力要求别人不抛弃你呢？你说你用青春赌了明天，可他何尝不是用青春用全身心的东西赌了自己呢？飞子，你恨我吧，你开怀大笑吧！你应该笑你应该乐，你应该让全世界都知道你的开心，让全世界都知道贪慕虚荣的下场。"一种声音在心底升起，渐渐地，她仿佛看见飞子对着她在冷笑，全世界都对着她在冷笑。她看见飞子冷笑着一步步靠近，双目射出鄙视、嘲笑和得意。她感到浑身发抖，双手交叉着紧紧扒住肩膀。她害怕得缩成一团，嘴

里连声说着不要,不要……

叮铃铃,电话突然响了,云云吓了一跳,她回过神,迟疑了一下,还是拿起听筒。电话那端问石总在家吗,云云听出是女性的声音,正猜测又是哪个婊子养的,电话那头突然问:"你是有神经病的小保姆?"

云云的头突然又大了,她又呆了,听筒里传来咯咯的得意的笑声。云云扯起话机,狠狠摔在墙上。

电话是沈蔓打的,她觉得石磊挺可爱,却又弄不明白石磊那么富足,怎么会用一个有神经病的小保姆。

想起石磊,沈蔓的嘴角不免露出一丝得意。

石磊阅过不少女人,放荡的,清纯的,各种各样的都有,但像沈蔓这样的女人还是第一次实践。他觉得沈蔓满身都是情欲,哪儿都有活力,都是一触即发的,犹如一座肉色的皇宫,能在特定时间内表现出可以让男人热血沸腾的技能。

西沉的太阳又落下山坡,渐渐地红霞也退向天际,沈蔓大声的忘乎所以的呻吟彻底击垮了云云的幻想,彻底粉碎了她的梦。

3. 绝望世界

这些天,叶飞就在街上逛着,夜晚窝在小屋里用笔交织着内心的忧闷与企盼。

天一亮,他对自己说:"今天也许有好运,出去碰碰。"

当然,这只能自个儿对自个儿说。他一直是瞒着母亲的,母亲早已产生怀疑,当问急了没处躲时,他就去战友家待两天。

没想到这一次比上一次成效更差。整个一天,他在沙洲的角落飘飘荡荡,到了黄昏,一想到又要回家,而一天又没什么结果,他的心就空空的无处着落。这时,他才明白民子为什么去出游。其实,出游并不是目的,而是一种途径,当一个人的理想与现实发生极端碰撞时,也许逃避就是唯一的出路。除此之外,还有什么别的办法呢?

想起民子,实际上他的性格悲剧早在部队时就已经根深蒂固了,一旦环境对他造成重压,扭曲便是一种必然。

那年,民子自打追求青青失败后,一直呆坐在窗前,看着微动的杨柳,好像又听到了缥缈的天外之音。

老乡中就属民子有一种超群的玄乎之感。从踏入军营第一天起,他就对青青动了心思,无奈青青常说他是小白脸,没点气质,很是不在乎,青青的不屑打击得民子对天下所有的女人都有了厌恶感。在白天人看人晚上数星星的直线加方块的生活中,民子找到了他独特的感情寄托。

民子一般不和叶飞他们搅在一起。他上街总是一个人低着头,谁也说不准他什么时间能回来。若有急事找他,去邮局旁的文化广场准能见到他的影子。

民子每晚睡得很迟,打个手电筒,拿个放大镜,翻开比《辞海》还厚还大的《文物大全》,眼睛一眨不眨。民子在部队任文书时一般不参加军事训练,也很少出去巡逻。干点抄抄写写,出出墙报,提提开水,分分报纸的工作,养得白白净净。

民子只要拿起放大镜,没有特别的情况,任何人都不能打扰,要防不着打扰了他,民子会跟你拼命,拼不过时就会如娘儿们似的咬着嘴唇,好像要哭。

民子立了个伟大的志愿,他要在当兵三年时间里把《文物大全》一字不漏地装进脑袋,以求复员回家学有所成立世有本。

民子常说他家庭贫寒,能当上兵全靠老天有眼了。那时叶飞的父亲还没退休,林子爸是公安局政委,虎子爸爸是商业局长,青青父亲是区委书记,石磊老爹没权力却有钱。民子左看右看没法比,说他回去肯定最惨。有了这肯定最惨的远大眼光,他就捧起了常人翻一页绝不翻第二页的《文物大全》。

民子翻书翻出点门道就跑到文化广场古玩交易所。交易所属露天的,排成一溜儿散布在杨柳树下,古玩、玉器、字画、邮票等应有尽有。民子对值钱的不值钱的每一件物品都很依恋,往往花最少的钱买回一枚古币,然后当成宝贝似的在放大镜下翻来覆去看个没完。有时他还抱着那么点想让别人见见世面的意思,拿出来供大伙儿观赏。可谁要看的时间稍久些,民子就会一

把抢过来,他怕你起了歹心,贪污了他的古币。

楼后营区有一块菜地,种满了黄瓜、茄子、西红柿,饲养员委永国浇菜时发现菜地里的水都流到一个原本没有的洞里。整整一个下午水也没把洞灌满。水到洞口,哗啦啦地就不见了。民子得知这一消息,立即严令禁止浇菜,守在洞边,任何人不得靠近一步。谁都知道民子的脾气,想去看看怕又讨个没趣,只好忍了。民子就一个人目不转睛地守着。到了天黑,那洞忽地塌下去。民子兴奋得撒开双腿跑回宿舍,怀抱着《文物大全》又飞一般跑到洞边,左手打着手电,右手拿起放大镜,急急地翻开放在膝上的《文物大全》,找到古墓一章,一字字地寻找。叶飞怕他走火入魔,赶忙叫来石磊和虎子,但也不敢惊动他,只在一边看着。民子看一会儿书,起来沿洞察看。又坐下看一会儿书,又起来沿洞察看,毫无疲倦。这一夜,叶飞他们满脸都长满了相思豆。

不等天大亮,民子就拿把铁锹一个劲儿地挖,黏糊糊的泥水也不知是怎么挖出来的。出完操,叶飞又过去看他,看他累得直喘气,有心上去帮忙,民子却怕叶飞毛手毛脚一不小心弄坏文物让他后悔终身。叶飞见他这个样也就由他折腾,待在一边也好奇地等待他的文物出土。

突然,民子大叫一声扔掉了铁锹,把呆望的叶飞吓了一跳,只见民子双手高举一个满是泥的罐儿跳了出来。

叶飞他们也以为民子真挖到了宝物,争着想看一眼不知埋了多少年又重见天日的黑罐。可民子高举着手不让,独自跑到水池旁洗把脸,然后抱起黑罐跑出大门。

民子挖出宝的消息顷刻间传遍整个大队,大胡子队长满脸兴奋地守在电话旁时刻准备着向上级汇报。

整整一个上午全队人都在说着民子的宝物,都心急如焚地盼着民子传来佳音,都希望快点知道民子的宝物能换几座城池。

等到中午快开饭了,民子才回来,丧气地提着黑罐,有气无力地说:"黑罐是解放前穷人家用来盛盐的,能换两根冰棍!"

看着他的样子,全队人都在笑,可叶飞他们想笑却笑不出来。

民子还不死心。

"一定是博物馆那家伙检验错了,如此手艺的陶瓷,就是盛盐也该盛战国时期的盐！出土的怎么就值两根冰棍？"

民子一天都哭丧着脸。

就是那个一天哭丧着脸的民子,最终还是在生活的重压下,作出了超凡脱俗的抉择。也许,他是对的。"四大皆空,六根清净",也就少了尘世这份难以纷争的烦恼。

4. 借酒消愁

路过楼旁的小店,叶飞厚着脸皮赊了一条烟和一瓶酒。这一天,活倒是找到一个,但必须要有不怕臭的精神。叶飞在路旁的一根电线杆下发现一张招工启事招清洁工,要求身体强壮,能吃苦耐劳,并具备初中物理水平的有识之士。叶飞去了,是一家专门负责清扫厕所的公司,具体地讲就是一家负责清掏没有下水冲洗的厕所公司。具备初中物理水平才能操纵其劳动工具——一台小型离心泵。

叶飞从没想到自己能动心,但也没有立即下决心,他一直朝前走着,他习惯去那个地方。在他的四周,全是黄澄澄的寂寞,全是黄澄澄的飘忽,他站在陷脚的沙路上,眼望着似海浪般滚向天边的沙漠,斜沉的太阳模糊了他的眼睛。黄色是什么？他问:是丰收的呼唤,是低俗的象征,还是一种近乎残酷的毁灭？他真想大声问问这死一样静静的沙漠,你的春天迷失在哪儿？

叶飞面无表情呆呆地立着,任这博大的沙海耐心地等待内心的冲撞。

脑海中,翻腾的沙丘一直重叠至天际,他依然长久地看着延绵不绝的黄沙。远处一簇红柳红红的,像火燃烧,让他发现了死亡之海中也有美好。

他终于记起手中还有瓶酒,就把酒瓶对在嘴边狂饮起来,直到透不过气才把它放下,瓶中的酒已所剩无几。他假设面前的石块就是胡红国,甩手将酒瓶狠狠地砸去。只听砰的一声,酒瓶碎了,石头仍牢牢地稳固在沙中……

叶飞自感是醉了,他不想回家,也不知道嘴里在喊叫些什么。

他模糊地又看见灯光,他觉得整个沙洲都在旋转,他弯下腰,用手去摸,他纳闷,这楼怎么都朝下？过来一个骑自行车的中年人,他并没有看见叶飞,

车到叶飞身旁,叶飞突然起身,把他吓了一跳,自行车拐了个方向,冲向路旁的台阶。中年人扶起自行车,想大骂一声,但见叶飞胡言乱语,赶忙推开自行车,走出四五米才回过头来大骂:"杂种,喝点猫尿不回家躺着,当心车撞死你……"

"你……你说啥?"叶飞听了跑步上前,一把拉住自行车后座。

中年人大概见过的醉汉多了,富有经验,知缠不过,赶忙道歉,最后才在叶飞的骂骂咧咧声中踏快自行车走了。

"敢骂我?妈的……"叶飞觉得很有趣,又嘟囔着朝大街上走去。

大街上,顷刻响起急促而刺耳的刹车声。叶飞走到路中央,他歪着头,斜着眼睛,愉快地看着一辆辆急急躲开他的轿车……

又一辆车过来,一直走到跟前才发现叶飞,急忙躲避,差点撞到隔离墩上。司机气得探出脑袋大骂:"傻×,找死?"

"嗯,你又开着车来骂我……"叶飞摇晃过去,想找个砖头怎么也找不着,却感觉衣领被谁揪住了。

叶飞探头一看,这才发现揪住自己大骂的是个警察。

警察身材高大,捏得叶飞口腔里的唾液顺着嘴角下流,叶飞怎么也挣不脱。警察差点把叶飞拖倒在地上,他把叶飞拖进车里,问他家住哪儿。

叶飞不停地摇头,他感觉有点困。拖叶飞的警察忍不住想给叶飞一个嘴巴,被车内另一个年龄稍大一些的拦住了。叶飞看着,突然嘿嘿笑了。

年龄稍大一点的警察耐心地等着,他觉得是时机了,又问叶飞家住哪里。

叶飞仍摇头,仍嘿嘿地笑。

拖叶飞的警察说干脆放在路边算了,风一吹,清醒了不就回去了。

这话提醒了老警察,他让先前拖叶飞的警察开车,自己把叶飞扶在车窗边,摇下玻璃。车子动起来,叶飞感觉脸被凉风扫着,浑身哆嗦。

老警察每经过一片居民区就问是不是,叶飞不再笑了,但也不说话了。他其实被风这一吹吹醒了,但他知道如果这时就醒了,麻烦也就醒了,索性仍假装,不理不睬。

老警察仍有性子,他看叶飞不再笑,觉得会有美好的结果,就让开车的警察放慢车速。

叶飞仍装醉，但也给老警察表演开始清醒的动作。车转到南关，叶飞看见沙洲美食娱乐城的招牌，心里想老警察为什么这时不问？

老警察似乎心有感应，不失时机地问了一句。叶飞说到家了，老警察轻轻地打开车门，扶叶飞下车。

"能行吗？"

叶飞还歪着头，但点了点头。

叶飞走进娱乐城，燕子认出了他，急忙跑过来扶着并喊虎子出来。

"哪儿喝的？"虎子见叶飞满脸秽物，忍不住笑起来。他把叶飞扶进室内的沙发上，让燕子拿来湿毛巾，亲自帮叶飞擦干净，又倒杯水让叶飞喝下去。一股清流润清了火辣辣的喉咙，叶飞长长舒了一口气。

虎子看着叶飞，笑问："在哪儿喝的，怎么喝成这样？"

"哎！自个儿消愁，我总得给梦找个去处。活人真他妈没劲，人一个个他妈的干吗要活呢？"

"又咋的了？还为那丫头想不开？"

"别在我面前提她，提起她我伤心。"

"伤心是种说不出的痛，看来，你是感觉出来了，我懂了。"虎子半开玩笑地说。

叶飞也笑了，但笑后叹了一声，他对虎子说："其实，那劲儿已过去了，时间真是最好的药方，相信你也有同感，只是你不说罢了。本来也没什么，只是她跟石磊，我心里难咽啊！"

"难咽也得咽，这社会谁也左右不了谁，无法改变它，就让它改变自个儿吧！"

云云从手袋里找出钥匙打开门，熟悉的家看起来比以前更陈旧了，但隐隐有股亲切的感觉。云云看见桌上有张报纸盖住什么，走过去撕开，原来是两个冰冷的馒头和一小盘咸菜，喉头不觉涌上来酸水。

"爸爸过得很苦。"云云在心里说，她放下手袋，开始清扫起来，房间除了一张椅子和沙发前的茶几没有灰尘，其余的都集结着一层薄薄的沙粒。云云

用手巾仔细地擦着，看着桌中央母亲的遗照，她忍不住哭了。房门被人打开了，云云见爸爸回来了，忙揩揩泪站起来，眼睛凄凄地望着他。李建国见是女儿回家，脸沉了下来。云云低低地叫了声爸，李建国却没理睬，只将手中提的菜袋扔在桌上。云云看父亲很是苍老，仍旧戴着软绵绵的蓝色鸭舌帽，下巴上的胡须隐隐透出白色，颧骨由于生活的重压，更突了。

云云不知该说什么，空气突然变得令人窒息。她坐也不是，站也不是，就那样呆呆地低着头，泪水又冲出眼眶。

云云的哭泣声惹恼了李建国，他忍不住拍响了桌子。云云看再待下去没什么意思，就拎起手袋哭着拉开门跑了出去。

李建国一个人面对空荡荡的房间，他心里那个气怎么也消不下去，带着种种无法解开的疑问，他一屁股坐在椅子上，两眼微闭着透着长气。

本来他是盼着云云回来的，云云是他当爹当妈拉扯大的，可他一见云云，心就冒火。他对着老伴的遗像，心里那个苦，顿时化作两行涩涩的泪水。

云云咬着嘴唇独个儿在大街上逛荡，她不知道自己究竟该去何方，心里乱乱的，感觉满世界都不再有自己的依靠，满世界都对自己投以耻笑的眼光。云云就这么在街上转着，她好想叶飞，但这想法在刚上来时就被自己否决了。

"我还有脸去见他吗？"

第五章 太漂亮,男人见了都想咬一口

1. 变阔的嘴脸

虎子听见电话铃响,他打开手机盖,是石磊打来的,石磊告诉他翔子来沙洲,想找他聚聚。

挂了电话,虎子有点兴奋,翔子自打复员后也没联系过,一晃三年快过去了,不知道他小子混成了什么样子。

他想告诉叶飞翔子来了,拨通电话,那头告诉他没有叶飞这个人。虎子一听不对,问他是哪儿,那头回答是锅炉房。

虎子又按了号码,那头仍重复了一遍。他拍拍脑门儿有点不解,也没再去想,叫来燕子安顿了几句,下楼上了刚买不久的"城市猎人"。

虎子对车有种与生俱来的爱好,手里刚有点小钱,就想搞辆车玩玩。燕子劝他买辆夏利,他说夏利太小气,越野吉普才够气派。

虎子戴好墨镜,启动车子,一脚油门,车上路了。他愉快地操纵着,七拐八转,"城市猎人"开到一座装有蓝宝石玻璃护面、气派十足的六层大楼前,一脚刹车。

"中台公司"四个金黄色大字镶嵌在咖啡色的影壁上,漂亮的咖啡色玻璃门旁边站着两位同样漂亮的礼仪小姐,小姐见了虎子,微微颔首,微微露出洁白的小小的牙齿。

虎子想先富起来的这部分人才有派,把整个办公楼装扮得如封建王朝

的衙门一般。

门卫小姐挺温柔地伸出双手拦住他问找谁。

虎子说找石头。

小姐说公司里没有石头。

虎子不好意思地又说就是你们的石总。

小姐说请稍等。

小姐按通电话,石磊吩咐让她领上来。

虎子在小姐的牵引下上了二楼,走进石磊的办公室。

石磊正和一位小姐交谈着什么,见虎子进来,立即起身张开两臂。虎子伸出手和他握了握。

石磊梳着油光光的背头,胡子刮得光光,润红的脸上还架副带链的金丝眼镜,穿一条浅灰色的背带裤,如港商般的富贵得体。

坐在小牛皮沙发上的小姐也站起来,虎子瞟过去一眼,忽然感觉在哪儿见过,有点面熟。

"来,我给你介绍介绍。"石磊转过脸对那小姐说,"这是我战友,海虎,沙洲美食娱乐城的老板……"

"你好!"

那小姐笑着和虎子握握手。

石磊让那小姐先回去,那小姐闪烁着媚眼:"我的事呢?"石磊说晚上打电话。那小姐妩媚地笑着看了一眼说:"你们聊,我先告辞了。"

那小姐走后,虎子一下感觉房间没了一股浓烈的玫瑰花香,他看着那小姐紧绷绷的屁股消失后问石磊。

"这姐儿是谁?好像在哪见过。"

"没见过吧!歌星。"石磊说,"不过,也就是刚出道的白兰杯通俗歌手大奖赛第一名获得者。"

"你和她有什么事?"虎子问。石磊没有回答。门开了,迎宾小姐单手托盘,把两杯咖啡和一盒555牌香烟放在茶几上,悄无声息地退出去,轻轻地关上门。

石磊有点不想回答,虎子却不依不饶,石磊便说:"也没什么,到我这儿拉赞助,这姐儿趁热想出张专辑,但音响公司怕赔,不愿下赌。"

"你不怕赔,是有所图吧!"虎子问。

"什么有所图?别老把我想得和你一样,来,抽着。"石磊给了虎子烟说。

虎子撇撇嘴,接过烟:"拉了多少年猴,还不知道猴尿是啥样?你蒙我呢!"

石磊哈哈笑起来,两臂伸开放在小牛皮沙发边上,有点得意。

"这女人都一样,尤其上档次的女人,更懂得如何利用资源优势。改革开放二十年,最大的受益者就是女人。"

虎子没吭声,吸了一口烟,吐出一丝丝烟圈儿。

"不懂了吧!活人哪有个足的,武大郎玩夜猫子,谁有谁的玩法,什么人有什么人的档次,什么人有什么人的活法,听说过去阿拉伯石油王子邀请温姐的事吗?"

"没有。"

"我说你,虎子,有时候你也是个人物,怎么这般孤陋寡闻?她们属李师师之类,现在就流行这个,有档次的玩有档次,没档次的玩没档次。这姐儿我在颁奖晚会上见了,打个电话约来时,起初她还以为自己是个人物,说自个儿卖歌不卖身。啪,我五万元钱拍在床上,答应帮她出专辑,她就疯了似的解下乳罩……这叫胯下星辰。"石磊说着很是得意。

"你小子好命,啥时让我领教领教?"

"那看你本事了,你小子命也不赖,没这么饥渴吧!身处花丛中,一抓还不是一把!"

这时,柚木板台上的电话机响了,石磊起身去接,虎子看豪华落地窗正对着园艺场的果园,万里绿海点点红。

石磊放下电话,说是翔子。

"你干吗挂了电话,他在哪儿?"虎子有点急了。

石磊愣了一下,说:"我怎么给忘了,不过,他说去敦煌玩两天就回来,回来我通知你。"

虎子有点不快,但事已至此,也只好瞪了石磊一眼。过了一会儿,他又问:"翔子怎么想到到沙洲来?"

石磊说:"翔子犯事了。"

虎子问:"犯什么事?"

石磊说:"翔子过春节时喝醉酒,半夜驾车在街上转悠,看见一漂亮妞儿就追逐拦截,截住按在车里快要动手时,妞儿不从的尖叫声引起路人的不平。翔子被众人痛揍一顿,被'110'捉走了。可就在众人高高兴兴回家的路上,翔子给了母亲一个电话。于是他母亲又给公安局长一个电话,翔子在一夜之间成了酒后开车,受欺的妞儿成了妓女勾引翔子索钱耍赖,路见不平拔刀相助者该出手时出了手的成了斗殴伤人的流氓地痞。人民的警察还要让他们向翔子赔礼道歉,赔偿医疗费用。翔子父母怕引起太大的公愤,就把翔子赶出来,四处避避。"

"妈的,这事儿要是摊在你我头上,早进黑屋坐小板凳了。"

"现在这事儿,不服不行,翔子他妈的就是翔子。"石磊说。

叶飞决定不去那个厕所清洁公司,一路上,他决定告诉虎子要来"沙洲"分点稀饭。

可上二楼,虎子见他第一句就问他家的电话怎么跟锅炉房同号。

虎子这一问倒把叶子一路下的决心给拦了回去,他没有回答,也不知道该怎样去解释。

"翔子来了,我打电话哪儿也找不到你。"

"翔子来了? 他在哪儿?"叶飞一听翔子来了,不快一扫而光。

"别急,翔子在石磊那儿待了几天,跑敦煌了。不过听石磊说翔子过两天还回来,想必已回来了吧,我打个电话问问,若在,就把他请到这儿来。"

虎子打了四五次电话,那头没人接,于是虎子放下电话对叶飞说:"可能还没回来,要来了,他不会不打电话过来吧!"

"也是,翔子那孩儿活得挺滋润的吧!"

"那当然。"虎子告诉叶飞翔子的事,叶飞听了,苦笑了一声,心里有种难以言说的酸味。

2. 见色救美

翔子又回到沙洲,对他这种及时行乐的人来说,只要有乐子可享,别的都显得不那么重要了。

云云还是回到石磊那儿了,石磊见云云回来想亲亲,云云没让他碰。她怎么也忘不了那兽配的一幕。石磊讨了个没趣,又独自去偷欢。云云一个人在屋里,憋得难受,她看着这满屋的物件,很是窒息,她不明白自己当初怎么就对它那样痴迷。问着自己,她来到街上。她心里也很苦,家是不能回了,也没个人安慰,自己也不知道该怎么办。

天色渐渐沉了,她又折回来,远远望见石磊家的别墅,心里又想起石磊,在恨过以后,不免有点幻想。她看着渐落的太阳,西边有股黑色的云团吞噬着紫色的霞光,伴着风。瞬间,黑色的云团盖住整个天空,天暗了下来,整个沙洲闪烁起灯光。她脑子里乱糟糟的,下意识地裹紧了衣裙。树枝相互碰撞,发出干巴巴的声音,她并没有意识到自己处在很危险的境地,只是无目标地走着。

沙洲的天随黑色的云团落下了一阵少有的雨,云云觉得脸有些冰凉,习惯性地仰起头,又低下,朝前跑。

翔子就在云云后面,他去敦煌玩了两天,对被世人传颂的天下第一宝窟的艺术品根本没什么兴趣,他觉得那不过是几个涂了彩的泥人被定在山上罢了。他返回沙洲,又来找石磊,远远看见云云,有点打动他的心,就跟着,想找个机会表表心意。他并不知道云云原是叶飞的女友,更不知道云云现在是石磊的女人。

他正跟着,突然发现从路边树丛里钻出两个男人。他很好奇,也跟上去看个究竟。

雨下得并不大,但挺急,打在脸上有点生疼。云云跑着跑着就跑到别墅前,突然停住。

翔子看见就在云云犹豫的刹那间,后面两个男人也并排跑到了云云两

侧。后面两个男人果真不是好东西。只听云云一声尖叫，翔子加快脚步跟近一看，只见云云的胳膊被一个人按住，另外一个人的手去摘云云脖根的金项链。

"住手！"翔子大喝一声。

两个男人一惊，松开手，见翔子过来，其中一个举起拳头，恶狠狠地说："你小子是不是皮痒了，欠揍是不是？她是你老婆，还是你找的鸡？"

"我操你妈！我是你爹，她就是你妈，知道不？"翔子的手悄悄伸进上衣内兜。

"哟嘿，他妈的，这小子是个乐子。"那人说着朝另外一个甩甩头，两个人拉开架式，从侧面包了过来。

先上来的一个直拳朝翔子鼻子打来。翔子一闪，另一个却如刚栽下的树苗遇到突来的狂风，抖个不停。

原来翔子闪过拳后，右手掏出枪冷冷地顶在扑过来那家伙的前额上。

翔子用手示意他俩过来，两个家伙对视了一下，又看看翔子，再看看黑洞洞的枪口，战战兢兢地走了过来。

翔子用手横指了一下，说："跪下。"

两个家伙虽不太情愿，但还是跪下来。其中一个识相的赶忙磕了个头，双手抱拳，求翔子饶命。

翔子本想好好教训教训他们，却看见云云朝前走去，只踢了其中一个家伙一脚，喝一声滚，便往回走。

云云受此惊吓，只感到惊恐万分。她不敢多停留，只知道匆匆地向前走去。

翔子跟上云云，一把拉住她说："这位小姐，怎么不谢一声就走？"

云云回头看着翔子，脸上仍写满了惊恐。

翔子的眼睛却大了，看见云云被雨淋湿了的衣裙，越发凸出曲线的奥妙。翔子用手指将枪挑了一圈，收好，得意的笑容涌上脸庞。

云云感觉到他在不住地盯着她看，她不敢对视，只低下头站住，双手把手提包按在腹前。

翔子见云云仍没说话，扑哧一声笑了，他用手掸掸裤腿，殷勤地笑着说：

"小姐真靓,怪不得那两个家伙有了歹心,请问小姐家在哪儿,能否赏光让我送送。"

天已没了雨,空气潮潮的,闪烁的灯光映在积水的马路上,很是斑斓。云云看着他这副很讨人喜欢的样子,指指一幢楼,说:"它就是。"

翔子一愣,他随之明白过来,明白过来第一个想法是和她一块儿进去,找石磊表功。但就在话出口的一刹那间,他又有了第二个想法。

是云云楚楚动人的身姿让他产生了第二个想法。

"小姐住所不错啊!"翔子恭维了一句,"有时间一定去府上看看。"翔子见云云不语,又陪了一句:"咋了,不欢迎?"

云云觉得再不友好就会显得无礼,接过话客套了一句。她怕再出什么事,说要回家。翔子随着送到门口,云云本不想进去,但见翔子也不走,只好硬着头皮朝那个带给她无限向往又带给她无限失望的二层楼走去。

翔子一直看着她隐没在黑暗中,他笑了笑,打了个响指,去寻找他熟悉的生活。

整个城市从一个模样转向另一个模样,它成了人们温柔的港湾。不同层次的人,不同生活的人有着不相同的感受。辛苦一天的大众对它只是一种身心上的归宿,但对翔子这类人,灯红酒绿的夜生活则是一天生活的黎明。

石磊并没回家。云云看见房间很乱,跟她出去时一模一样,她将包、鞋子甩到地毯上,斜躺在沙发上仍发愣。不过,她又想起刚才的一幕,惧怕是没有了,想着想着,想起翔子讨人喜欢的模样和殷勤的话语,嘴角不免露出点笑容,是什么样的笑容,很难定位。但她从中又发觉自己在男人眼前仍有姿色,仍有吸引男人殷勤笑语的东西。

她翻出烟,点了一根,打开镜面电视,电视乱糟糟的,她的心又回到刚才那个笑容上。

这一晚她睡得虽不太安稳,但较之以前还算踏实,好像有个梦。她看着窗外火红的朝霞,极力去寻找那隐隐忽忽的梦。好长时间,她自个儿笑了。

云云的心情开始有了好转,但恰恰在同时,她忘了曾经也有一张相同的脸,给了她人生难以理清的纷乱。

石磊这几天一直在干正事。眼下，秋收在即，他的工厂以及台湾那边的公司都着手准备购货，量都很大。上午他开车去了几个分公司，查看了准备情况，下午又匆匆去找银行，说贷款的事儿。晚上又和银行王行长吃饭，唱歌桑拿后，已是入夜两点多钟。

大街上人很少，只有急速的车在穿梭。这个晚上他并不顺心，虽说王行长答应贷款，但话语上明显没有了以前的底气，只不过撕不破脸面罢了。

接到翔子的电话时正是下午，翔子告诉他住在沙洲大厦，他答应完事后过去。抬腕看看表，又看看楼口，王行长已没了影，他知道云云回来了，但他又怕云云闹，会更烦，就驱车去找翔子。

翔子和云云分手后就去了家歌厅，泡了半个晚上，由于出手大方，小姐不请自到。小姐眼里荡漾着勾人的魂，一下扫清了翔子懒洋洋的睡意……

完事后，小姐仍有留的意思，翔子掏出夹子，给了两张钞票打发走了。

石磊让服务员打开门，翔子正倚在床头上吸烟，看石磊进来，相互拥抱了一下，两人坐在沙发上，石磊松开领带，长长叹了口气。

翔子看着，斜了一眼问："没摆平？"下午翔子给石磊打电话时，石磊告诉他正和王行长谈贷款的事，可能有点麻烦。

"操，那贼也不知哪根筋抽着，过去这些招都灵的，现在却不起作用了，只答应了一百万。一百万顶个屁用，收五百吨货就光了，还不够惹腥气的。"

两人一阵沉默，翔子又点了一根烟，石磊让他也递过一根，翔子递烟时说："你不是戒了吗？"石磊没回答，只点上，房间又一阵沉默。

"你看我怎么样？"翔子斜过身，将烟头灭在烟灰缸里。

"你？"石磊张大嘴，看着翔子摇头晃脑，满脸得意，脑中突然灵光一闪。

"哎哟！"石磊一拍脑门，"这东西怎么关键时候就不中用了呢？我怎么忘了你在这儿，有你出马，用得着我在那贼面前低三下四地装孙子吗？"

翔子爱听，咧开嘴大笑。石磊要请翔子泡妞，翔子摆摆手，说："不急，刚才搞了一个，还没恢复过来呢，不能学老辈西门庆，犯不着，弄垮了身子，经不起武二郎的一脚。"

其实，翔子一直在想着云云，看见云云进了石磊的别墅，他就知道云云是石磊的女人，这会儿看见石磊，他又想起云云，本不想告诉他，但还是忍不住说了救云云一事。

"真的？"石磊问。

"你这人咋老不相信。"

"没那个意思，只是觉得怪。"

"怪？怪什么？"

"你小子还有舍命救人的胆，你不怕那两人把你阉了？"

"唉！"翔子一甩头说，"你还是不了解我，我翔子是什么人？"

"行了，行了！"石磊笑着说，"看来，我又欠了你一份人情。"

"那是！"翔子坐正了身子，"怎么报答？"

"你说。"

翔子又斜过身子，盯着石磊，笑嘻嘻地说："怕你不答应。"

"你说，你说，什么条件？"

翔子仍盯着石磊，半天才说："我想玩一下。"

石磊脸色忽变，他没想翔子会提出这么个条件，他也斜过身子盯着翔子，好久才说："你小子是不是太损了点？"

"哈哈！"翔子张开两手大笑起来，忙说，"开玩笑，开玩笑，再怎么也不能夺朋友之妻。"

3. 局长嫖娼

叶飞一直为上次没能逮住胡红国而对虎子耿耿于怀，说虎子太重利轻义了，他被胡红国整得人不像人鬼不像鬼，好不容易逮住了一个报仇的机会，却让虎子给放过了。

虎子说："飞子，你这样说就太冤枉我了，在那种场合抓到他也等于白抓，因为不可能有人出来为你作证。你放心好了，沾过腥的猫还会来沾的，等下一次，我会给你一个满意的答复，也一定会给你讨回一个公道。否则，我这个朋友等于白当了。"

这天晚上，胡红国又来了。

虎子热情地把胡红国迎接到二楼的包间里。胡红国点名要东东。东东只有十七八岁，长相出众，是一个很受客人喜欢的小姐。虎子早就知道胡红国一来肯定要东东，所以，东东的工作他提前就做好了，他吩咐领班的燕子将东东安排过来。

来到办公室，虎子就给林子打了个电话，如此这般地交代了一番，林子一连说了几声好。

林子回到沙洲后分到了城区公安分局做民警，组建110报警台时，他捞了一个小官儿，日子过得蛮不错。

林子很快就开着一辆吉普车赶来了，与林子同来的还有一位警校的实习生。公安分局早就给他们下达了创收任务，虎子提供的这个线索正好是一箭双雕，不仅完成了任务，还可以为叶飞出口恶气，还他一个公道。

虎子早已恭候在楼下，见到林子，挥了挥手，林子心领神会，掉转车头，隐蔽在了不远处的一个巷口。

虎子又上楼，胡红国和东东已从包厢出来了。胡红国来到吧台前，提出要把东东带走。虎子假意说了些原则上不能带走的话，胡红国坚持带东东出去，虎子就开了个价。胡红国笑着说："你小子，要钱就要钱吧！"虎子也笑了说："你不知道，这几天顾客多，你带走东东，我可少了摇钱树呀！"燕子恰时地递过账单，胡红国哈哈着签了单，点点头。

胡红国搂着东东下楼，东东不停回头。虎子打着手势让她放心。

等他们出了歌厅，虎子从窗口看见胡红国上了一辆出租车，林子的吉普车也悄悄跟了上去。

出租车过了公园路，驶向新建的住宅小区。胡红国在那儿有一套住所，专供金屋藏娇的。他当然没料到林子在后面伺机捕蝉，打发出租车走开后，拥着东东上了楼，一进门便迫不及待地扒光了东东的衣服就要直奔主题。东东不失时机地煽情而又夸张地大呼小叫了起来。林子听火候正好，急忙破窗而入，逮了个正着。为了一下杀蔫胡红国的气焰，林子用黑洞洞的枪口指着胡红国，让实习生拍了照。

胡红国显然是老江湖，他不再嚷什么私闯民宅的话，低下头一句不吭。林子没理他，抓起东东的衣服，令她穿上，带到另一个房间录口供。

东东知道胡红国的事太多太多,她知道这是虎子导演的,就一股脑儿全给抖了出来。

林子录完了东东的口供又来录胡红国的口供。

胡红国气狠狠地说:"录什么口供?不就是罚款吗?我自认倒霉就是。你说罚多少?"

林子说:"少啰唆。说,姓名,年龄,单位,嫖娼经过。"

胡红国装出一副死猪不怕开水烫的样子,闭口不言。

林子说:"你不说也好,那就跟我们一块儿上趟派出所,明天一早,我就把刚才拍的照片和东东的口供带到市委去,看有没有人管你。"

经林子这么一说,胡红国一下子软了下来,求饶道:"你看这位同志,错误我已经犯下了,再说,这样的事传出去对我实在不好。我的意思是请你宽大处理一下,罚点款就行了。"

林子说:"你以为我们扫黄打非打击嫖娼卖淫就是为了罚点钱吗?就是公安部门为了搞创收吗?"

胡红国说:"不……不是这个意思,我的意思……咱们都是沙洲人,抬头不见低头见,你放了我这一马,以后有需要我帮忙的尽管说。"

林子说:"你是什么人我都不知道,哪能让你帮忙?"

胡红国说:"我是胡红国,是市××局的局长,以后你要用得着我就来找我。"林子说:"原来你就是胡局长呀!你这一级别的领导嫖娼意味着什么?意味着要掉乌纱帽的,知道不知道?"

胡红国一下大汗淋漓了起来。

林子说:"说吧,你要积极配合我们的工作,我们会为你保密的。"

胡红国这才勉勉强强按林子的提问回答了。

录好口供,林子让胡红国看了一遍,然后又让他在上面签了名。

林子说:"罚款 2000 元,你啥时候交?"

胡红国说:"现在就交。"说着从钱夹中抽出 20 张。

林子点过钱,给他开了一张罚款收据,笑笑说:"胡局长,你还有什么要说的没有?如果没有,我们就告辞了。"

胡红国尴尬地笑了笑说:"林同志,这罚款已经给你交了,这笔录你还要

带走吗？"

林子早就抓住了胡红国这种人的弱点，知道他担心的是什么，就说："这当然要带走，否则，让我回去怎么交差？"

胡红国立马紧张了起来："这……这一交上去，让人一知道，我不是完了？林同志，我求求你了，那笔录照片你就千万别上交了，你放了这一马，我一定会有情后补，一定。"

林子就笑着说："听说叶飞是你的部下，他是我的战友。这事儿要想我不上报也行，你就让他来找我，我会给他面子的。"说完就带着实习生和东东离开了。

林子赶到沙洲娱乐城时已到后半夜了，叶飞和虎子仍在等着他。林子的吉普车跟上胡红国的出租车从虎子的眼幕中消失之后，虎子立即派人找来了叶飞，异常兴奋地把他导演的这一幕告诉了叶飞，叶飞听后也非常高兴，说借助林子的职业来治胡红国当然更有力，只是怕影响了林子。虎子说没事的，对胡红国这样卑鄙的小人，你只能采取更卑鄙的手段才能制伏他，否则你只能任其胡作非为。何况，这样做也并不卑鄙，这是他咎由自取。

叶飞说，不知道林子会不会办砸，虎子说，喝酒吧，林子的能力你应该放心，我们就等着好消息吧。等林子回来，他俩就迫不及待地寻问起了事情的结果。林子高兴地说摆平了。然后又把详细过程叙述了一遍，说到高兴处，三个人同时开怀大笑了起来。末了，叶飞还是对林子有点担心，怕为了他的事而影响了林子的前途。

林子说："飞子，我们都不是外人，这事有我顶着，你就一百个放心，这在我们局属小菜一碟。我这算啥呀？"

"说说。"虎子有了兴趣。

"我们局给每个队都下了任务指标，有的队为早些完成任务，逮住小姐卖淫，就狠狠地罚，遇上掏不出罚款的小姐，就让小姐再去勾引嫖客，逮住后狠狠地挖嫖客的腰包。"

"操，这事新鲜！"

林子看了虎子一眼继续说："因为嫖妓是件破脸面的事，谁也不愿意公开,逮住自认倒霉,巴不得花钱消灾,还没法找人说情,像胡红国那样有位的,怕的就是曝光。"

或许是谈得兴奋,见酒头便发胀的林子也喝光了杯中的酒。叶飞看林子有点支持不住了,让他去躺一会儿。

林子说没事,于是三人一直坐到天亮。临走时,虎子告诉林子中午摆一桌待待他的弟兄。

林子答应了,叶飞看着林子摇摇晃晃地上了车,心存感激,更多的却是说不出来的味儿,在胸腔中一波一波地撞击。

第六章　是猎物，谁都逃不过猎手

1. 情敌对话

云云从石磊皮包里找出沈蔓的名片，偷偷地藏起来，然后又按名片上的地址找到绿洲酒吧。这几天石磊很少回家，她想看看石磊是不是和这个女人在鬼混。

早晨十点多了，沈蔓还没起床，对从事夜工作中的人来讲，早晨大多从中午开始。云云迟疑了一下，敲响了沈蔓的宿舍门，好一会儿没有反应，心越发有点忐忑。刚返身要走了，房间里却有了应声："是谁？"云云没有回答，举起手又敲了敲门。

屋里又问了一声，云云仍没回答，也没敲门，静了一下，屋里又有了声："来了，来了，请稍等。"

门开了，沈蔓头发蓬乱，手不停地拉着短裙的拉链。沈蔓见是云云，不觉愣了一下，两人谁也不知道说什么好，沈蔓的脸色有点赤红。

沈蔓请云云进来，云云不敢抬眼对她，低着头进屋坐在沙发上。沈蔓的宿舍客厅兼卧室和一间卫生间，沈蔓让云云先等一会儿，进了卫生间说需要方便一下。云云听见关门声后，卫生间里传来哗哗的水声。过了一会儿，云云却发现沈蔓的身后还有一个男人，沈蔓将男人推出门外，有点不好意思地对云云笑笑，云云的心闪了一下，也对沈蔓笑了笑。

沈蔓从冰箱里取了一杯可乐，给了云云，自己也坐下，打量着云云，半天才叹了声气说:"我知道你今天来的目的。"

沈蔓说完拿起烟给了云云一根,云云没接,沈蔓笑了一下,自己点上,她接着说:"这就是命。不过,说穿了也就这么回事。以前我也和你一样,都是理想主义者,可到头来呢? 我知道男人追逐的是什么,太多的现实教会我的就是如何利用男人的爱好来提高自己生存的价值……作为一个过来人,我劝你,如果想做良家妇女守男人过日子,就离开石磊,千万别指望他有什么转变而将自己搭进去。对于男人,我太了解他们了。"

云云抬起头,看见沈蔓的眼望着窗外,两眼好像有点潮,一动不动。她也不知该说些什么,来时口中叨念的许多的话语,不知跑到哪儿去了。她忽然发现沈蔓也很可怜,但并没表示什么……

云云提出要走时,沈蔓并没挽留。云云出了绿洲酒吧,大街上车来车往,正赶上下班的高峰,自行车铃声,小学生跑跃追逐的叫喊声,和着西北风卷起的沙尘,整个沙洲如同一锅烧开了的面汤。

云云的心也如同这大街一样乱糟糟的,走到一个十字路口,一个卖报的小贩将一张报纸举到她胸前问要不要,云云看了一眼报纸,觉得同它的关系已解除了很久,心动了一下就买了一张,然后坐在公交车候车棚下看了起来。

这是一张文摘周报,是南方某个省出的,翻到第二版,一块铅字吸引了她。

"太多的社会现实,一步步解除了传统的旧道德,旧道德的解除,似乎仅仅是让女性更色情化,更玩物化,男性更权欲化,更物欲化。"

"女性要为迎合男性而费尽心机,假胸假臀,是供男人看的。使性子,抛媚眼更多的是要为男人造兴,来抬高自己生存的价值。"

"女子无才便是德,但三围定要合格,穿戴不可马虎。要秀色可餐,妩媚动人,甚至,得有些风情。"

"众多的商业广告家洞穿此情,教导女人如何突出自己的焦点。让你具有贵妃的气质,让你拥有迷人的身材,让你成为摇动男人心的魔水……"

云云看着,下面的已看不清了,她想起沈蔓刚讲的话。那些话和着空中的灰尘一道在她的周围软软地飘扬着,飞散着……

不能这样下去了,她想,我必须得离开他,我必须得有自己独立的生活,我绝不允许自己为男人造兴。

她似乎懂了自己该怎么去做,过去自己是天真,但天真已交足了学费。

她站起来,将手中的报纸折好,放进手袋里,他决心离开石磊,离开那座房子,当然,她需要回去收拾自己的东西。

到小区楼下时,云云转身,却发现石磊红色本田停在楼下,心忙了一下,还是咬紧了牙关:"他在也好,正好挑明。"

打开门,石磊正坐沙发上抽烟,闻闻室内的烟味就知道石磊吸了多少,石磊见云云进来,赶忙站起来连声问哪儿去了。

云云没理他,拉出箱子,将衣柜里自己的衣服及生活用品一股脑儿地按进箱子里。石磊见云云的举动急了,跑过来按住箱子问:"又怎么了?干吗收拾东西?又来了不是,我不是开始改了吗?你瞧我最近的表现,不是讲好给我一个改正的机会吗?"

"不关你的事,你玩你的去吧,我要走了,对你不是件好事吗?"云云说完,提起箱子要走。

石磊有点嬉皮笑脸,死死按住箱子,连声地说好话。云云又试了试,石磊仍没松手,她气得坐在床上,两行泪又流下来。

石磊忙掏出纸,亲手帮她擦泪,手刚按到脸上,云云一把将他的手打开,石磊心里窜起一股火,但他还是压了下去。又递过纸,云云一把夺过,举起手,刚要擦泪,心却如喝了辣椒水,一头扑在床上,哭出声来。

石磊沿床来回走了几遍,咬了咬嘴唇,盯了云云一眼,掏出烟点了一根。

2. 只能交易

翔子虽说答应帮石磊搞贷款,但始终不见行动,石磊急了,又去银行,了解到今年金融整顿,以前的好时光可能一去不复返了。没人担保,没资产抵押,想弄上点大额贷款比登天还难。弄不到钱,收不下货,仅合同的违约金就会击垮他的。

眼看收购期越来越近，可钱仍如水中的月亮，翔子恰恰这几天没了音讯，打手机手机关机，打传呼他不回，他整天驱车到处乱窜，像只没头苍蝇。

他对翔子有点失望。心烦意乱中云云又给他添烦，他不知该怎么应付眼前发生的一切。就在这时，皮包中的手机响了。

电话是翔子打来的，石磊忙问他这几天跑到哪儿去了，翔子却没回答，反问贷款的事。石磊告诉他很困难，千万千万要帮帮忙。翔子笑了，说他也打听了，很不好办。不过，不过的后面他拐弯抹角地提到云云……

石磊一下明白了，他心里恨不得过去撕了翔子，但还是忍住了。

那天，叶飞回到家里刚睡下，胡红国就派人来找他。叶飞当然清楚胡红国找他的原因，但他还是假装什么也不知道的样子进了胡红国的办公室。

叶飞说："胡局长找我有啥事？"

胡红国气狠狠地说："你小子够黑的，竟然算计我！"

叶飞说："胡局长你说的啥？我一点儿也听不懂。你在局里，一手遮天，谁还敢算计你？"

胡红国冷笑了一声说："你小子别装蒜了，有啥条件就提吧。"

叶飞说："我什么条件也没有，我什么都不知道。"

胡红国说："好，你说得好，你什么也不知道，聪明。以后就这么说，你什么都不知道。你也嚷嚷了一年了，说家里有困难，想要我给你照顾一下，我想把你安排到昌盛公司去上班，你看怎样？"

昌盛公司是局里的一个经济实体，效益非常好，是好多人向往的单位。叶飞对此自然没有异议，就说："感谢胡局长。"

胡红国说："你没有意见的话，今天我就让他们下文，星期一你就可以去昌盛公司报到。但你要记住，你始终在我的手下，听话什么事都好说，再耍小花样，你给我小心。回去告诉你公安上的那位战友，你的问题我解决了，算扯平了。希望他也要遵守诺言，要是再玩花招，把我惹急眼了，也小心他的饭碗。"

叶飞点了点头，什么也没有说。

回来的路上，他一脚将马路边上的一个易拉罐踢上半空，有点想哭。

叶飞和虎子驱车到了沙梁小所收拾行李。韩兴民一改往日的嘲讽，拍着

叶飞的肩说:"小叶,昌盛公司可是个热窝窝,不知有多少人想挤进去,工资有保障,福利又好,你可真有能耐。"

叶飞听着,望着张张熟悉的面孔,件件往事浮现在眼前。人就是这般德性,临走了,他们才觉得把事情做得太过头了。

下午,韩兴民烤了只公羊,大伙儿在一起吃着、喝着。以往的公羊都入领导的口,这次却是自个儿享受,人人都显得很兴奋,端起酒杯,大声地叫着。回来的路上,虎子实在睁不开眼皮,挣扎着将车停在酸枣树下。两人在空旷的地上甜甜地睡了一夜。

3. 女人不过是一道菜

翔子自己也搞不清自己着了哪门子邪了,偏对云云入迷。自那雨夜过后,云云的身影时时飘荡在他的脑海中,令他欲火中烧。有时,他自个儿想想也好笑,在这个世界上自个儿还缺女人吗?连自己也算不清经过多少了,为什么对云云偏偏这么痴迷?

其实,对于翔子这类人,女人不过是一道菜,他要的是尝味而不是充饥。

石磊总算把云云搞定了,女人最怕哄,石磊的花言巧语埋葬了云云刚腾起的信心。是啊!对一个平平凡凡的女子,尤其是经过很苦很累生活的女子,对眼前的一切,还乞求什么呢?于是她的那种幻想又回到了身边。

石磊安下心出去了。云云独倚在躺椅上,花园内千姿百态的花正怒放着,西沉的斜阳将大地涂满了金黄,她看得出了神,连饭都不想去吃。她又开始憧憬啊憧憬,她透过霞光看到了破旧的家,透过霞光看到了沙梁,她心里想知道飞子在干什么。多少次路过飞子的家,多么想进去看看,看看那熟悉的一切。可这需要多大的勇气啊。她自感没有,反而怕被熟人看见,匆匆地迈开了逃逸的脚步。

石磊终于找到了翔子,他怒视着翔子,两人都没有话。翔子看出来了,心里得意了一下,嘴上却哈哈大笑起来。

"你小子够毒。"石磊坐下,冷冷地说。

"是吗？"翔子嘿嘿地笑起来，他搓搓头发，说，"石总，彼此彼此啦，她原本是你的吗？"

石磊感觉心炸了起来，他看着翔子的脸，恨不得废了他。但想想身后一大堆缠心的事还得由翔子出面，还是忍住了，他对翔子说："款子呢？"

"没问题。只要你老兄知我心，立马就可以办。"

翔子挂了个电话，找到了主管金融的副市长，约他晚上吃饭。石磊问要不要请王行长，翔子说这种事有一个人就够了，多一个人知道就多一份事。

闫副市长走进会客厅时，石磊赶忙站起来，伸出双手去迎接。闫副市长只对他点点头，径直走到端坐在沙发上的翔子跟前。翔子起身伸出的手被闫副市长双手握住，翔子很得意地看了石磊一眼。落座后，翔子说起正事。

闫副市长听完翔子的话瞪了石磊一眼说"我说石经理，这点小事你直接找我就是了，麻烦张公子干啥，张公子来趟沙洲不容易，应该多陪他转转、看看，了解了解沙洲的风土人情，了解了解改革开放后沙洲的变化嘛……"

石磊见他这副模样，嘴里如吞了只苍蝇。心里骂道："你也有今天？你他妈的飞扬跋扈的劲儿到哪儿去了，找你？找你他妈的除了让我放血，还有什么用？"他心这么想着，脸上却堆起了一层卑微的笑。

闫副市长开始关心起翔子爹妈的身体，关心起翔子的日程安排。翔子说石总都安排好了，很满意。闫副市长说，那我就放心了。

吃过饭，临走时，闫副市长再三请翔子去他家叙叙，翔子推辞说改天吧，并小声地对着他耳朵嘀咕了几句，说完看了眼正跟服务员签单的石磊。

闫副市长连声点头，带着恋恋不舍的神情上了车。

望着汇入灯海的"奥迪"轿车，翔子回过头对石磊说："这下该放心了吧，就看你的了。"

石磊没有说话，只呆呆地咬着嘴唇点了一下头，心里却不是个味儿。

4. 扫黄危机

在沙洲，能拥有丰田沙漠王者，则无论其身份还是财力都显出卓尔不

群。昌盛公司的李刚神态自如,端坐在后排。叶飞也有幸和李刚同乘一车,即便行驶在崎岖的山间小道上仍如稳坐在沙发上般舒适。昌盛公司张开怀抱接纳了他,叶飞终于告诉了母亲真相。母亲听完眼睛又红了,她让叶飞叫来林子和虎子说要好好答谢他们。

叶飞的生活开始有了转机,昌盛公司是个装钱的箱子,李刚是个搂钱的耙子,叶飞不再发愁随时而来的账单,第一次发工资,他叫来林子和虎子在家好好嘬了顿。

可就在叶飞的生活刚刚有点转机时,虎子却出事了。

上面发了文件,禁止公款玩乐吃喝。娱乐城的生意直线下滑,门庭冷落,没有哪一个官人顶风撞墙。虎子面对空荡荡的楼上楼下,一个劲儿地抽烟,心里只恨自个儿左右不了上面的政策。

虽然天气转冷,但小姐们仍极力打扮得十分性感,时刻等待着客人的到来。然而一天天过去了,终不见哥哥"上船来过河",于是小姐们心灰了,意冷了,肉也松了,色也暗了,似猪般地吃了睡睡了吃,过得毫无生机。

就在虎子万般苦闷时,孟柔点化了他。听这名很富诗意,当然不是真名,而是艺名。做小姐的这家到那家都不重名,自然没一个报真的,因为这关系到她以后的从良,不能不慎重。

孟柔在没人怜爱的日子里,主动出去寻找爱人的机会,连续几天只在白天回来睡觉,晚上精神抖擞地出去。虎子注意到了,把孟柔叫到办公室问个情由。

起初孟柔支支吾吾不肯说,虎子吹胡子瞪眼,将手狠狠地拍在桌上。孟柔才流着泪说家里来信催钱,给急等娶媳妇的哥哥下彩礼,老爹来信骂她以前千儿八百地往家里寄,现在为什么不见影儿。要是再不寄钱以后就别再回家。

虎子脸软了下来,他看着仍在抖肩耸鼻的孟柔问:"你哥是猪,他不懂发家致富娶妻生子自立门户?"

孟柔说她四川老家深山恶水的,姑娘都是早早外嫁,不愿给本村的男人做老婆,不愿重复自己父母的命运。她有个比她大十几岁的光棍哥哥,父母为了香火永存让她换亲,她没有答应。在遭受了父亲的棍棒、哥哥的怒骂和母亲的长叹后,她在一个漆黑的夜里气喘吁吁地爬过几座大山,经过了无数次洗礼后来到眼前这个比较光明的世界。

她不愿在家待,但一辈子再不回家是万万不可以的,所以她只能开发自身资源以便有点收入,期待哥哥有了媳妇自己能平平安安欢欢喜喜回家。

虎子没一点脾气了,他说我懂了,抗日时期有家不能归是因为有日本鬼子的侵略,而你有家不能回是因为哥哥娶不上媳妇。

孟柔听虎子这样说她,又想起自己悲惨的命运,便越发如孟姜女般哭得泪珠串成雨帘。虎子有点不耐烦,挥挥手,让她先出去。

这事的牵动加上尼古丁刺激下的思维,虎子突然从转椅上站起来,来到后厅里,将一个个昏睡的小姐召集起来进行誓师动员。望着缺了妆显得软塌塌没有往日耀目红唇的小姐们,虎子狠狠地将烟头揉碎,踩在脚底下。

"各位姐儿们,这几天的境况你们也看到了,也体会了。如果继续这样下去,我就得关门,你们就得失业,这都是我们不愿看到的。如果还想回到以往灿烂的日子,就要改变目前的经营状况。我有个想法希望大家参考,这个想法就是希望你们能解放思想,转变一下观念。

"经过我这几天的调查,大气候是很不走运的,但在暗地里仍存有交易。所以说,我们的困难只是暂时的。以往客人们有公款作后盾,他们也不顾忌什么,而自己贴点钱不来点真格的是谁也舍不得的。市场经济嘛,大家也是商品嘛。"

虎子说到这儿,小姐们全笑了,他也笑了笑,接着说:"在市场经济大潮中,我们就得顺应市场,电视广播每天不是在喊计划经济的买方市场向市场经济的卖方市场转变吗?我们'娱乐城'也是市场的一份子。当市场低落时,我们就得及时调整扩大服务项目并适当降点价来刺激消费,等市场活跃了自然又会水涨船高的。听懂我的意思了吗?"

虎子问了一遍见没人应声,便开始宣布他的改革方案。

"我打算将歌厅重新装修一下。将原有的包厢安个隔墙,改为一明一暗,供你们开发自身资源。现在是靠山吃山,靠水吃水,我们靠不住山又靠不住水就得靠我们自己。"

小姐们这下才真正听清了,个个低着头,有几个不太情愿但没有吱声。

虎子用眼睛扫了一圈，见没人表态，便点根烟说："在这里，我丑话说在前头，我并没有强迫哪个的意思。各位都是老江湖了，哪头轻哪头重，自己掂量！回去想好，不想干的明天打背包给个招呼。要是哪位败了事儿，别怪马王爷长三只眼，毁了缘分。"

散会后，虎子立马行动，打电话叫来装潢公司的设计员商量一明一暗的事。

虎子又吩咐燕子将愿意留下来的小姐的照片、化名、年龄、手机号及娱乐城的服务项目浓缩在一张精美的名片上，送给街上贴心的出租车司机，这样，只要客人有需求，便可拨打名片上的电话号码。

两天后，虎子揭牌营业。改装了的包厢显然是经过精心设计的，走进来，外面的一间和过去没什么两样，彩电唱机、沙发、红毯一应俱全。里面一间使用的火候全靠小姐掌握，若客人真心要寻刺激，就按下暗钮，打开自动门，进入里间。

看到营业额渐渐上升，虎子的心也渐渐轻松了起来。但他不想刚有点起色就告诉叶飞和林子，他在等待着，等待有了更大的收获后去通知他们。

第七章　再见了,红颜注定薄命

1. 激情大戏

叶飞接到云云寄来的一封信, 信封上没有地址, 叶飞拿到信后想了很多。撕开信封,内容更令她震惊,云云告诉他她要走了,要到一个令她完全忘了过去的地方。叶飞的心停了一下,他极力想从满页黑字中找出云云要走到一个什么地方才能忘记过去,却怎么也找不到,好在云云最后一句话使他消除了最可怕的猜测。

云云说:"飞子,祝福吧! 愿我们都好好地活着。"

虽然云云一年前离开叶飞,但是叶飞的心里却一直思念着云云,即便是她投来一颗极小的石子,也完全能激起他心海的澎湃。他不知道云云离开他的日子里发生了什么事,他知道石磊打小也喜欢云云,一直相信石磊会善待她的。现在他有点不相信自己了,凭直觉云云一定发生了什么,否则,她不可能远走高飞的。他很想知道,可又不想去见石磊。他只好打电话叫来虎子,两人一块儿来到中台公司。

其实石磊也一直在纳闷,云云为什么会跟翔子走呢? 他原也以为翔子不过是赶赶心荒,找个乐子,蜻蜓点点水就飞了。说心里话,石磊对云云抱着喜新不厌旧的态度。毕竟是打小一块儿长大的, 他很是不情愿将云云拱手让人,但为了利益,也就顾不了那么多了。那天,他填好了银行的单子,王行长却说光填了单子还不行,还得张公子的一句话。他知道翔子是不见兔子不放

鹰，只好将别墅的钥匙交给他说："看你的本事了。"

"OK！你老兄够意思！"翔子拿过钥匙，招了一下手就走了。

看着翔子兴高采烈的样子，石磊恨不能一枪崩了他。

此刻的云云正在别墅里看着一部言情片。看着看着，思绪便随剧情飞扬了起来。

回想这一两年跟石磊一起过的生活，再想想那些被有钱人包养起来的女人，云云还是感到自己享受了些真感情。她把玩着石磊刚买的钻戒，又开始梦想。在她眼里，石磊也许早不是和她一样的凡人了，她多少也能迁就些，也许对他这样特殊的人在爱情上不能太苛求。谁要求过皇帝在爱情上是个梁山伯？

云云心里乱糟糟的，也许选择钱就选择了寂寞，人生的事总是得此失彼。她看见月亮很圆也很亮，便想到嫦娥不也抱着只玉兔在缥缈的天际中固守凄凉吗？这么想着，心稍稍有了些平衡。但她仍在胡思乱想，也许，人活一生就是这个样子。她想起父亲，想起父亲对她的失望和愤怒，想起父亲宁愿一个人孤苦地承受生活的重压，也不愿花她给的一分钱。她对母亲早没什么理解，她只是有点恨，恨母亲为什么把她生在这个世上。她真的很孤独，就像旧时皇宫的弃妃，只能自己跟自己对话。她想起了酒，便把酒瓶打开，仰脖子灌了几大口。

醉眼蒙眬中，她听见房门响动，以为是石磊回来了。进来的人像鬼魂一样悄没声地飘了过来，她揉揉眼睛，费了很大的力，才想起这张面孔曾救过自己。

她有点不明白他为什么会有钥匙，为什么会走进别墅，便问了。

张翔抿着嘴，歪着头看着她，把手中的人头马和几袋零食放在茶几上，说："你不认识我？我不但救了你，还知道你，知道石磊、叶飞和虎子，我们是爬了四年战壕的哥儿们，我叫张翔。"

云云听他这么一说，翻动了脑中的记忆，模糊中找到了不知是谁曾提起过这个名字，心放了下来，请张翔入座。张翔说了声谢谢，接着说他已和石磊约定好了，石磊因突遇一桩事，给了他钥匙，让他先来家里等着。两人一时无话。过了一会儿，张翔抬头看看天，说："今晚月光真好，是个喝酒的好时候。

李小姐看来和我有同样的感觉,来,我陪着你喝。"

张翔看见云云一个人喝闷酒,看着云云已喝了过半的酒瓶,心里止不住窃喜。酒浸润了云云的双腮,月光下越发显得妩媚。他打开做了手脚的人头马,给云云倒了一杯说:"美人才配美酒,只有李小姐如此动人的美人才有资格喝人头马,好日子才会开头。"说完单手捧给云云。云云已是微醉了,今夜在寂寞中让她听到了赞美自己的话语,她很是开心。她哧哧地笑起来:"贫嘴。"说完接过酒杯一喝就是一大口。

被男人献殷勤的感觉真好,她又喝了一大口,感觉浑身发烫,燥热难耐,一股热流冲撞全身。她舌尖止不住地微吐,眼皮怎么也张不开。她用手抚摸着脖颈,身体像腾起……张翔得意地笑了笑,凑了过去。蒙眬中,云云看见一个男人晃在眼前,像是叶飞。她感到了从没有过的饥渴,抓起张翔的手拉向自己的身体,不停地揉搓,喃喃地叫着:"你是我生命中真正的男人,在那柔软的沙滩上,那是多么好的开始啊!因为有爱,你让我尝到了女人的幸福。"在云云断断续续、微微弱弱的谈吐之间,张翔已剥落了她的衣裙……

2. 苦水难咽

石磊放心不下,他忍不住想回家看看。隔着窗帘,他看见翔子站在床边,双手扶起云云洁白的大腿不停地晃动,云云发出急促的呻吟和怪异的尖叫。石磊像被电击一般,头脑一片空白。

石磊正在办公室给秘书安排事,见叶飞和虎子进来,愣了一下,忙站起来,连声说:"稀客稀客,快请坐。"

石磊拿出一盒大中华,虎子说这个福享不起,换盒 555 吧。石磊忙让秘书去换。

女秘书拿来盒宽 555 牌香烟,又给每人上了杯咖啡,退出去,悄然地关上门。

叶飞一直没正眼看石磊,但他一直在注意着石磊,他发现石磊胖了,脸更红润了。

石磊请他俩喝咖啡,并再三介绍是泰国产的,叶飞没理他这一套,直截了当地问:"石总,云云呢?"

石磊收住话,看了一眼叶飞,默默地拿起一根烟横放在鼻底下闻着。屋里顿时静悄悄的,走廊里一阵皮鞋声渐近又渐远。

好半天,石磊避开叶飞冷冷的眼光,说:"飞子,这事,我也不知该怎么对你说,她已不是以前的云云了,我俩同为伤情人,我也被她甩了……"

"别跟我抒情,她人呢?"叶飞语气很硬。

"走了,跟翔子走了!"

"跟翔子走了?翔子来过了?"虎子一听翔子忙坐直了身子,问,"他什么时间来的,这孩儿……"

"虎子,你等会儿行不行。"叶飞很是吃惊,又很是愤怒。

虎子扭头看看叶飞,挤挤眼,没再吭声。吐出的烟雾像蜘蛛网一样盘着上升。

石磊犹豫了一下,点上烟,吸了几口,又灭在烟灰缸里。叶飞感觉头在发胀,他盯着窗外,大口地吸着烟。谁也没再发言,时间在慢慢地流逝。

"你们这是犯啥事?原来好好的!怎么回来就跟冤家对头似的,你们拉开架式,腾开杀场杀吧,我走了。"虎子见两人没个完,心烦,出口带了气。

"没有,没有,哪儿的话?"石磊忙说,"好久没凑到一起,出去吃个饭吧!"

"我同意!"虎子站起来,正了正衣服。他见石磊也站了起来,叶飞仍没有动的意思,拉起叶飞说,"走吧!大老爷们,犯得着吗?"

叶飞瞪了虎子一眼,没有吭声。

一行人驱车来到金牛酒楼,石磊领着上了二楼。一批批西装革履的男人挽着浓妆艳抹的女人敲出声声清脆,敲出了郎才女貌的和谐。大楼亮如白昼,光彩夺目的餐具折射出道道诱人的光芒。

三人被服务员小姐领进一间包厢。

服务员小姐泡茶沏水,忙了一阵,递过菜谱,石磊忙递给叶飞。叶飞没接,虎子伸手接过去。

虎子哗哗地翻了翻,对石磊说:"还是你点吧,你久经此处,摸几个熟的,我们也上上品位。"

石磊没接菜谱："那我就不让了。"叫过小姐张口点菜。

"娃娃鱼、穿山甲、一盘羊羔肉、两盘龙虾，再上几盘野菜、野果。"

"上什么酒？"服务员小姐一一记下后又问。

"开瓶人头马，再来一杯咖啡。"

"上咖啡干什么？"虎子等服务员小姐走后问。

"我不喝酒了，身体横向发展得太快，全是酒的过。再说喝酒酒精中毒会损害身体，劝你们也少喝点，喝咖啡，咖啡喝了人精神。"

"妈的，石总经理，你洋了，我们没事，身体没你那么珍贵。酒可不能丢，我是要喝的。"虎子说。

"除了人民币不能丢，还有什么不能丢的？ 爹都可以丢，酒算什么玩意儿，不能丢？"石磊说。

"变质了，变质了。"虎子不停地晃着脑袋。服务员小姐上好菜又一一倒了酒。石磊端起咖啡小抿了一口，用洁白的餐巾轻轻擦擦嘴唇，招呼着吃菜。

叶飞没有动筷，却端起酒杯大大喝了一口。石磊感觉有些理亏，给了一根烟说："飞子，报纸上早把西方资本主义改为西方发达国家了，你还打算做无产阶级？什么叫无产阶级？无产阶级就是没有任何生产资料而不得不靠出卖劳动力来维持生活的现代雇佣阶级。政治书上明明白白地写着，被人雇用阶级就是无产阶级。现在想活出个人样就得做有产阶级，你知道云云为什么会跟我吗？"

叶飞没吭声，抬眼看着石磊，石磊接着说："云云早不是玩过家家的云云了，这个社会都在变，云云告诉我，说她喜欢你的人，却不喜欢你的生活。现在的小姐现实得很，谁不喜欢华贵的衣裙、华贵的钻链、华贵的房子、华贵的车子？大概是云云觉得她在我们之间很别扭，翔子来了，就跟着走了。翔子父亲是什么人？军区司令员，两颗金豆的将军！和平年代仍然威风八面，要啥有啥，危险时期，我们的接班人得像爹娘似的保护他，若不保护，他有权立马让你从这个世界消失，一条临阵脱逃的大帽让你八辈子也叫不出个冤来。"

"这话我爱听，是这个理儿。"虎子咽下嘴中的龙虾，吸吸指头说。

"这几年闯江湖，就混出这个理来。你们以为我真有钱？ 其实，我要不是赶上这个时代，我得拄着个棍上大街上讨饭去！"

　　"什么？"虎子问，"我又不向你借钱，装什么穷，你没钱，我有钱？"

　　石磊嘿嘿地笑了，他说："在当今的中国，做生意最高境界就是借钱。玩得越大，钱就可以借得越多，钱借得越多，你就可以玩得更大。你别以为我这儿是合资，台湾人可不是傻帽，他们精明得连来回机票都要计算到成本上，他会白给咱们钱？"

　　"捞不到台湾人的钱，还和他搅和在一起干吗？"虎子问。

　　"借钱，还不是为了借钱！现今儿就兴这个。合资了就有名气，有了名气政府就得扶持，就可以向银行借更多的钱。借了更多的钱也就不管还了，党是爹，政府是娘，一百年不还，一万年认账。这就叫做无形资本运营，无形资本懂吗？"

　　"不懂，不懂。"虎子算明白了，他觉得憋气又有些羡慕。

　　叶飞一直沉默不语，看着眼前的石磊，他根本不敢相信眼前的他就是吊在单杠上呼哧呼哧直喘气的石磊。犹豫了一下，他终于发话了："我知道你石磊有钱，翔子更有钱。我不管你们有多少钱，那是你们的事，但是有一点我必须讲清楚，如果是云云犯贱，那是她的事，如果事情不是这样，如果云云有个三长两短，我一定轻饶不了你们。"说完一扬口杯，喝完杯中酒，撇下石磊和虎子，摔门而去。

　　叶飞来到街上，一阵风吹过来，感觉鼻腔舒服了许多。他点了根烟，静静地望着。突然，他看见云云向他走来，鹅蛋脸上洁白如镜，一张红唇上面俏皮的小鼻挺秀而玲珑，一束长发像帆一样地在风中微微飘动……

　　他揉揉眼睛，云云却消失了，他恍然想起第一次去沙梁的路上，看见云云无力的手染着艳红艳红的指甲……

3. 变态嫖客

　　已是午夜两点多了，虎子长长地伸伸腰，吩咐燕子关门。燕子嗯了一声，刚走到楼梯口，看见走上来三位客人，中间的一位脑袋大脖子粗，挺着鼓鼓的企鹅肚，后面两人像随从，眼睛上挂一副墨镜，头昂得像公鸡打鸣。燕子看着三位的派头，觉得是个淘金的洞，忙哎哟哟地迎上去，笑着问候。

胖老板耀武扬威了一阵，晃着脑袋四周看了看。燕子忙跟着介绍，领进最好的一间包房。

送去的三位小姐中，胖老板只相中了因哥哥娶不上媳妇有家不能回的孟柔，其余两位小姐走出包房时低沉着脸。

胖老板色迷迷的眼光打量打量孟柔，伸手将孟柔拉入怀里，孟柔半推半就。胖老板亲了一口，哈哈笑着让随从要了瓶洋酒以壮英雄色胆。一阵猜拳弄酒，调调笑笑过后，胖老板兴头渐起，手不知不觉伸向孟柔短裙下面。两个随从见状放下话筒，自觉地退到大厅继续唱歌。他俩似狼般地吼了没几下，从包房里传出孟柔尖利的惨叫。

虎子听见有点不放心，赶忙过去推开门，看见胖老板正将孟柔按在沙发上，撕开她的胸衣用嘴里的烟头亲吻孟柔枣状的乳头。孟柔尖叫着不住地扭动身体躲避，胖老板却更为兴奋地俯下身去。

虎子心中的火直窜，几步冲上去啪的一脚将胖老板踹翻。孟柔乘机翻身捂住胸衣躲在墙角。倒在沙发上的胖老板愣过神后跳起来大声嚷："老子花钱为的就是找乐，你他妈的……"他话没吼完，他大张的嘴又被虎子上了一拳。虎子拿手指着他说："你他妈的听着，小姐也是人。用这个东西，就得爱护这个东西。"

听到包房里的吵闹声，正在大厅里唱歌的两个随从扔下话筒冲了进来。胖老板呼啦啦又充饱了气，抹着牙齿间的血迹，挥舞着手大吼："砸，统统给我砸！"说着和两个已拉开架式的随从将虎子围在中间。他们三个比不得虎子，虎子虽身陷围攻但动作干净利落，毫不含糊。

胖老板和两个随从又被一顿痛扁，眼瞪着却不敢再上前。

虎子说"来呀"。

来不动了还怎么来，不来了，只有走。三人捂着脸眼狠狠地瞪着虎子，突然转身要走，刚走到门口，胖老板又被虎子伸手牵了回来。

"咋的，想走？把我这当自由市场了？"

"我们不玩了，行不行？"

"说得轻巧，砸坏的东西谁赔？小姐的医疗费谁掏？"虎子的鼻头抽出丝

丝冷笑。

胖老板眼珠快要瞪出来了,狠狠地瞪着虎子,夺过随从手中的皮包,哗哗地抽出了几张百元大钞,按在吧台上,一边走下楼梯,一边嚷嚷着让虎子等着,还要来吃。

虎子拿起钱,在脸前扇了扇,翻了翻眼皮说:"谢谢,欢迎再来投资。"

虎子得意忘形地将此事讲给叶飞听,叶飞让他多留点神,虎子毫不在乎地说:"这不是古都,这是沙洲。"

叶飞还是让他小心点,说和气才能生财,本来走的就是钢丝,小心有人背后来上一剪。

虎子耸耸鼻,叶飞也只好瞪了他一眼。

虎子问叶飞新单位感觉如何。叶飞告诉他不错,李总是个主儿,甘愿牵马扶鞍。

4. 遭遇算计

娱乐城的夜空依然通红,闪耀的霓虹灯隐没了银河的星月,连空气中都飘浮着令人想入非非的骚动。

那晚过后的几天里,一直没什么动静,虎子也渐渐没了戒心,加上穿得很少,露得很多的小姐们每晚都有良好的归宿,他心情大好之下,成天都在哼着幸福的小曲。

胖老板要的就是这个时间差。那天被虎子揍得门牙松动,吸吸气都觉得疼,心里那个恨,满毛孔都是。

他耐着性子打听了虎子的背景,知道虎子是"沙洲三狼"中的老三。了解了虎子的成长过程,他原本想算了,但又咽不下这口气,龇着牙齿狠抠肥大的脑袋。

胖老板其实也没什么来头,只是腰包里稍稍有几个钱,那志就不容他夺。胖老板也就做了一家皮包公司,他的公司从上到下用的都是假名,专找街头那些梦想一日暴富的主儿。

胖老板那天刚收获了近一个月结出的硕果，他成功地用先赔后赚的方法席卷了沙洲一家电器行。他在一月前就来过沙洲，找到一家电器行老板推销市场上风行的 VCD。对方正好缺货，提出先单价购买 10 台。于是胖老板跑回省城，购了 10 台 VCD，绝对的物美价廉，这令电器行老板疑虑顿消。

胖老板每台报价低市面价 350 元左右。这个价令成天计算利润的电器行老板偷偷抿着嘴乐，当即拍板，提出再要 100 台，并与胖老板订了合同，且预付了百分之六十的货款。

胖老板要的就是这个果儿，他拎着款子一走再无音讯。想想小电器行老板喜滋滋的还以为发财了的表情，他就乐。一乐，他就跑进"梦巴黎"开心，没想门牙却被虎子打脱了。

虎子真的淡忘了此事，他甚至忘了胖老板和两个随从的模样。但胖老板并没忘，依旧在晚上，他的两个随从悄悄来到"梦巴黎"歌厅，他俩点了孟柔。

令虎子万万没想到的是他们的复仇计划超出想象，悲壮地采用了同归于尽的战术。

两个随从按胖老板的安排，一个在里间折腾，一个在外用手机找来有难必帮的 110 干警。于是，折腾的那个和光溜溜的孟柔被突来的警察按了个正着。

虎子傻眼了，装烟也不是，说好话也不是，急得直跺脚。偏偏折腾的那家伙在警察面前坦白从宽说他被小姐挑逗得不能自持才做了对不起党和人民的事，甘愿受罚，多少钱也行。

虎子和孟柔惨了。孟柔被带走，歌厅的玻璃门也被两条盖了公安局大印的封条锁上了。

眼睁睁看着警车消失，虎子一脚踹向防盗门。他拍着脑门千万次地懊悔：怎么就忘了毛爷爷敌进我退的游击战术。

第二天正好是星期天，虎子开着车来找叶飞。敲开门，叶母告诉他飞子正在睡觉，虎子进去挑开叶飞的被子。

叶飞惊醒了，揉揉眼睛见是虎子，问："咋了，大清早不去睡觉？"

"睡觉，睡个鸟觉！窝都让人端了。"于是虎子告诉了叶飞发生的一切。

"你小子活该。我不是告诉你,防着点,你还嘴硬。"叶飞说。

"现在说这些顶个屁用。这事该咋办呢?"虎子问。

叶飞一时也没什么办法,他给了虎子一根烟,两人狠命地吸。

叶飞想了想说:"没事咱不找事,有了事咱不怕事。林子不是在110吗,你没找他?"

"你不提他还不生气,偏偏在这个时候,满世界都没他的影儿。昨晚我就找他,电话打到家里,家里说几天也没回来。打到单位,单位说他休假。"

叶飞也没什么高招。最后两人商定先去110报警台,探探口气。

110报出的罚金很高,两人都觉得如数给很冤,但一时又没有更好的解决办法。叶飞提出先缓一缓,等林子出面再作打算,省一个比挣一个强。

没个好办法解决,虎子气得嘴上冒出了泡泡。他苦心经营的结果因揍了胖老板而被胖老板设套陷害。他和叶飞开着车满沙洲找胖老板清账,可连个影儿也没见着。

"那货左腮上有颗黑痣,就是化成灰我也饶不了他。"虎子一脚踹在车轮胎上,呼呼直喘气。

距沙洲市区南六十余公里处有一座沙漠水库,水库看上去更像湖,无遮无拦的太阳照得水暖暖的,沙滩热热的。白色的鱼鹰在水面上盘旋,灰色的水鸭扑闪出波浪,一条小小的木船在缓缓地移动着,很美,像画中的景。

木船上的苏小芳还是对林子有些担心。林子在水中快有半个多小时了,虽然他一会儿像只青蛙,一会儿像只蝴蝶,一会儿平躺在水面上随着木船缓缓前游,可这会儿林子已有一段时间没露头了。她忍不住探下脑袋,对着在水中的林子喊:"林子,快上来,我有些怕。"

"怕什么?"随着声音,林子的脑袋破出水面,像一条鱼游向木船。

"就是怕嘛!"苏小芳撒着娇说。

林子嘿嘿咧开嘴,向前一跃,整个人又钻进了水中。待苏小芳的嘴唇还未完全成喇叭状,他的头又破出水面,双手抓着木船。

上了木船的林子浑身挂满了水珠,像是一片片鳞甲,在阳光下,光芒四射。苏小芳的眼晕了,闪着金光,直到一片片水珠顺着林子的脚脖子不见了,她才感觉眼睛生疼,脸腾地红了。

小木船左右猛地摆了一下,在水面上一波波地打起转儿。转出了夕阳,转出了星月,转得林子软软的还想转。

苏小芳眼睛像天空的星星一样眨着说:"都给你了,我什么都没有了。"

林子还喘着气,喘着说:"不对。是给我了,但给了也拥有了,给了警察叔叔,你就安全了。"

苏小芳听见林子又抬出警察叔叔,像往常挠林子痒,双手像攀岩。林子又是笑又是狼叫。苏小芳不饶:"说,说你爱我。"

林子爱怜地看着她,要说这三个字,在他心里可有无数次的稿儿了,可要当着面,又是如此直白地说,他想说却说不出,只吃吃地憋着脸红。

"你是不爱我了?"

"怎么会呢?"

"那你说,说,说你爱我。"

"说点别的吧!"

"不,就说你爱我。"

"非说?"

"非说。"

"那,我爱你。"

"没听见。"

"我爱你。"

"听不清。"

"豁出去了。苏小芳,我爱你。"

话音刚落,苏小芳的双臂缠了过来,紧跟着,一条滑润的舌头塞进了林子嘴里。

黑暗的湖面上,梦中的鱼儿被一圈圈的波纹搅醒了,纷纷探出水面,又瞬间隐没在黑暗中,羞了。

直到第二天早晨,林子和苏小芳才回到沙洲。分手后,林子回到家换上警服,骑车来到 110 报警台。

他翻了笔录,才知道虎子出事了,跟队长打了声招呼来找虎子。

虎子一见他,满肚子的气找到了泄口,好像林子就是胖老板。他站起身说:"你死哪儿去了,你还知道回来?"

林子说:"我也是刚刚知道,这不就来了吗?"

"那咋办呢?事儿我可交给你了,这么大个人待在那里,这点儿小心也操不上。快去脱了你这身衣服,看着我脸红。"

"我不是没在吗?你冲我发什么火?又不是我端了你的窝。"林子好心来探问,却遭了虎子一顿呛。

虎子瞪了他一眼,拿起烟盒扔给他。

虎子放在桌子的手机突然响起来,他赶忙接听。电话是叶飞打来的,叶飞问事情有没有进展。

虎子说林子回来了,正在商量。叶飞让他俩稍等,自己马上就过去。

叶飞乘出租车不到十分钟就赶到。一进门,他就问林子110报警台平常是怎样处理类似的案件的。

"罚款。"林子说,"现在都有罚款指标。各队都在挖空心思想着款儿的来路,这关系到年终的奖金和福利等硬性实惠。这类事好如馅饼,要是在现场处理还好办些,一旦落了案,就上纲上线了,整个110都盯着,很是复杂。"

"我知道复杂!要不复杂我找你干啥?"虎子一听气又上来了。

"你听我说,行不行?"林子被呛了一顿也急了,瞪了虎子一眼说。

"我要的是结果,我要的是我的歌厅。"虎子仍没好口气。

"你俩也别吵了,吵能解决问题吗?"叶飞说着对他俩各瞪了瞪眼。他又对林子说,"林子,听你这么一说,这款儿是少不了的。也罢,关键得想个少掏款儿的办法,既不太伤本,又能解决问题。我看,你先回去摸摸底,探探风声,咱再商量。"

"也好吧,我先去了。"林子想了想觉得一时半时,再也没有什么小路可走,拿起帽子回去了。

林子走后,叶飞对虎子说:"花钱消灾吧,羊头的毛不烧不尽,更重要的是也让你受受教育。"

"他妈的,狗杂种。"虎子站起身狠狠地说。

"你也别着急,有些事是急不得的,皇上不急太监急也还没用,就让林子先去看看。车到山前必有路，船到桥头自然直。"叶飞说。

林子回到警队，活动活动，找了几个要好的战友讲了虎子的事和虎子的关系，求他们帮个腔。打好了群众基础，他找了队长，曲里拐弯说明来意。

领导总归是领导。队长听林子说完，一句也不吭，拿出支钢笔不停地抄起报纸来。林子耐心地等着。

队长的手仍在抄着报纸，林子看他抄完了一面又去抄另一面，看得心慌慌的。

队长的报纸终于抄完了，他抬起了头，看见林子还站在桌旁，明白了林子是铁了心要他的话。

领导的意志被下属左右，是件很恼火的事。只是林子这样的下属，在某种意义上还不能算是下属。

权衡利弊后，队长的脸色渐渐缓和下来。队长的脸色好看了，林子的脸色也变得好看了。

晚上，林子找到叶飞说虎子的事有了眉目。说经过 110 全体干警的研究决定，"梦巴黎"歌舞厅涉嫌容留妇女卖淫一案结案，罚款额为 6000 元人民币。

"6000 就 6000 元，别给根杆子不知道往上爬。"叶飞说。

"只是不知道虎子满意不满意。"林子还有点担心。

"应该不会吧。让他疼疼，记住这次教训。"叶飞说。

他俩又找到了虎子。"6000 元不多，这事多亏你了。"虎子一听非常高兴，给了林子一拳说："哥儿们就是哥儿们。"于是，虎子和叶飞去 110 台交了罚款，和林子一道启开了娱乐城歌厅上的封条。

三人打开门，先用酒精醉了一夜。

第八章　上路了,事业蒸蒸日上

1. 好事成双

日子一天天地过去了,叶飞感觉到忙碌而又充实。昌盛公司确实是个不错的单位,在公司,每个人有什么好的想法和好的建议都可以提出来讨论,认为可行就可以付诸实施。

叶飞在业务办公室,同室的还有三人,两男一女,对他都挺好。对面坐的小姐叫邱月,一双大眼睛扑闪扑闪的,像会说话,常在其他人到来之前,打扫完卫生灌满开水。

昌盛公司是从属于行政局的。十几年前,它的经营范围只是负责对行政局工程所需物资的调进调出,从中取个差价,小打小闹,满足温饱。那时它还不是什么公司,只是一个小小的物资站,只有三间办公室和一间仓库,机制上到处限制。很不满足温饱的李刚不甘心在条条框框的束缚中缩手缩脚,让脑中的生财之道白白地漂流,就狠下心和当时当局长的叶飞的父亲谈判,要搞承包。

八十年代初,承包制在农村搞得轰轰烈烈,在城市却是块烧红了的炉条。但吃了定心丸的李刚承受住各个方面的层层阻力,咬定了要搞。叶局长喜欢的就是这样的汉子,便力排众议,将合同有效期一订就是十五年。

叶飞第一天上班,去见了李刚,李刚对他说:“好好干,昌盛公司不养闲人。”叶飞记住了,也时刻这样要求着自己。

这一天,叶飞随李总下公司农场来视察。

在黑瓜子刚成为沙洲经济增长点之初,李刚就敏锐地预感到这指甲大点黑不溜秋的小东西会给沙洲掀起一场新的革命,率先开发没有人要的荒地,上省城重金请来专家对土壤水质分析论证,取得了可行性的报告后,拿到了头井滩2000多亩荒地的使用权。凭着满腔热血,驾着仅有的一辆小四轮拖拉机在荒滩上慢慢地滚动。经过数年的精心耕作,昔日鸟都不来的荒滩如今已条田整齐,深路纵横,树木成荫,宛如一座绿色王国。

它是昌盛公司最大的实业,支撑着大半壁江山。农场的经营已具有相当规模,良种、饲料、养殖、观光旅游样样齐全,李刚一有空就来看看。

李刚和叶飞在农场场长张新的陪同下,先去各个分场转了一圈。李刚每到一处总对叶飞讲它的过去、现在和效益。

张新看李刚对叶飞有种超常的偏爱,午饭后问叶飞和李刚是什么关系。

"没什么关系,胡红国一纸调令就把我从沙梁调来了。"

"没那么轻松吧!胡红国玩不动李刚,要是李刚不点头,他胡红国只有瞪眼的份儿。"张新说。

"真的,张场长,我不骗你。"

"你不告诉我也罢。"张新笑笑说,"昌盛公司这几年效益年年上升,好多人都想挤进来,也有人找过我,李刚却说人不能太多,人太多了没事干就坏了章程。昌盛公司好几年没进人了,你要和李刚没点特殊关系,你能进来吗?"

叶飞知道说什么也没有用,心里倒升起一层疑问。闲暇之余,叶飞也会想起张新的话,可越想越觉得糊涂。他问对面的邱月是怎么进来的,邱月说她大学毕业上了人才市场,正好昌盛公司要购台电脑,她学的就是计算机,李刚就把她拣了回来。

邱月眨着眼睛,说得很调皮。叶飞笑了笑,邱月问:"问这个干吗?"

"没,没什么。"叶飞有点不好意思。

直觉告诉叶飞,他能进昌盛公司并非单单林子手中有胡红国嫖妓的材料,因为在李刚承包期内行政局没有权力进行人事安排。十五年不变的合同书即便换了局长,李刚不答应,公证处仍会维护法律的权威。叶飞想问问李刚,可见面了,又不知道怎么开口。

宏达公司有笔欠款，早晨叶飞刚刚上班，李刚让他和康师傅一同去催。康师傅一脚油门，速度指针立刻转到八十。

"钱花在哪儿哪儿就是好。"叶飞感觉着它的舒适和刺激。

康师傅接过叶飞点的烟，换了左手握住方向盘斜过头问："小叶，来公司感觉如何？"

"挺好的，比我在沙梁强多了。"叶飞回答。

康师傅和李刚是一起创基业的元老，虽说在公司没职位，但特别有分量，很受人尊敬。

"好好干，李总还是很赏识你的。"

"我会的！"叶飞点着头说。他忽然觉得这也许是个机会，就问："康师傅，你和李总是铁哥儿们，有件事我想问你。"

"有啥事？"

"我总觉得进昌盛公司有种天上掉馅饼的感觉，你知不知道其中的道儿？"

康师傅看了叶飞一眼没有回答，恰好前面一辆大卡车亮起了刹车灯，康师傅也将车速减了下来。等沙漠王又恢复到八十公里速度，康师傅才说："小叶，有关这事儿李总曾告诉我不要对你讲，今儿个你问起了，让你知道知道也好。"

"你爸和胡红国的事儿我们都清楚，李总老说没有你爸就没有他的今天，做人最重要的就是知恩图报。公司之初，一无资金，二无门路，全靠你爸罩着，才迈开了脚步，后来，公司有了发展，李总老想要谢谢你爸，一直没个机会。去年夏天我和李总路过十字街，看见你在地摊上卖衣服，也看见了胡晓晓，还看见你被她扯翻了摊儿有点纳闷。"

车拐了一个弯，康师傅调整好方向，接着说："打听打听，才知道你的情况不太好，李总就想着要把你调来。为你的事李总费了不少周折，因为你是局里的员工，调你得胡红国点头，李总和胡红国关系也不太好，先前去问胡红国，他没有答应。后来，胡红国又答应了，但提出要把前德也调进来，没办法，只好让你俩都进了公司。"

叶飞没想到进公司还有这么复杂，更没想到胡红国又利用他做了一次交易。

沉默了一会儿，叶飞想对康师傅说声谢谢，却低低地骂了胡红国一声："杂种。"

依旧是朗朗晴日，也许是夜的甜蜜终于让叶飞有理由安详，他的梦带着他在快乐的天宫中翱游。要不是清晨母亲在耳边催促，他还不知会睡到什么时候。叶母唠唠叨叨地走出房间，叶飞打着哈欠挤挤粘胶的双眼，猛地看见挂钟已八点半了，赶忙翻起身，胡乱洗把脸，穿衣下楼，踏上自行车。

走进公司的大门，他看见同事们看他的眼睛带着钩般，令他的心微微不安。"不就是迟了半个小时吗，用不着都一副这样的眼神吧。"叶飞嘴中嘀咕着支好自行车，上了楼走进办公室。

室内环绕的声音突然因他的出现也变得静悄悄起来，每个人的眼神也都带着钩一般盯着他。

"我身上有什么不对吗？"叶飞摸摸上身。

胖胖矮矮的前德走过来，背着手围着叶飞转了一个半圈，如蒜的鼻头两个鼻孔微微朝上张了张，厚厚的小嘴发出不屑的声音："这没什么两样啊，还真看不出来啊！"

叶飞见前德皱着眉头在地板上围着他如推磨般地转圈，又听到他小嘴里发出的声音，越发感觉不自在。别扭中，他将目光投向邱月，可邱月平常含满微笑的眼睛却也躲躲闪闪，这更让他的心不安了。

就在叶飞局促不安并对前德的举动感到恼怒时，李刚和康师傅走进来。李刚扬扬手中的书说："小叶，真看不出来你还有这爱好。"说着他又扭过头对康师傅说："老康，我的眼光不错吧！"康师傅笑着点头，走过来拍拍叶飞的肩膀，也给了几句赞美。

原来叶飞在困顿时写的长篇小说《迷失》在一家权威杂志的头版发表了。它不仅给叶飞带来了荣誉的光环，还为他带来几千元人民币和一大帮文学好友。

沙洲自古就是个文化之州，早在青铜时期，这里就有了著名的"沙井文化"。沙井文化是河西走廊文明的晨曦，瑞典人安特生用他的勃勃雄心在沙

洲改写了中国陶器史。人居长城之外，文在华夏之先，沙洲人对文学异常偏爱。于是一时间，叶飞成了女士们零食袋里的瓜子和男士们嘴里的香烟。

在公司，叶飞也感觉到一种上升的地位，前德时不时还进来搅和两句。这天，他又进来，拍拍叶飞的肩点着头说："小叶，我早就看出你不是个俗人，你的狮子眉中有一股暗藏的才气，好好写，一定能成为当今的李白……"

自打康师傅告诉他胡红国和前德之间的连带关系，叶飞看着他就来气，有心想取笑他，又觉得划不来。

自从小说公开发表之后，叶飞的心情异常激动，他想起创作时的艰辛，更觉得不易。叶母也很开心，叶飞打电话告诉了虎子，虎子也特兴奋，又告诉林子，林子知道了，嚷嚷着要叶飞请客，叶飞感觉这么多人关注他，正是个好机会表表谢意，就愉快地答应了。

叶母说就在家请吧！酒店的饭菜挺贵的。叶飞想了想怕她劳累，还是决定上酒店。

到了周末，叶飞和母亲、李刚、康师傅、邱月来到预订的天外天酒楼，宴席设在二楼包房。叶飞他们刚踏上楼梯，虎子和林子他们就从二楼跳出来起哄。

青青走下来，小嘴一挑，用粉拳给了叶飞一下说："你还真行！还真把你逼成了文豪！"

"后悔了吧！"虎子接过来说。

"就你嘴贫，一边待着去，有你什么事儿？"青青呛了虎子一句，众人都笑将起来。

邱月悄悄拉了一下叶飞，小声地问："她是谁？"叶飞告诉邱月青青是自己的战友。

天外天在沙洲虽不豪华，但以饭菜实惠著称，是李刚帮着挑的。

众人踏着红毯拾级而上，入座宽敞的包房。李刚依旧是寸头朝前，钢丝般的短须衬面，一件蓝白剑条衬衣打着领带，得体且充满阳刚。李刚让着把叶母推上正座，叶飞把李刚介绍给战友。虎子握着李刚的手说："早就听说你大名，今儿有幸相见，是我的福分，我得先敬你一杯。"

"好！"李刚也很有兴致，他接过酒杯说，"认识你我也高兴。"说完一仰而尽。

叶飞又将康师傅介绍给众人，康师傅也喝了一轮。

轮到邱月，虎子握住了邱月的手却不愿松开。

虎子转过脸说："飞子，我没听清楚，你重新给介绍一下，这位小姐姓啥？"

"你没长嘴？自个儿问。"叶飞知道他心里有鬼。

"在一张桌上就是一家人，不知道姓啥叫啥多不好意思。飞子不肯介绍，就请小姐报报芳名。"虎子的手仍没松开。

一向挺大方的邱月却不敢抬头，只一个劲儿地抽手。

虎子却越握越紧，非要听个自我介绍。

这时叶飞站起来对虎子说："别闹了，还有正事呢。"

虎子看看叶飞，又看看邱月，还是松了手。

星期一上班，叶飞被李刚叫到办公室。

李刚问叶飞来公司是否有什么不适应的地方，叶飞忙说没有，只是感觉比在沙梁忙多了，但很充实。

"年轻人嘛！"李刚说，"就该多锻炼锻炼，这对以后的成长有好处。"

李刚给了叶飞一根烟，接着说："你来公司也快半年了，该熟悉的都熟悉了吧！眼下到了秋收，农副产品的收购就要进入关键时期，我准备今年将此事交给你负责，你思想上要有个准备。农副产品收购量大资金也大，一定要保持清醒的头脑，是人材还是蠢材，就看你的表现了。这几天你先拿个计划，做好了，拿过来我看看。"

叶飞的心猛地一阵加速，他有点吃惊地看着李刚，说："谢谢李总的信任，我一定不辜负你的期望。"

2. 又进了派出所

虎子仍没解放出来。叶飞看见他的样子心也急，但又没法。虎子就是这样一个人，他乐的时候，你就得陪着他乐，他生气的时候，你还得陪着他生气。

歌厅生意这么一折腾，小姐们都怕了。孟柔从拘留所出来后收拾东西就走，虎子拦也拦不住。紧跟着又有几位小姐看待着也没戏，连台费也不结了，张翅飞走了。虎子的梧桐树没了凤凰，更添了层冰霜。冷冷清清的夜使得虎子的耐心磨到头了，一咬牙他驾着车四处乱窜，主要还是想找那个给过他乐更给过他愁的胖老板。

沙洲的夜依旧灿烂，霓虹灯依旧在闪，虎子打开车窗，心里的火依旧在烧，烧得连嘴唇也火辣辣地涩。凭感觉，他断定胖老板还会出入娱乐场所喝酒取乐。

虎子用鹰一般的眼睛搜寻着映入眼帘的每一个人。

虎子顺着街一家一家地找。找到"极了世界"门口时，他终于泄气了，将车靠在路边，他揉揉生疼的眼睛，下车吹吹风。

看着"极乐世界"门口一溜溜被灯光映得晃眼的车，虎子恨它们为何不停在自己娱乐城的门口。就在他垂头丧气无比沮丧时，一个身影钻入他眼球中。

是他！真的是他！虎子握紧拳头重重地砸向空气。

虎子想打电话叫来叶飞，又怕叶飞人未到，胖老板却走远了，于是他顺手捞起马路沿上的一块砖，悄悄地靠过去。

胖老板和两个随从迈着满足的步态，一阶一阶地走向停在门口的一辆车子。胖老板手指足舞地对着两个随从描述着刚才陪酒小姐的风姿，言语使晚夏的风也有了荤味。两个随从点头哈腰极力恭维，全没发现虎子手里拎着砖头已到了身旁。

其中一个随从刚用遥控器打开车锁，还未拉开车门就听见胖老板一声惨叫。扭过头，没等他看清是怎么回事，另一个伙伴的惨叫又响彻夜空。

余下的一位看着虎子红了的眼，怔了怔，突然意识到再不跑自己恐怕也会和前面的两位同伴一样，于是撒开腿朝大街上跑去。虎子早急了眼，看见他跑，拎着红砖高声叫骂着狂追了上去。

追了大约有一百多米，眼看就要追上，目标却突然一转，跑进一个大门。

虎子看也没看，径直追了进去。

可他追进去，却没能再追出来，还得眼睁睁地看着目标人模狗样地跨出大门。

虎子随目标追进了派出所。

第二天下午,叶飞在办公桌上全身心地做着李刚安排的计划书。桌上的电话铃响了,邱月走过去接了。

邱月和对方说了几句,手掌捂住听筒对叶飞说:"飞子,找你的。"

叶飞接过听筒,问对方是谁。

对方说是派出所。

叶飞的心猛地提到了嗓门眼。

叶飞看了邱月一眼,捂着听筒小声问:"有事吗?"

对方说:"没事干吗找你?认识海虎吗?"

叶飞说认识。

对方说认识就好,马上来派出所一趟。

叶飞问海虎出什么事了。

对方说你来了就知道了。

放下听筒,叶飞对邱月说要出去一趟。邱月问干吗。叶飞说有个小事儿,有人找替我挡挡。说完匆匆出门。

走在街上,叶飞的脑袋不停地懵。想想,他打电话叫来林子一同到派出所。在派出所,听民警讲了虎子的事,叶飞有点想偷着笑。但指着虎子,却对民警一个劲儿地赔着笑脸。

叶飞和林子领虎子走出派出所时,天已黄昏。

三人上车,找了个小店吃了顿饭,又回到娱乐城。叶飞看虎子斜着身子在沙发上一动不动的样子,又想起了在派出所被民警教导的那一幕,扑哧笑出声来,他说:"你也真有心。"

"他奶奶的,你不知道这些日子我多烦,都是那杂种闹的。"虎子说。

"还找不找了?"叶飞还笑。

"人倒霉,喝口凉水也硌牙,别涮我了。"虎子歪着头看着他,苦笑了一声说。

"罢了,也算出了口恶气。想想歌厅接下来该怎么做。"一直没吭声的林

097

子插了一句。

"怎么做？你们不知,歌厅本来就是地下活动,得力于你们警察睁一只眼闭一只眼才能生存。你们警察一搅和,就有了影响。上歌厅的没安全感,谁吃饱了撑着喜欢自己找事？"

两人听虎子还在生气,一时也没话。

过了会儿,虎子扔掉烟头,站起来对叶飞说:"飞子,你给个主意,歌厅被这么一折腾,生意越来越淡。照这样下去,过不了多久我就会完蛋。"

"其他歌厅生意咋样？"叶飞问。

"也不怎么好,但却比我强。"虎子回答。

"你去看了吗？它们强在哪儿？"叶飞问。

"我也去过几家,可什么门道也看不出来。"

"走。"叶飞想了想,对虎子说,"带我们去看看。"

林子说不去了,虎子不高兴了,林子说我这身衣服不便进娱乐场所。虎子翻翻眼皮,叶飞说那你等等我们。

两人开着车,进这家出那家,把沙洲大大小小几十家歌厅都转了个遍。回到娱乐城时已是午夜,林子已在沙发上睡着了,看见他俩,睁开眼睛拉了个哈欠。虎子一上楼,就慵懒地斜躺在沙发上,掏出打火机有一下没一下地打着,蓝色的火苗在五彩却十分阴暗的灯光中跳动,一会儿不见了,一会儿又有一束新的蓝火苗在他眼前跳跃。

燕子也没睡,她轻轻过来问虎子喝点什么。虎子没搭言,只摆弄着打火机,蓝色的火苗忽地跳跃,忽地消失。燕子尴尬地扭头看着叶飞,叶飞让她取瓶啤酒。

喝着酒,叶飞说:"虎子,我总觉得你这是走钢丝,转行做做正事吧。"

"怎么转？我前期投资的钱你给？"虎子翻翻眼皮说。

"看我口袋里的这三元够吗？"叶飞说着翻起口袋。

虎子瞪着他,撇撇嘴说:"翻啊,再翻。"说着突地也笑了。

三人碰了杯,叶飞说:"我不否认这个行业存有暴利,但我们的社会制度不允许。总的来说是形势上的问题,市里抓得这么紧,电视上天天有曝光的,谁还敢来？转了一圈,大家看起来都像是硬撑着。你若也继续撑着,是不是考虑考虑转行，或者换个名消消晦气？"

"换个名？"虎子抬头望着叶飞说，"燕子前两天给我建议也是换个名。我想了想，但这换名也不是件容易的事。歌厅最重要的客源还是要靠回头的，因为回头的来了比较熟悉、坦然、放得开。真要是换个名，就得重打锣鼓重唱戏，挺费劲的！"

"你想过没有？被警察这么一折腾，他们还会来吗？"叶飞说。

"也是。"虎子喝了口酒说，"不行，咱就换个名试试。或许真如你说的能消消晦气。燕子还曾说过换个什么'红磨坊'的名字。我问她'红磨坊'是什么意思，她只说她原来在西安的那家用这个名，生意挺火的。你脑袋里东西多，知道'红磨坊'是什么意思吗？"

"红磨坊？"叶飞说，"这名字倒挺熟的，你让我想一想。"

叶飞手转着酒杯，搜寻着对它的记忆。他记得有本杂志上好像介绍过这个名字。想着想着，记忆清晰了。他告诉虎子："红磨坊大概是巴黎舶来的词儿，是由海盗父亲的儿子和一个肉店老板创立的。它的本意好像就是放荡和纵欲，是个十足下流的名词。不过，对你们这一行，倒是挺适合的。"叶飞说完笑了。

"用吗？"虎子没笑，用眼睛看着他。

"是不是有点太露骨了？"叶飞思忖了一下说。

"管它呢，花狐狸不是也有人用吗？说白了就这么回事。也许有好多人和我一样，只知其名不知其意。"虎子说。

"说的也是，在河南不是也不懂'塔玛地'吗？"

虎子听叶飞说，眼睛忽闪了一下，不再说话了，端起酒瓶连饮了几口。叶飞一时也不知道说什么好，端起酒杯碰了碰虎子的酒杯。林子也喝了一杯，叶飞和虎子放下酒杯，都盯着他看。林子没管他俩的眼神，拿起酒瓶倒满了酒。

屋内在好长一段时间都沉默着。叶飞看他俩锁紧眉头的样，为虎子急却不知林子怎么了，刚想问，恰好上来两位客人，于是忙改口道："说他行，他还真飘起来了。瞧，好兆头带来好日子了，快去招呼客人吧。不早了，我得回家睡觉，明早还有事呢。"

虎子没动,呆呆地紧抿着嘴唇。燕子听见声响,赶忙出来将客人迎进包房。

"别费神了,过去的就让它过去吧。我们走了。"叶飞说完起身。虎子依旧斜躺在沙发上,只对他俩挥了挥手。

叶飞知道在不经意中触动了虎子的心弦。虎子是那种戏剧性的男人,凡事在他那都可以无所谓,可要是认定的事却是异常在乎的。叶飞记得在一次酒醉后,虎子流着泪说:"离开古都这么久,什么都忘了,唯独忘不了'塔玛地',忘不了火火。"

那也是叶飞第一次看见虎子流泪,也是第一次听虎子说:"我他奶奶的,初恋就把爱情献给了乌鸦。"

沉默着到了叶飞家门口,林子突然说:"飞子,我不想回家了,到你家睡一宿。"

叶飞不明白了,看着他点点头。

睡在床上,两人都睡不着。窗外的月色碧空千野,天地奇异地静,听不到丝毫的嘈杂。但月色脆弱,脆弱得伤感。"我的初恋献给了谁呢?"叶飞想起虎子的话,看着窗口上高挂的月亮中有云云的脸,还有甘玲那双哭得稀里哗啦的泪眼。他问自己,问得脑中全是云云,全是那个现在不知在哪不知是死是活的云云。

丝丝淡淡的牵念和难再的痛惜,叶飞感到胸口阵阵挤压,他翻起身从烟盒中摸出一根烟要点,却听见林子说:"给我一根。"

两人都将身子靠在床头上,室内烟雾弥漫。

夜似乎很深了,两人都看着窗外,看得专注。许久,叶飞想问问林子,却听见林子一声叹息。

"怎么不睡?"

"睡不着。"

"想什么呢?"

"你想什么?"

叶飞没回答,只吐了一口气。

"想云云了吧!"

"不知道她过得好不好。"好半天叶飞才说。

"应该会不错吧,翔子家那么显赫！"林子的眼睛也在窗外的月亮上久久地盯着。只是光洁的月盘上不是云云的脸,而是一根乌溜溜的辫子。

月亮跳了一下,周围渐渐簇拥了圈圈的风晕,夜风起了,像寒水一样摇晃。

冷了,叶飞的胸前阵阵寒噤,心里叹了一声,钻进被窝,对林子说:"不早了,睡吧。"

林子却说:"给我再来一根烟。"

叶飞这才留意起林子一天的不正常,问了。林子点了烟,说:"烦。"

"是烦,大了都会烦。烦哪一路？"叶飞问。

"没女人急,有女人烦。今中午我领小芳进家了。"林子说了一句,又只顾吸烟。

"堂审不顺？"

"岂止不顺！也不知老妈对小芳说了什么,我从厨房出来,小芳就不见了。哪儿也找不到。"林子说着闭上眼睛摇了摇头。

"他们不同意？"

"一般的不同意倒简单了,简直就水火不容。"林子说着想起第一次带小芳进家。刚开始母亲还问寒问暖,沏茶倒水,满脸欢喜。一来一往的几句家长里短,母亲的脸瞬间布满冰雪。

林子不明白了。事后,母亲所谓的谆谆教导只是左耳朵进右耳朵出,全没放在心上。今天中午,小芳本不愿跟林子到家,耐不住林子的甜言蜜语和软磨硬泡,便怯怯地跟了进去。

"她会对小芳说些什么呢？"林子想着问,问着想。窗外的月盘上,久久挥散不去的,依旧是一根乌溜溜的辫子。

3. 吐露心机

染满了红黄的落叶如一大群放飞的鸽子在空中飞舞,犹如把握商机的各路老板手中的电波,旋风般地把沉默一年的沙洲搅得沸沸扬扬。

叶飞这几天很是忙碌,公司不断有订单传来,他和邱月天天往返于农村和城市之间,今年的市场很大,加上昌盛公司良好的信誉,许多外地公司纷纷订了长线生意。

温州的客商张老板验完货,拉叶飞和邱月同去吃饭,蜜瓜产区近几年的滚动,也建立了不少上档次的饭店,这既显示出自己的实力,又方便了客商。毕竟,装网上车,很费力的,累了大半天,再回沙洲吃饭,四五十公里的路程很不方便。

叶飞这些天和许多饭店老板都混熟了,于是他替张老板找了一家。

在相互推让中入座,叶飞请张老板点菜,张老板也不客气,点了几道菜后特意让上碗牛肉面。吃着,聊着,张老板突然说:"你们沙洲的蜜瓜原汁原味,含糖量高,我们温州人特喜欢,遗憾的是你们不懂得包装,不懂得宣传自己的产品,树不起自己的品牌。就你们这蜜瓜一到金州,我们还得给它换装,这不仅仅是为了路上好运,更是为了回去好销,因为温州人大都让金州宣传误了导向,只认得金州的牌子,他们根本不知道金州只有白兰瓜而不产蜜瓜,就如这碗面。"张老板用手指指刚吃完的牛肉面继续说:"它原本就是几束面条,可配上经过厨师精心调和的牛肉汤,它便不再是几束面条,而成了天下有名的小吃。其实你看看,它有几片牛肉,大多数人吃牛肉面恰恰是吃光面而将汤剩下,只喝汤不吃面的并不多见。可它要是不配牛肉面汤,有人吃吗?在我们温州,要是有你们如此产瓜的规模,早上了央视的黄金档广告了。要是你们沙洲人多做做广告宣传,再给蜜瓜配以精美的包装,做做附加值的文章,这对它的种植前途以及你们的经营规模都有很大的好处。理顺了,也给我们这些外地商客省去许多的麻烦。"

叶飞听得很是入迷,张老板的话惹得他阵阵激动。张老板临上车时,叶飞握着他的手连声道谢。货车已开出去好远,叶飞仍陷入沉思中,邱月见他眼神很是缥缈,拿手在他眼前晃了晃,问:"喂,呆了吗?"

叶飞从思绪中回过神来,不好意思地笑笑,他说:"邱月,张老板那些话你听了吗?"

"没什么特别的,去年有个外地客商对李总也说过类似的话。"邱月不屑地说。

"那李总就没有反应？"

"不知道！神仙的事儿我们凡人哪儿知晓。"

叶飞想了想又说："邱月，这件事要是办成了，对沙洲可是功德无量啊！"

邱月点点头，问："可谁有如此能耐呢？"

"我不在这儿吗？你怎么视而不见？"

"你？"

"咋了，小瞧我？"

邱月抬头看着叶飞，见他壮志在胸的样子，心不禁有点颤动。

"要是真办成这件事，我算不算份儿呢？"邱月问。

"你呀！"叶飞笑着说，"当然要算了，你是我的贤内助嘛。"

邱月的脸红了，她偷看了一眼叶飞，慌忙扭过头。

回到公司，叶飞将张老板的肺腑之言告诉李刚，李刚听后吸了口气说："这事儿，我也早注意到了，只是这些年风风雨雨快到头了，不愿再费这个心思，还是落个圆圆满满、轻轻松松吧！"

叶飞有点吃惊，他看着李总说完，双眼望着窗外，被秋风晃动的槐树，花早谢了，挂满了簇簇斑斑的子角，在秋风中顽强地碰撞。

叶飞还想继续问个明白，康师傅给了他一个眼色，叶飞没领会其意思，但猜想康师傅可能是示意他先出去，就又看了一眼李刚，悄悄地出来了。

他低着头，推开玻璃门，走下台阶，听见背后有人叫他，回过头，见是康师傅。

康师傅走上前来，看着叶飞。半天，他才说："小叶，到了这个时候，有些事儿你还不了解。年底，这公司就要歇了。"

"为什么？"叶飞更吃惊了。

"因为承包期到了，这份家业到时还不是要入胡红国之口，李总这些天是一直为这事烦恼，舍不得这份来之不易的家业啊！"

叶飞的心猛地往下沉，他明白了李总刚才的那份颓废。他骑上自行车，慢慢地想着这即将到来的一切，心里像打落了什么，一阵怅然。

晚上，叶飞有气无力地斜躺在沙发上。母亲早上被姐接去，他一个人，也没开灯，空荡荡的在烟雾中杂七杂八地想着。他好像听见有人敲门，又觉得

不会有人来,没动,仍懒洋洋地躺着。敲门声越来越响了,他才起身,拉开灯,打开门见是虎子来了。

"我还以为你不在呢。"虎子进门就说。

"像你,太阳一落便成了叫春的猫儿。"叶飞说,"我不在,能上哪儿去?"

"你看,你又来了,不是跟你说这叫英雄所见略同吗?"虎子摇头晃脑地说。

叶飞见虎子的样子,无奈地扔过去一支烟说:"你看见老母猪也快有双眼皮啦!别捡进篮子的都是菜。当心,别弄上毛病。"

"过虑了,过虑了。饥不择食的年月,早已过去了,现在已进入择优录取的新时代了。"虎子说完哈哈笑起来。

虎子这些天很高兴,歌厅生意略有好转。沙洲的秋天有很多客商,出门在外,少不了寂寞,耐不住了,口袋里的钞票就会随心一起跳动。

心情好了,自然会想些好事儿。虎子这几天其实都在找叶飞,他挂了好几次电话,都说叶飞下乡去了,今晚,他将店交给燕子,亲自上门来找叶飞。他并不在乎叶飞数落他,两人打着哈哈,虎子的心却在找着机会。他几次欲将话说出口,却发现话到嘴边没了词儿,改变了,叶飞倒没注意到。恰这时门开了,母亲和姐姐回来了。

叶母见虎子也在,就亲切地问候了几句。虎子忙站起来,叶母连说让他坐下。

有叶母在,虎子越发没法说了,叶母倒问他:"虎子,处对象了没?"

"没有。"虎子说。

"你能没有?领着一个加强班吧!"叶飞姐笑着说。

"姐!"虎子一本正经地说,"我能有那本事?我看我只有包办的份儿,我正打算请你做红娘呢,你啥时间给瞅一个?我这人挺传统的,看见姑娘不敢睁眼,怕羞。"

"你这孩子,真逗。"叶母说完,全屋人都笑了起来。几个人说说闹闹,时间不知不觉过去了。

临走时,虎子也没说出自己想说的话。

叶飞一坐在办公桌前就想起张老板那席话,他呆呆地想着,全没了主意,邱月却用呆呆的目光看着他。

虎子下午来到公司,他理了一个寸头,看起来很精神,富有朝气。一进门,他的眼神就扫了扫邱月,跟叶飞打完招呼,对其他人礼貌地点点头。邱月看见他,猛地想起那天在天外天见过他,就礼貌地打了一声招呼。虎子咧开嘴笑着搬过一张椅子坐在叶飞和邱月办公桌的边上,双手扶着椅背没话找话。叶飞看着他东边日头西边雨的样儿,心里嘀咕他又玩什么花样,留了留神,见他的眼神时不时打量着邱月,心里忽地亮了。

叶飞把虎子和邱月放在一起掂掂,觉得也像那么回事儿,就耐心地陪他漫无边际地瞎聊。办公室里不时传来几人的哈哈逗笑声,李刚听见了,走进来问:"什么事乐得这么开心?"

虎子见是李刚,赶忙站起来迎上去握手问好。李总见是虎子,心里明白了,他拍拍虎子的肩问了问他的情况后,让叶飞去他办公室一趟。

叶飞跟着李刚上到二楼,进了房间,李刚让他坐下说:"小叶,昨儿的事我回去想了一夜,我老了,可不能因此耽误你。你还年轻,正是闯荡锻炼的时候,如果你有决心,我支持你。"

叶飞的眼睛仿佛有点潮,他一时不知说什么好,心里暗暗地立下军令状。他觉得自己没有理由不努力。李刚又交代了几句,叶飞便回到办公室,虎子正问邱月晚上安排了什么活动。

邱月说:"我一个小人物,能说什么活动,看看电视就足了。"

"唉!"虎子立起眼,说,"电视有什么看头,看台湾的一半是爱情,一半是眼泪,看香港的,觉得没钱人根本没啥活头,看新加坡的,没有私生子不成戏,看国产的,看了开头知道结尾,看了中间骂导演,看到最后只记得广告。"虎子摇头晃脑地说完,所有的人都笑了。叶飞有点吃惊,虎子什么时候也学得如此健谈?

4. 风生水起

在李刚的指导下,叶飞一头扎进去,从沙洲农产品的形象塑造开始琢磨如何启动。

105

市场经济早开始启动了,买方和卖方市场的转变,带给产品许许多多危机。酒好不怕巷子深的时代一去不复返了,酒好还要会吆喝,自己的产品必须靠宣传靠形象去扩大影响,去占领市场份额。哈密瓜的成功不是个活生生的例子吗?叶飞想到这里,心不停地涌动,他找来《产品形象策划》《企业文化理念》等相关的书本,在台灯下一页页地寻找感觉中急需的东西。

邱月也没闲着,她也在搜集此类东西,两个人时不时交换着看法,共同综合着各方面的意见。

成功的渴望深深地吸引着两个人,一个星期过后,叶飞把各种资料、样品、市场调查、市场前景及效益分析编辑成一本完整的计划书。李刚看了很满意,因为这关系着公司的决策,李刚召开中层领导会议讨论,并让叶飞也参加。

李刚首先在会上宣读叶飞做的计划书,在给予了充分肯定后,请其他人发表意见。

前德吸着烟,歪着脑袋,心里一万个不同意,他觉得李刚此举犹如港督彭定康的做法,临退休时搞空昌盛公司。此时,他听见李刚让发表意见,第一个站起来反对,情绪异常激动。

李刚瞟了他一眼,示意他坐下说。前德坐定后开始讲他不同意的理由:"黄河蜜瓜自它诞生到现在一直就是这个卖法,何苦再花钱搞什么广告,搞什么上网,我们又不种瓜,好卖赚钱,不好卖拉倒,既不伤本,又免风险……"

听前德的话,叶飞忍不住想上去给他几个耳光。他抬头望着李刚,发现李刚也注视着他。

前德断断续续地说了一通,见没人出来附和,便点根烟,不再吱声。李刚问其他人有没有不同的意见。室内很安静,每个人都有不同的表情,天花板上有一层云雾。

李刚起身,打开一扇窗户。

"谁还有不同的意见?"落座后李刚又问了一遍,停了停,看了看各位接着说:"关于树立品牌树立产品形象,是我的想法。我们沙洲自古就是农业大区,我们公司靠的也是这些农副产品生存和发展。黄河蜜、红黑瓜子等,虽说在市场上有一定的影响,但由于长期的农作物种植模式单一和封闭式的经营思路,使这些优质的土特产无法得到其应有的经济效益。所以,外商才说我们背的是炒面袋,炒面却让别人吃了。

"沙洲的黄河蜜瓜被金州人换上金州蜜瓜的包装,到深圳能增值几倍;大板瓜子被冠龙眼美名,暴富了多少台湾人?沙洲人实际得到了什么?一年辛辛苦苦卖到外地,自己只赚得一个零头。

"按说,这是政府的事,可我们就没有责任吗?昌盛公司依托的就是千千万万沙洲瓜农。小河里有水大河才有鱼嘛!搞商业流通,就得搞规模经营,就得有长远的眼光。广州用一毛五分钱拉走沙洲的土豆,加工,调味,装个袋,再返回沙洲,它不再是土豆了,而是炸薯片。各位算算,它的附加值有多少?外面已是热火朝天了,我们难道还只满足于眼前的这点小恩小惠吗?"

说到这儿,李刚点了一根烟问前德:"前德你说,是不是这个理儿?"

前德对了对李刚的眼光,没有吭声。

会议最终通过了叶飞的计划。李刚宣布散会后把叶飞单独留下来,他长舒了一口气说:"小叶,开弓没有回头箭,要干,就要干好。今非昔比,咱们的后面有一张强大的网,极个别的人拉着它时时在捕捉我们。我并不在乎,只是你的路还很长。在沙洲,在昌盛公司想干件事,有想象不到的困难。"

李总又给叶飞讲了一个故事,他说他在创业之初,各种风险没天没地地向他压来。就在他快撑不住时,叶飞的父亲给了他一句话:其实,成功与失败只是一步之遥,你硬坚持下去可能就成功了,可是有的人就是坚持不到最后,只能遗憾终生。不管你的起点有多低,环境有多差,只要你努力去做了,你就永远不会后悔。

李刚告诉叶飞这些年来,自己一遇到困难,耳边就想起这句话,他说:"没有这句话,就没有今天我的经历、我的一切。今天我再把这句话传给你,希望你能记住,也算我对得起你的父亲。"

回家的路上,叶飞耳边想起这句话,他想起了父亲,想起父亲的一生。到门口时,不由自主地朝胡红国家楼口看了一眼,发现前德正弯腰上楼梯。

虎子的歌厅经过重组在沙洲亮起了一道独特的风景。一到太阳完全消失在沙漠的那边,造型奇特的"红磨坊"门脸泛着紫光,霓虹灯勾勒出的风车

107

不停地旋转,远远望去,就如挂在沙洲城上一盏永不灭的车灯,像一团彩火,引起了人们的好奇。

为了扩大影响,虎子在市台上做了广告宣传,在市区主要街道上拉了几幅彩带。"红磨坊"轰轰烈烈地在爆竹声中开业了。

虎子听从叶飞的建议把餐饮撤了,改换为酒吧。酒吧装潢的师傅们完全制造出了叶飞的想象:四壁流沙欲动,墙角吊顶上错落有致地旋转着许多大小不等的霓虹风车。靠边一排雅座改装成游牧族的小茅屋,很有西域风情,在它的侧面正墙上,巨大的画幅映入眼帘:漫漫黄沙中健壮的驼队踏着古道渐渐飘向遥远的海市蜃楼。

叶飞有点出神,他仿佛又听到了遥远的驼铃声。看着缥缈的海市蜃楼,心止不住地有点悲凉。难道沙海中只有它才能给世人一种对沙漠的安慰吗?大漠在现代都市人的眼中,只有漫漫黄沙吗? 只有驼铃声声后的落后和贫穷吗? 生于斯长于斯老于斯葬于斯繁衍于斯的沙洲人难道还继续将戈壁飞沙苍凉贫穷定格在世人的记忆中? 难道沙洲的父老乡亲仍愿意让张明敏一个劲儿地挥不去苍白,重复黄沙吹老了岁月吹不老万里长吗?

叶飞的心颤了,千年的丝绸之路被文人们留传成琵琶的悲凉,飞天的眼泪,深重的历史折射给我们的到底是什么? 伫立的古堡已是地改山换翠柳青烟,千年的丝绸之路再不需烽火传递古墓低吟,"西出阳关无故人"的诗句已成了遥远的历史。

当然,站在经营的这个理念上,浓厚的地域特色是吸引人的法宝。不是有许多人开始返祖,吃惯大鱼大肉的人喜欢吃青菜萝卜是心闲得慌,"红磨坊"要的就是这些。美国的西部以牛仔潇洒快马快枪给世人留下了向往,"红磨坊"为什么不表现自己的东西给世人以赞美呢?

"红磨坊"在巴黎最辉煌的时期迎接了共和国总统奥里奥尔和英女王伊丽莎白二世,还吸引文艺界的各类名流主演为联合国儿童基金会等机构募捐。叶飞告诉虎子这些,虎子说:"那咱的红磨坊为希望工程也干点好事,也扬扬善嘛!"

两人都笑了,虽是一句玩笑,但两人的心开始充满了对它的期望。

叶飞干得热火朝天。在邱月的建议下,他们在电脑上用一根细细的电话线联结了世界上每一个角落。他们在电脑上建立一个信息库,将沙洲的土特产融入各大批发市场上的排榜,每天上班,打开电脑,寻找购销的信息。李刚也挺高兴,公司电话空前地繁忙,查询、订货。整个公司就如一辆加满油的跑车,在跑道上有规则地前行。

叶飞特意对黄河蜜瓜的包装作了一番设计,他自我感觉特好,望着远去的货车扬起欢天喜地的沙尘,他的心也随之美丽飞扬。

这几天,他都沉浸在这种美好的回味中,期望它带来想象中的光环,却没在意脖子上套了个负担。

外地客商纷纷传过来令人头疼的信息。由于长期受金州人宣传的影响,吃黄河蜜瓜的人只认准金州的牌子,根本听不进去金州蜜瓜就是沙洲蜜瓜这一事实。蜜瓜很不好销,客商们要求换上原来的包装,否则拒绝接货。

叶飞听李刚这么一说,沉默了半天,才抬起头望着李刚,期待他能挽回局面。

"情况就是这样,想想该怎么办。"李刚说。

"你说咋办?"叶飞实在想不出什么招,怯怯地问。

"我是问你!"李刚忽地站起来,两道剑眉直立。

叶飞不敢再看李刚,低着头,满脑子乱糟糟的,一句话也不敢说,也不知道说什么好。

半天,李刚又坐在转椅上,满脸期待地说:"别急,动动脑子。"

"实在不行,仍让他们去装金州的箱子好了。"叶飞的回答很是泄气,"瓜不同别的东西,时间特别有限。"

"就这么算了,忙活了这些天,就这么结束?"李刚的眼睛眨也不眨地看着叶飞,他有点生气,但看见叶飞的样子,心又软了下来,"我有个想法。"李刚拿起叶飞的设计图样说:"你看……"

李刚对叶飞的原设计图样做了修改,对修改的部分又讲了为什么要修改的理由。叶飞的思路被打开了,他也放松了,随时补充着自己的看法。李刚的脸上有了笑容,他说:"这就对了,遇到困难首先想到的不是困难难度,而是要想到解决困难的办法。"

叶飞拿着重新设计的图样走出李刚办公室,下楼梯时碰见前德,前德皮笑肉不笑地问:"叶飞,树立品牌,树立产品形象的伟大工程还搞吗?"

叶飞有点恼火,想给他几句,又觉得没意思,他还要去纸箱厂,只瞪了他一眼,下了楼梯,身后前德笑的声音传来,很是刺耳。

恰好西安举办旅游节,这是一个很大的商机,李刚敏锐地捕捉到了。他和市经贸委协商,搞了一个专题片,由政府出面,送到陕西电视台做宣传。扩大市场影响,引导消费。李刚又特意组织了一批上乘蜜瓜到西安,双管齐下。经过一番折腾,黄河蜜瓜的价格很快上升,沙洲人脸上飞起了朵朵云彩,秋风似乎也小了些,如恋人的小手轻轻抚摸着脸庞。

城市一下子拥挤起来,满大街跑着的都是崭新的摩托车,大商场趁机搞起大拍卖,招牌,风晃,叫卖的喇叭声把沙洲搅得沸沸扬扬。

市政府要为来沙洲的客商举办宴会,与业务有关的公司都接到了邀请。李刚让叶飞也陪他去,说要他多接触些人,锻炼锻炼,见见世面。

这一次,叶飞给公司增加了不少的利润,其中还不算对沙洲黄河蜜瓜的增值。李刚并没有在公司大张旗鼓地表扬他,用康师傅的话说,是怕增加内部摩擦。嫉妒,有时候会改变人和人之间的关系。

叶飞对邱月说了晚上的宴会,邱月满脸笑容。她用心地看着叶飞,叶飞被看得很不好意思,邱月却掩饰说:"就穿这身衣服去?"

叶飞看着自己的衣服,觉得也没什么不好,邱月凑过鼻子闻了闻,撅起小嘴说:"你都有味了,不行,不行,参加宴会的都是些有品有味的人,怎么也得西装革履。"

说完,不由分说地拉起叶飞来到商场。叶飞说去摊儿上挑一件算了,又不去相亲。邱月说这比相亲更重要,继续拉着他进了沙洲最大的购物中心。衣架上笔挺的西服看着也确实舒服,邱月挑了一件黑色西服,拿在叶飞身上比画,叶飞看见衣襟上的标价和售货员小姐的脸色一样漂亮,心忽地泄气了。

邱月以为叶飞对衣服不满意,仍兴致极高地继续挑选,叶飞很是难堪,又羞于出口。邱月都挑累了,也挑出气来了,叶飞才指指标价,样子怪怪的。邱月明白了,她翻了自己的口袋,又让叶飞翻出口袋,加在一起连一件也买不起。叶飞有点不忍，说："算了，家里还有一件，能凑合，别折腾了。"邱月的心却不甘，但眼下又没办法，也只能叹气了。

叶飞回到家，拿出那件好一点的西服换上，在穿衣镜前前照后看，左转右转，觉得也还行，打算晚上就穿着去参加宴会。

刚坐下点根烟，有人敲门。叶飞站起来打开门，见是邱月，只见她额头上挂着汗珠，右手拎着一只很漂亮的服装袋。

第九章　商道门,爱欲是一道麻醉的风景

1.相逢美女

宴会设在市委招待所,现场布置得简洁却不失高雅。舞台中央低垂着酒红色的天鹅绒幕布,两侧置放着两株修剪得体的金钱树,台前耸立着一簇式样古朴的木质酒架。贼亮的灯光下,除了几个常在沙洲新闻联播中出现的面孔,叶飞觉得其余的都很陌生。

大厅里很嘈杂,服务员小姐全部穿着一身红色的旗袍,微笑着单臂托盘穿梭在三五成群的人堆里送着美酒。叶飞也学着挺绅士地取了一盅,舔了一小口,立刻有股甜丝丝的味儿环绕在口中。李刚碰见几个熟人,热情地打着招呼。没有一个人过来和叶飞打招呼, 也没有一个人在意叶飞不跟他打招呼。

看着大厅中冠盖云集,名流纷呈,一个个显得非贵即富,叶飞不免心情复杂。先生小姐穿插摇晃,晃得叶飞眼都有些发晕,看看自己的着装,一瞬间也好似梦幻。“钱”真是风度的基础。他又想起邱月,不知该怎么办才好。生活并不能按自己的意志去走,这团麻才刚开始,他一直不想实质性地思考,但又没法不去思考。

这时,市长举起酒杯请大家入座,大厅里又开始嘈杂起来,气氛也活跃起来。叶飞有点意兴阑珊,他知道以他现在的身份,是很难融入这个场面的,就缩在角落里的沙发上空发感慨。他感觉全身都不自在,掏出烟盒闻闻味却不敢取出一根点上，因为大厅里禁止吸烟。但坐着实在没劲，他想走，又怕李刚生气说他上不了桌面，正心烦意乱中，看见了石磊。

石磊也看见了叶飞，他根本没想到在这个场合会有叶飞的身影。他走过来，先用酒杯碰了碰叶飞手中的酒杯，眼睛里透着疑问和惊奇。叶飞看出来了，没有吭声。石磊问："你也来了？"叶飞点点头。"还好吗？"石磊又问。"凑合。"叶飞冷冰冰地说。

石磊见叶飞不在乎他想把冰化成水的语言，觉得也比较难堪，就请叶飞过去和他的朋友一起聊。叶飞说不了，石磊一时没话，扬扬手中酒杯，小喝了一口说："飞子，那我先过去，有空再聊！"

"谁他妈的跟你聊？"叶飞看着他的背影，心里骂了一句。叶飞对石磊别样的感觉并不简简单单是他把云云从自己身边夺走了，而是他彻彻底底地为他的生活把云云卖了。

虎子曾说叶飞，别以为满世界就你一个好人，别以为云云离开你就得不到幸福。都一块儿长大的，应该给她祝福。

叶飞却不这么想。云云有着很不幸的成长过程，她过早地失去母爱，又过早地扭曲父爱。叶飞记得第一次把云云领进家里，让她感觉到从未有过的母爱后，云云扑进母亲的怀中泣不成声。那年，他们都才刚满十四岁。

自从石磊告诉他云云跟着翔子走了后，他的心更多的是担忧。他太了解翔子了，他的心根本不存在什么希望，他也太了解云云了，没有石磊的启蒙，翔子是带不走云云的。

想起这些，叶飞感觉酒杯里好像有了云云的身影，他有点悲凉，却又无可奈何，心如枯炭地扬起酒杯，喝个底朝天，也把云云喝进了心底。

大厅里依旧笑语连连，好像整个世界就他一个人不会言笑。他呆呆地坐着，双眼迷茫地看着欢乐兴奋的人群，当然，他看不见在他斜对面同样呆呆地坐着的张洁。张洁跷起双腿，红皮鞋耀眼地映着亮光。她也是在不经意中发现呆呆的叶飞，她有点好奇，就一直注视着叶飞。

漂亮的女人走在大街上引得男人碰电杆，同样帅气男人也会令女人芳心蠢动，这都是美惹的祸，只不过，现实给予表现的机会不同罢了。她忍不住

113

起身走到叶飞身边。在让叶飞对她红红的嘴唇和白白的牙齿有了深刻的印象后,叶飞挪挪身子。张洁微笑着说声谢谢,用手按了按裙摆坐下,并跷起二郎腿。

混合的气味突然有了股难以捉摸的香味,这香味扫清了叶飞心存的不快,干扰了他对现实的自卑。从小姐的眼神中,叶飞看到了自己的不俗,也暗暗期待相识,他的心抖着,突然觉得胳膊被张洁碰了碰。叶飞扭过头,张洁张张嘴唇,又露出灿烂的笑容:"傻呆呆的,想什么呢?"

叶飞有点不好意思,他笑了,但觉得有趣。在如此场合有个如此美丽的小姐陪着聊天,也算和谐了。

"傻呆着看别人乐,有什么意思,干吗不找个乐子?"张洁说,"上面有舞会,跳舞好吗?"

叶飞略带吃惊地看着她。冲现在的心情,也该有个解脱。他心里想着,给自己找了个理由,站起来。

上了二楼,光怪陆离的灯光不断变幻着诡秘的色彩。叶飞托起张洁,轻柔地踏出脚步,两人无语,各怀心思,偶尔眼光瞬间碰撞又忽地躲开。萨克斯手一声颤颤的长音,结束了《永浴爱河》,大厅哗闪闪地亮起了灯,张洁轻轻地放下手背,一个翻腕拉住叶飞的手坐在荷花形的沙发上。

"喝点什么?"叶飞觉得傻坐着不是个理儿,问。

"随便。"张洁看了一眼叶飞说。

"好像没这个牌子的饮料啊!"叶飞逗了一句,笑嘻嘻地,张洁也飞了他一眼,抿抿嘴唇:"傻蛋。"

张洁吸烟的姿势很美,叶飞有点吃惊。萨克斯又拉响了舞曲,光怪陆离的彩球又开始转动。张洁用中指和无名指夹着香烟,过滤嘴烟把轻轻挨住嘴唇,而不像一般吸烟者把烟把含在嘴里。张洁轻轻吸一口,嘴唇朝前撅撅,一道闪亮的弧线如流星滑落,两片红唇随之启开,淡淡的烟雾从嘴唇中轻轻地向黑暗中散开。

叶飞很仔细地看着她,她也看着叶飞,眼睛大大的,鼻子尖尖的,表情像朵灿烂的牡丹。

张洁收起笑容,把香烟放进缸里,站起来,伸出手,一身暗红的丝裙很是流敞。

舞池本来就小，似有似无的灯光使它更像一间黑乎乎的胡同。叶飞尽量保持着一定的距离。随着舞步的起落，轻轻地问小姐芳名叫啥。张洁没回答他的提问，却说："这重要吗？"叶飞很慌地说只想知道。张洁却问他姓什么叫什么。叶飞告诉了她。她忽地直起腰，双眼在叶飞身上搜索。叶飞真的不自在了。张洁一个旋转两人挤进了人群，她抽出手用胳膊圈住叶飞的脖子，身体渐渐贴了过来。叶飞好久没闻过女人味了，她浑身散发的香味和暖彤彤的身子，顿时令叶飞浑身发抖。好几次脚步因紧张而滞缓，使嘴唇碰到她的额头。叶飞的心像被什么东西忽然挤压了一下，不停地抖。

叶飞有点想把她推开，又觉得如此也不错。心里闪过这个念头，也如她可能期待中的那样，揽她后腰的手臂越来越紧。

两个完全不同性别又完全陌生的人一下子贴得如此近，不知小姐是否尴尬，叶飞还是非常的尴尬。虽然，张洁已完全地粘在他的身上，但他还是觉得陌生得不能再陌生。

两人的脚步也不再有什么节奏了，如醉如痴地在黑暗中摇动着。

叶飞的心虽然开了花，但还是不能完全适应。好在舞曲已到了尾声，已有人退场。叶飞感觉衬衣都湿了，张洁这才松开双臂很自然地挽着叶飞的胳膊回到沙发上，自然得如同叶飞是她准备公开的热恋中的男友。落座了，她仍双手握住叶飞的左臂，并将头偎在叶飞的肩上。

叶飞感觉心如小虫儿在爬。他扭扭头，望着微闭着双眸的张洁，心想，到了这地步依旧尴尬还算不算男人？但要消除尴尬唯一的办法，只能是交谈。

张洁却有点心不在焉，她愿答不愿答地闪着双眼，却好像又在全身心地注意着叶飞的提问。叶飞被她这个样子弄得更紧张了，一时半会儿又找不到什么词。小姐问他是不是常在杂志上发表文章的那个叶飞。

叶飞有点得意地反问，在沙洲她有没有见过那个常在杂志上发表文章的叶飞？

张洁摇摇头，说她一年中一直努力地寻找写小说的叶飞，并说叶飞的每篇文章她都精心地抄摘。

叶飞说自己就是。张洁忽地坐起身子，双眼更大了，满脸惊奇地注视着

叶飞。冷不防,叶飞感觉自己的脸热了一下。张洁喃喃低语:"你跑到哪里去了?让我找得好辛苦。"边说边用手抚摸叶飞胸前的纽扣。

叶飞也挺兴奋,手机忽地响了,叶飞伸手取出一看,是李总找他。张洁一把夺过他的手机,叶飞知道没法再待下去了,连声解释。张洁没还他的手机,却把自个儿的手机塞给叶飞。

叶飞有些傻了,自己连她姓什么干什么的都不知道,形势上已变得如此白热化,他一时很急,又没什么办法,张洁却撒下欢笑抛给了他一个媚眼。等叶飞愣过神来,却不见了她的踪影。

碰上如此任性的小姐,叶飞只有笑笑的份儿,他用手掂掂天蓝色的手机,下楼去找李刚。

2. 林子的婚礼

林子要结婚了。

林子骑自行车来到叶飞家,叶飞不在,他又来到"红磨坊",找到虎子。他送给虎子一张请柬。虎子问谁的。林子说:"我的。"虎子愣了,张大了嘴看着林子。林子看了看他又掏出一张说:"这张是叶飞的,我去找他他不在,今天,你务必转交给他。"

虎子接过柬子还想问什么,林子却转身走了。

叶飞刚到家,虎子就来找他,叶飞匆匆和母亲打了声招呼和虎子下了楼。

上了车,叶飞问虎子:"林子这货干吗呢?搞突然袭击,弄得人紧张兮兮的,他跟谁结婚?"

"苏小芳。"虎子说。

"苏小芳?不是黄了吗?"叶飞有点不明白。

"谁知道?天知道!"虎子说着启动车子。

他俩对苏小芳都有耳闻。苏小芳父亲工作的厂子很不景气,母亲也没工作,在炒货场干点挑瓜子的零活。家里还有两个弟弟上学,日子过得挺紧。林子的父母一开始就对此事一百个不同意,苏小芳有一次去林子家,还被林子母亲给骂了出来。后来,此事就告了一段落,林子也没提起过,现在突然要结婚,两人都有点拐不过弯来。

"走,去林子家,先看看。"叶飞说。

到了林子家,叶飞和虎子敲开门,屋内静悄悄的,只有林子父母和林子姐姐,脸色都阴沉沉的,林子母亲眼泡大大的。

"何叔叔,林子在吗?"

"不在。"林子父亲瞪了叶飞一眼,端起茶杯进了卧室。虎子缩了缩脑袋,叶飞也有点摸不着后脑勺。

"小飞,小虎子,你们过来坐下。"林子母亲赶紧说。

叶飞和虎子坐下。林子姐姐冲了两杯茶,林子母亲说:"小飞,小虎子,你们就劝劝林子吧。"林子母亲说完眼窝湿了。好半天,她用手擦了把眼泪继续说:"我们做大人的,哪有不为儿女想的? 话要听,事要经,听不进老人言,吃亏在眼前。可林子他就怎么听不进去?"话没说完,眼泪又开始打转。

林子母亲断断续续的话听起来也没错,很现实,叶飞也听出来事情的来由,但不知道说什么好。到后来,室内只有林子母亲的哭泣声,每个人心里都挺难受的。虎子拉拉叶飞的衣服,叶飞扭头看了他一眼,站起来说:"阿姨,你也别太伤心了,我们去看看他。"

林子母亲又重复了那句老话,送叶飞和虎子出门。

按林子姐姐给的地址, 他们找到林子租的小屋, 林子租了间郊区的农舍,环境倒是不错,绿树成荫,鲜果沉沉。

丽丽和青青在屋里,正跪在床上摆弄着往墙上挂一对大红双喜。林子在沙发角上发愣,见叶飞和虎子进来,指指沙发,取过来一盒烟。

虎子也感到挺压抑, 他没有和往常一样大大咧咧地开玩笑, 坐在沙发上,望着青青手中的大红双喜。

回来已过四年了,每个人都经历了不曾经历过的烦恼,个个变得深沉起来。那种一聚会就如捅翻雀窝的场儿一去不复返了,这让叶飞涌起股楚酸。他想,也许这就是成熟的代价,这就是人生谁也躲不开的无奈。他尽量不去触及林子的痛处。

大家都没个主题，谁都尽量注意话题，东一句西一句地搭讪如同嚼蜡。夜已深了，叶飞看看表，对林子说："林子，不早了，明儿个我们再过来，你也早点睡吧！"

虎子开车把叶飞送到门口，他也下了车，他长长地舒了口气，有点不平："他奶奶的，都他奶奶的活成这样，民子不知是死是活，军军去了连城几年没有音，石磊发了不再是同路。现在林子结婚，本是值得乐的事，却弄得悲悲凉凉的，在部队哪个不是梁山好汉，哪有这么多鸟事？"

"人各有志嘛！"叶飞掏出烟给了他一根说，"这就是社会，要都千篇一律，还能把它称为社会吗？经过了这么多，心也释然多了，活吧！"

街头上已没行人，深秋的风送来阵阵凉意。一根烟到把，虎子弹出一个弧线问叶飞："明天，给林子送什么贺礼？"

"送什么呢？"叶飞说，"林子新房除了台彩电什么也没有，家里又不给一分钱。"

"说的是。"虎子又长叹了一口气，他想了想觉得也实在没个东西可买。

"送点彩礼吧！结婚是头等大事，别让林子精神上物质上都太寒酸了，你看，行不？"叶飞问。

"这主意不错，婚后让他俩自己去买吧！"虎子同意了，两个人又互相感叹了几句，虎子无力地打了打喇叭，消失在夜色中。

这晚，叶飞头枕在双掌上，无法入睡。月光似水银般洒了进来，爽爽的，叶飞却感觉头在发胀。生活不再是简简单单的生存了，单纯、天真的年龄已不复存在，展现在面前的像一根系满千万个结的绳，得令以后的日子去一一解开这千万个结。

林子和苏小芳都住在一个区，打小就认识。林子从部队回来，发现苏小芳的身后拖着一条在现今已很少见的粗粗的、光溜溜的辫子。心便开始随着那光溜溜的辫子跳跃，有事没事他总渴望看见那根辫子。他便常站在楼下，等待那根辫子的出现。

两个怀着同样心思的青年你来我往就有了爱情。有了爱情在当今的时代是不够的，真正能结成婚姻还必须有门当户对的家庭背景。林子领苏小芳走进家门,烦恼便随之产生。

林子父母清楚苏小芳的家庭状况,他们从心底也同情。但这仅仅是同情,并不表示要为这同情付出,也就更不愿将自己的生活之舟拖向那太浅的小溪。

林子想不到这些,更不愿听父母唠叨,他只感觉自己喜欢就足够了,仍旧我行我素。

当他又一次把苏小芳领到家中时,全没想到母亲一扫多年的慈祥,破口大骂苏小芳是蛤蟆想吃天鹅肉,是狐狸精害唐僧,这使任何一个稍稍有点儿自尊的人都无法接受。

林子又爱又气,毫无招法。一边是爱情,一边是亲情,夹在中间一会儿红脸一会儿黑脸。家里就他一个儿子,尽不尽孝道先别说,总得在一起生活吧。看父母已是铁了心,苏小芳进了门也不会太舒服。可没想到母亲竟然跑到苏小芳上班的单位去闹,感觉深受伤害的苏小芳捂着脸跑出去就服了安眠药。弥留之际仍念念不忘林子,跑到警队门前想见他最后一面。林子抱起苏小芳进了医院。他在急救室门前拉着苏小芳失去知觉的手,顿时下定了决心。

如此痴情的姑娘仍改变不了林子父母的初衷。林子绝望了,他独自拥抱着苏小芳没再跟家人作理论,而是选择了结婚来平慰自己的心。

天,倒是个朗朗晴天。太阳还未露脸,只放些红霞将月亮和星星消失在片片彩霞之中。

虎子一晚也没睡好,崭新的西服掩饰不住满脸的疲惫。他开车叫上叶飞,叶飞借过虎子的手机跟李刚请了假。

车拐至东小什,有一家花店正往外摆花,叶飞说买束花吧。虎子停住,两人下去,挑了两束水灵灵的鲜花。

店主是位高挑个儿的小姐,帮他俩扎好花。叶飞想用鲜花冲冲婚礼的气氛,于是借了小姐的笔想了想,写了个对子作贺词,话虽不太好听但也较含蓄,虎子笑着赞同。卖花小姐溜了一眼,满脸通红地继续摆弄她的鲜花。

到了林子的新房,虎子没把花拿下车,说等会儿再送。林子的脸和昨晚没什么区别,两眼还布满红丝。叶飞有点心酸,他拍了拍林子的肩头,对他点

119

点头。林子懂他的心意,咬了咬嘴唇,转身和虎子上了新车。

昨晚三个人就分工,叶飞在酒店做东,招呼客人。他目送林子的新车远去,自个儿开着吉普车来到酒店。

酒店的服务员早早作了准备,墙角两个一米多的音响,一个劲儿地唱着《大花轿》。叶飞看着酒店服务员进进出出的身影,心又抖了一下,好在陆陆续续来的客人转移了他的思绪。祝贺的客人叶飞都不大认识,林子也没请多少人,除了要好的同学和战友外,其余都是他单位的同事。

叶飞热情地请他们入座,递烟,上茶,忙得团团转。《大花轿》唱了一遍又一遍,新车来到酒店门口。叶飞看见苏小芳打扮得倒挺靓,一身红色的西服套裙,光溜溜的辫子不见了,盘得高翘,发上缀满了朵朵小红花。

婚宴正式开始了,漂亮的服务员小姐单手托盘忙着上菜,人们的兴趣一下转移。大家举起筷子伸向菜盘,将菜送进嘴里,便听不见对新娘新郎的议论,餐厅里飘溢着忽聚忽散的菜香。

菜吃得差不多了,新郎新娘给来客敬酒。林子端着酒,表情和办案审贼时差不多,苏小芳端着酒盘按桌敬酒点烟,整个婚礼就剩这条规矩。众人的目光都聚在林子和苏小芳身上。林子的几个同事冲着酒劲故意一遍遍地将苏小芳划着的火柴吹灭,苏小芳急得满脸汗珠,划火柴的手不停颤抖却怎么也找不到地方,逗起了众人阵阵大笑。

林子和苏小芳来到叶飞和虎子的菜桌前,虎子拿出鲜花献给新郎新娘,并特意让苏小芳念出贺词。苏小芳接过字条看了一眼,顿时感觉手中拿的好像是个火球,满脸通红地扔在地上。虎子赶忙捡起来,死缠着非让她念。

苏小芳急忙钻到林子身后,这举动吸引了不少好奇的来宾,他们都凑过来,好事的几个拿着纸条一字字地念道:

新郎磨枪备箭,欲探后庭花洞;

新娘拔川定寨,急待蛟龙入海。

大厅里轰地笑起来,几个年轻人又开始起哄……

苏小芳给叶飞敬酒时,骂叶飞,叶飞笑着说是虎子的主意。苏小芳撇撇嘴,非让叶飞喝个八八大发,叶飞端起酒杯,两个双层楼,喝得酒杯一滴不剩。

整整一天,林子家人一个也没来。

回到新房,林子一句话也没说,他将灰色的西服脱下来扔在床上,提过酒壶让叶飞和虎子坐下。苏小芳看着林子,什么也没说,默默地将林子扔在床上的西服拿起来挂在衣架上,独个儿坐在床头看着大幅结婚照发呆。叶飞看在眼里,心里不是个味儿。林子仍没说话,只将酒杯倒满,虎子看他的样子,抢过酒壶,笑着说:"林子,新婚之夜可不能沾酒,别子种上就带了酒精,那可影响下一代。"

林子没理他,只让他将酒壶拿起来。叶飞从虎子手中接过酒壶,说:"咱也别喝了,喝点水吧!你不是常说只要真情在,喝什么都是酒吗? 小苏,别坐着,来,给我们倒上水。"

林子仍没吭声,却独自端起酒杯仰起了头。

叶飞和虎子上了车,林子心事重重地过来帮叶飞关好车门,叶飞按下车窗玻璃,探出头来对林子说:"事已至此,就不要再想那么多了,好好过吧,没有跨不过的坎,你要还这个脸色,对小苏不公平。"

林子抬起头,抿紧嘴唇,看着叶飞,点了点头。

3. 深情一吻

叶母听叶飞说林子结婚了,心中久久盘旋的病又开始发作。老伴走了,儿女们都大了,只剩叶飞还没成家,当妈的看着儿子的年龄一天天增大,能不急吗? 她总抽空问叶飞,叶飞被母亲问得心里很烦。他心中的绿洲上早为一只凤凰栽下一棵梧桐树,只要他招招手,那只凤凰很自然就会落下。但还有一个人也在为那只凤凰苦苦培育着梧桐树,这样想着,他心里又涌上一股说不清的滋味,似大海涨潮一样……

叶飞点了根烟,打开电视机,他记得八点有个不错的连续剧,没料到连续剧已开始结尾,唱起悲悲切切的什么想我就吻吻黄梅雨的曲子。曲子被女音唱得委婉凄美,更惹得叶飞思绪万千,他拿起遥控板胡乱按了一通。

叶母拿着毛巾擦着手,坐在沙发上,见儿子啪啪地闪着频道,说:"还没

长大,看就看,拿遥控器当琴玩呢?"

叶飞拿眼看了看母亲,没说什么,他知道母亲的心事,但又实在不愿意听她唠叨。他知道母亲现在的心思就是四处托人找儿媳妇。

多家电视台好像一块儿商量过了似的,一到九点左右尽放些乌七八糟的广告。

叶母见儿子这样,无奈地叹口气,也没啥脾气了,起身去放毛巾。

叶飞听见有人敲门,应了一声打开门,是一楼的孙姨,孙姨问他母亲在吗,叶飞说在,迎了进来。叶母听见有人找,出来一看是孙姨,赶忙诡秘地把孙姨拉进卧室,并关上门。叶飞看她俩神神秘秘的,有点好笑,侧耳听了听,室内声音很低,听不清楚,自个儿笑了笑,依旧坐下来看电视。

好大一会儿,卧室门开了,叶飞看孙姨看他的眼神怪怪的,孙姨笑着,被母亲送出门外。叶飞平常不留意母亲的来往,也就没法琢磨孙姨看他怪怪的眼神。他换了体育频道,体育频道正卫星直播意甲联赛,有着外星人称号的罗纳尔多所在的国际米兰对尤文图斯,叶飞的心一下子提了起来,双眼跟着圆圆的足球跳跃。

叶母手里拿着一叠照片,她满脸春风地坐在沙发上,美滋滋地看着照片上的姑娘,好像照片里的姑娘就是自己的儿媳。她看了一会儿,对叶飞说:"飞子,你挑一个。"

叶飞不知道母亲想的是什么,继续看着电视,他的心思全被足球吸引了过去。叶母见儿子不理她,拿起茶几上的遥控器啪的一声关了电视机。叶飞正看得有兴致,见母亲突然关了电视,一下子跳起来:"妈,您怎么把电视关了?"

"电视重要,还是媳妇重要?给,你挑一个,这可是你孙姨费了心思搞来的,条件都不错。"

叶飞看着母亲,扑哧笑出声来,他明白了孙姨的眼神,觉得大人们也有可笑的时候。

"你别光笑,给,挑一个,人家还等着回话呢。"叶母送过照片。

叶飞觉得有必要搪塞搪塞母亲,就装模作样地接过来,一张一张翻起来,翻过最后一张他做了个怪样,摊开双手摇了摇头。

"鬼丫子,你想找天仙女呢,人家还不一定看得上你呢!"

"妈,您老就别费这个神了,我的事我自己知道。"

"知道,知道,你知道个啥?"叶母瞪了他一眼。

"妈……"叶飞拖长了声音,将照片塞进母亲的手中说,"您就耐心地等等吧!赶明儿,漂亮的儿媳妇会来温柔地孝顺您。以您儿子的本事,不会打光棍的。"说完,又打开电视。

叶母无奈地叹了口气,瞪了叶飞一眼,心里想说几句埋怨的话,又怕儿子一生气像上次一样几天都不理她,就起身,默默地拿着照片走进卧室,自个儿对自个儿说:"云云那丫头,怎么说变就变了呢?"

当秋风突然冷冷地把沙洲打扮成灰色时,沙洲人的心也被小小的黑瓜子牢牢地牵了进去。李刚和康师傅去福江联系客商,安排叶飞邱月他们去农场和张场长一道收秋。

黑瓜子这小东西让沙洲人有爱也有恨。当初,黑瓜子在沙洲落户的时候看中的是沙洲的温带沙漠性气候的日照充足、昼夜温差大的特点,有了被它看中的日照充足也就表明了沙洲的干旱。沙洲人盼雨的心自古到今没有不急切的,水情一直被沙洲视为生命。可要是遇上龙王爷开恩的时候,这黑瓜子就质差了,达不到肉厚板大青子儿少,像个怀孕的少妇难以打动有钱人的心。

今年的黑瓜子得到了丰收,可干燥的风愣是不留情地一天接一天扫荡着沙洲可怜的湿润。

张场长是农场的元老,李刚开荒滩时经济上非常困难,想空了办法也没凑够买台拖拉机的钱。张场长看在眼里急在心里,愣把盖房娶媳妇的钱拿出来凑在一起开回一台拖拉机。李刚拿到的地是沙洲有名的头井滩,荒茫茫的,没有一棵树,看不到一只鸟,只有成天的风沙低吟伴着黑暗中野狼的孤嚎。

就在这没什么条件可讲的荒滩上,李刚他们硬是喝苦咸水,吃窝头,一天天艰难地行进。累了一天,晚上连个睡觉的地方也没有,挖个地窝临时搭起的帐篷说不准什么时候就被沙风刮倒。提起创业,张场长满脸风霜中露出自豪的深情与感慨。他总喜欢在闲时对叶飞讲,叶飞听着,心中更增添了对

李刚的敬佩。他极力在脑中想象着头井荒滩经过了多少艰辛才成就了现在的图画,才成就了昌盛公司最原始的积累。

沙洲的深秋温差更大,早上得穿厚厚的毛衣,到中午炽烈的阳光下又只能穿衬衣,巨大的蜃气袅袅蒸腾着,远处的沙漠又成了幻影。

邱月说她一年中最怕的就是这几天,抢秋抢秋,不抢就丢,她是一抢就愁。上地虽说不干活,但领十几个民工,一天下来,还是很累的。邱月被口罩捂得只剩两个眼睛,口罩下面的嘴仍不停地咒骂着不是风就是晒得没法受的太阳。叶飞看她原来嫩嫩的脸被这渴极饿极的天老虎吸成山药蛋一般的模样,心也怪疼的,在处理好自己的这份活后,总抽出点时间帮帮她。

忙活了近一个星期,晒场的瓜子还没干,张场长让大伙休息一天。叶飞睡了一个上午,仍觉得困,吃过午饭身子挨着床就又倒头大睡。也不知睡了多久,迷迷糊糊感觉耳朵上有好多只小虫在爬,睁开眼却发现邱月手中拿着根芨芨草挠着他的耳朵。邱月见他醒了,抿着嘴说:"懒虫,太阳都被你睡下山了。"

叶飞坐起来,揉揉眼,摸着后脑勺说:"干活的时候你喊累,让你休息,你又跑来骚扰,好梦都让你搅了。"

"什么好梦? 说出来听听。"邱月说。

"不好跟你说! "叶飞有点孩子气地抿了嘴笑。

"不说就拉倒,你以为我愿意听你那破梦! "邱月眼皮朝上,嘴唇撅得老高,晃着手中的芨芨草。

也许是还没睡够,不知怎的,叶飞打了个哈欠,身体啪地又倒在床上,双眼不自觉地闭上了。

邱月见叶飞又躺下了,叫着你怎么又睡下了。叶飞没说话,直挺挺地一动不动,邱月站起来,双手扯住叶飞的耳朵。叶飞有点生气,坐起来想说一声你烦不烦,邱月却抢先说一句:"我们去打沙枣吃好不好?"

叶飞看着她,无奈地表示同意,心里升起一股甜蜜。

农场四周都有很长的防护林带,它们带着活气,威逼着沙漠寸寸后退。林带中有很多野枣树,小小的果儿远远看像挂在树上的小灯笼。叶飞和邱月挑甜的尝,成熟的野红枣被风吹落了厚厚一层,走在上面,软绵绵的。防护林丛还长满沙棘、红柳、毛条等耐旱防风植物,长期的风雨共存使它们紧紧相拥在一起。邱月指着一棵老树梢上的串串野枣说味道肯定好,叶飞瞅准打下几颗,两人吃着,味儿果然不错,可惜太高,举着杆子跳个蹦儿也够不着。邱月看他挺费劲的样子,说:"算了吧,说不定有比这更好的呢。"

"你若看中星星,我也会给你拿下来,区区几串沙枣难不倒我的,不知道我是特警出身?"叶飞笑着放下裤腿上了树。防护林的作用是防治风林,树与树之间亲密得很。攀着树干艰难地爬到半腰,叶飞感觉浑身到处都被沙枣刺扎得难受。邱月见他艰难,便说:"下来吧!"叶飞抬头看看那串串红枣,用目光量了量,觉得再攀几步就可以打下来,忍着又上了一个枝杈。

他稳好自己的重心,让邱月递过杆子,调整位置,可没受过教育的枣刺让他顾了这头顾不了那头,叶飞试着挪着身子,瞅准了,一杆打击,沙枣纷纷落下,额头却付出了血的代价。

叶飞又小心翼翼地下来,邱月看见他额头有血,嚷嚷着:"不让你上去你非要上,看脸都划破了。赶忙掏出手绢按在叶飞额头上。

额头划得并不深,血液循环倒是挺迅速,手绢按上去,一会儿血便涌得透出红来。叶飞说不就是划了一下嘛,没什么大不了的。找棵刺杆草止一止就没事了。诱人的红枣不去管了,两人从杂草中找了棵刺杆草在两石之间挤烂,邱月将挤得药水斑斑的刺杆草捂在叶飞额头的血口上,一阵冰凉,叶飞不由得吸口气咬紧牙关。

一阵子过去了,药水却顺着额头流向眼角,叶飞下意识地用手去抹,却把手上的沙子抹了上去。邱月嚷嚷着让叶飞别动,并让叶飞躺下枕在她腿上,叶飞不习惯,邱月说:"现在你是病人,得听我的。"

邱月用手摆好叶飞的脸,俯下身子,用手绢轻轻地拂去叶飞额头的沙尘,热乎乎的气息令叶飞越发难受。此时,邱月望着怀中的叶飞那张近在咫尺的俊俏的脸,心凝固了。突然,她俯下身,在那微微启开的嘴唇上亲吻了一下,站起来跑了。叶飞似触电一般,他摸摸猛摔在沙子上的头,看着邱月,邱月红色的身影摔下颗颗红枣渐渐远去……

叶飞傻了,他盯着那远去的红团,心头却变得很沉。他掏出烟,点上一

根,静静地坐着。

月亮升了起来,清冷又包围了整个天。顺着暗淡的月光望去,四周的景物被映得朦朦胧胧。在寂静中,老鼠抢食的声音异常真切。叶飞感觉舌尖有点涩辣,他伸出舌尖添添干裂的嘴唇,心中又泛起不知谁唱过的一首歌:我是该安静地走开还是该安静地留下来……眼望着苍苍茫茫的暗夜,心中的歌词不停地发酵,膨胀,血液如潮水般涨落,令人窒息……

4. 不知所措

叶飞从农场回到公司,李刚和康师傅还没回来,叶飞有点想他们。

前德原在沙洲食品厂的仓库搞搬运,胡红国握权后把他调进局里。前德是胡红国的堂侄,有这层关系,他们挺自然地抱成一个团。

李刚承包昌盛公司的合同就要到期了,胡红国为了平稳交接,就让前德到公司做好前期准备工作。胡红国虽没竖倒计时牌,但也对此事绞尽脑汁。李刚去了福江,他运用行政指令给前德戴了个乌纱帽。初为新官的前德很想趁这个时机烧几把火改变改变他在公司的形象,无奈,前德敲破了桌面也没人听,李刚远在千里一个电话就决定了。前德的火气很大,上班到公司不是骂爹就是骂娘。

叶飞这几天上班很别扭,除了悄悄地和别人议论议论前德,就没有别的事干。

自从邱月吻了他的嘴唇,他的心如乱麻缠着。如今上班又面对面地坐在一起,平时很自然的抬头动作再也自然不起来。叶飞一坐在办公桌前,就举起报纸,装作挺认真的样子。他强忍着读下去,翻透报纸的每个角落,脑中却仍是一片空白。

邱月心里也挺后悔,她后悔那天的唐突,后悔她自己的情不自禁。她看叶飞对她这样,也不便去搭话,心里却不是个滋味,叶飞看得出她的眼泡每天都肿肿的,想自己是不是太残酷了。

虎子偏有事没事来到办公室。叶飞发现他的着装如节目主持人般一天一个样,样样都刻意装扮出一份潇洒,一份引人夺目的耀眼。叶飞不知道邱月是怎么想的,只感觉虎子一踏进办公室,心里就有股难以按捺的慌愁,但又没法表现,只能打声招呼。虎子没法触觉他的心理,仍自我感觉良好地东一句、西一句开玩笑,逗得众人大笑。邱月不是傻瓜,她渐渐地什么都懂了。她脸上虽然也和众人一样浮着相同的笑容,但在笑容背后对虎子讲的那些夜生活的花边故事及虎子本人有了稍稍的厌恶。她读懂了叶飞的目光,知道了叶飞的心思,也和叶飞一样不知道究竟怎样才能让目光流向那个心中的灯塔。

只是虎子没有察觉,他随便惯了。叶飞和邱月的心都沉沉的,但谁也没有再捅开那张心纸,仍默默地将日子捧在心中默默地等待。

摊上此时的环境和此时的心情,叶飞只好把自己的思想调整到一个只属于自己的虚拟环境中。在生命的希冀和现实的奋争中,叶飞发现内心又有了种种嬗变,不自觉地又拿起笔,坐在小桌前,面对苍茫的夜和内心对话……

他敏锐地感觉到昌盛公司已有了危机,也就对自己所处的环境有了更多的思索。他试图用笔来转换各个人物的命运,也想以此来寻找自己的出路。在内心里进行着一次次撕心裂肺般的抗争,以求得思想上观念上的突破与更新。

一个充满了各种欲望又被各种欲望破灭的主人公面对浩荡的沙海不再呐喊,而是静静地栽下一棵树苗。

叶飞约了《沙洲时报》的主编达夫请求评论。

达夫准时来到"天都"咖啡厅,他翻翻叶飞的手稿首先给予肯定。他赞同叶飞的观点,在剧烈的社会变革中,欲望是一个很重要的词。人们被各种欲望支配着,金钱、爱情、价值、精神和物质的享受,都织成一张网罩住了这个社会和社会个体,社会的进步实际上就是欲望的多元化发展促进的,关键就看你怎样去驾驭它,而不是让它主宰你。

"你不是金钱的主人,你便是金钱的奴隶。"达夫不由自主地念出了这一句,他用兴奋的眼光看着叶飞说,"写得太好了,直刺筋骨。"

叶飞看着自己的作品得到了首肯,也挺兴奋。他敬了达夫一根烟,问:

"达老师,能发吗?"达夫被问住了,他挪开视线,点燃烟,又翻翻手稿,半晌,他才抬起头说:"小叶,你的主题选得很对,只是有些描述太透骨了些,你知道,我们虽是地方报刊,但它是党在沙洲的主要喉舌,刊登,恐怕是有困难的……"

叶飞的心一下子凉了下来,他端起咖啡喝了一口,长长地吸了一口烟,又长长地吐了出来,视线跟着烟雾向窗口飘去。

"不过,我还是非常欣赏你的文笔,希望……"达夫再说什么,叶飞已觉得不重要了,他的视线被烟雾牵引到一位小姐身上。叶飞发凉的眼神忽然被夺目的亮光捉住,靠窗的小桌前坐着张洁,她看着叶飞莞尔一笑,远远地给了叶飞一个飞吻。

叶飞闪了一下眼睛又挪开,继续听达夫的评论,可怎么也收不回神,于是扭过头去。张洁的嘴唇又轻轻朝他一吻,叶飞看着像是吻到了脸上,感觉身子腾的热了起来。张洁的脸色和眼神满是挑逗,她拿起一个黄色的橘子,玉手轻轻掰开。取出一瓣,朝叶飞举了举,送进小嘴吃了进去,双眼却不离叶飞的脸。

叶飞赶紧收回眼光。达夫说:"小叶,你看行不行?"叶飞忙说行,却不知道达老师说什么行。达夫见叶飞答应了,说还有事,起身告辞。叶飞也想快点离开,和达夫道过别,挥挥手,招来服务员小姐埋单。

就在这时,窗边的张洁走了过来,对服务员小姐说:"不忙,我们还需坐一会儿。"

叶飞无奈地坐下,一时不知该怎样开口。张洁却咯咯地笑着坐下来,她挪开达老师喝过的咖啡杯,取过叶飞的手稿,翻了几页,抛给叶飞一个媚眼:"哇,原来你的作品这么暴力,这么黄色啊!"

叶飞的心忽地提到嗓门眼,他感到咖啡厅所有的目光都集中在他的脸上。于是压低声音说:"拜托,你小声点行不行?"

张洁嘴儿朝上一挑:"偏不,我呼你为啥不回?"

叶飞早把手机扔进床头柜中,从没有在意过。有时他听见了手机的铃声,也拿过来按下显示键读了内容,只不过笑笑罢了。后来,那蓝色的手机白白地消耗尽它的能量。

张洁问起,他这才忽然想起床头柜中的手机,不好意思地笑笑,算是回答。

张洁却不依,非要他给个答案。叶飞想了想说:"这些天我一直忙写稿,谢绝一切干扰,谁的电话我都没回,望你理解。"

"哟,你真把兴趣当做职业?"张洁睁大眼睛说。叶飞看她的眼睛中有个钩子,一闪又一闪,眼窝深黑如潭,呼应着咖啡色的嘴唇。叶飞怕自己落入那深潭,就准备点根烟,刚抽出一根,眼睛不由自主地对着那双钩子,忙想起张洁也吸烟,便将手中的烟递给张洁。张洁接过烟,拿起打火机,先帮叶飞点上,自己却没点。

"你是不是觉得我有些酷。"张洁的眼睛又一闪一闪,像黑暗中的航灯,让你不由自主地朝她的方向驰去。"没有。"叶飞说。"不老实。"张洁眼睛挑了挑,自己也点燃烟,依旧那种姿势。叶飞的思绪又回到了舞厅的沙发上。叶飞从心底早已忘了张洁的模样,唯有那吸烟的姿势定格在记忆中,并把张洁吸烟的姿态描绘在手稿中的女主人公身上。

两人渐渐靠拢,说话消除了陌生,张洁告诉叶飞她的芳名并让叶飞了解她的环境。叶飞看着她渐沉的声音,心底渐渐升起片片怜惜。这顿咖啡他们一直喝到曲终人散,服务员小姐过来问要不要再上,叶飞摆摆手准备埋单,张洁却站起来按住叶飞的手说:"省你几个小钱买稿纸吧,我还等着拜读呢。"说着从皮夹里掏出一张:"不用找了。"说完,挽起叶飞不自在的胳膊,高昂着头跨出店门。

叶飞被张洁拽到丁丁,丁丁是南方人开的一家迪斯科,生意很是红火,杂陈的灯光下,少男少女随杂乱的音乐放奔。张洁进去就脱了外衣,递给服务生,拉着叶飞的手,腰胯情不自禁地随着扭动。叶飞很少进此类场所,有点业务不熟。张洁围着他,时不时碰碰他的身体,无所顾忌地放声大笑。叶飞看她被光怪陆离的灯光照着的身体,很是招摇。周围渐渐聚起一堆少男少女,嗷嗷声此起彼伏,张洁越发来劲。叶飞的眼被刺得难受,但进入此地,身体也开始扭动,摇滚乐达到了超高的分贝……

第二天,叶飞取出蓝色的手机,安装了电池。上班后,叶飞发现邱月换了身特显曲线且领口开得很低的碎花长裙,外面加了件黑色马甲。叶飞从没见

过邱月如此着装,下意识地在她挺抢眼的胸前停了停,却被邱月有点发潮的眼睛一下子捕捉住了,他不好意思地回避开来。

不用说,一个下午叶飞只能用报纸打发时间。下班后,他匆匆逃出办公室,掏出钥匙,吧嗒一声打开自行车锁,推着自行车出了大门,却不知该走哪个方向,稍犹豫了一会儿,耳边就响起了同事们的声声调笑。

邱月一声不吭地跟着叶飞,清脆的高跟鞋一直敲得叶飞神经错乱。两人默默地走着,走到叶飞家门口,叶飞停住了脚步,呆呆地望着路旁老槐树上的朵朵卷边的槐花。

"不请我上去吗?"一路无声的邱月突然问叶飞。叶飞极力命令自己的目光别靠近碎花裙,但还是看见了邱月微微抹着口红的嘴唇。

"啊!"叶飞不明白自己为什么会发出这样无措的声音,他没有想到邱月会这样说,会如此直接,如此咄咄逼人。他想推辞,又觉得很难开口。此时见邱月用目光压迫着他,他只好低下了头,不知该怎么回答。

邱月看叶飞不回答,再也无法忍耐自己的痛苦,捂着脸朝前跑去。叶飞呆呆地看着邱月肩上的小包随身子在跳动,感觉那只褐色的小包一下一下像是敲在自己的心上。

"你还是个人吗?"点根烟,叶飞突然骂了自己,扔下自行车追了上去。在一棵正飘着黄花的槐树下,他找到了正在哭泣的邱月。

"邱月。"叶飞低低地叫了一声。

邱月忙抬起头,见是叶飞,忙扭头就走。叶飞赶上去拉住了邱月,邱月挣扎了几下,扑进叶飞怀中不停地啜泣,泪水洒落在叶飞的胸前。

华灯渐渐亮了,川流的车灯划破了老槐树越来越厚的黑暗。两人又默默地朝前走去,大街上的行人不太多,一阵风旋起层层黄花,整排槐树开始了扭动。叶飞脱下外衣披在邱月身上,邱月却取下来,硬让他穿上。叶飞看拗不过,就提议找家饭店去吃饭。

邱月应了一声,正好前面有一家,亮亮的灯光映亮了半条街,门口装着小巧的霓虹灯一亮一闪。服务员小姐见有客人来,热情地招呼。两人进去,见地上铺着竹木地板,黄黄的有点阴暗。餐馆不大,也谈不上高雅,顾客也不是很多,服务员凑在一起看电视,见叶飞和邱月光顾,赶忙散开,回到里间忙活。

叶飞挑了一个单间。单间的小桌凳比大厅里的要整洁些,餐桌上有一层桌布。两人坐下来,点完菜,叶飞拿眼盯着邱月,邱月被他盯得有点不好意思,嗲了一句妩媚地笑了,笑容里含满着幸福。叶飞也笑了,却自感笑得很勉强,很复杂,他怕一不小心又触动了邱月的伤心处,就扯些开心的话荡开难堪。

叶飞叫来服务员埋单时,才发觉一顿饭吃了很长时间。出了餐馆,他本想说回家,但邱月好像看穿他心思,问他愿不愿意陪她再走走。叶飞只好点点头,邱月靠过来偎在他的肩上,叶飞试着挪挪,却无法躲开,两人就依偎着走完了好几条街。

5. 红灯区

李刚从福江打来电话指名找叶飞,叶飞兴奋地接过话筒,听着李刚万里之遥的声音。李刚叮嘱叶飞,务必在三天之内带上沙洲最好的黑瓜子样品赶到福江。

沙洲地处内陆,还没有机场,最快的速度也只能乘车到省城买票登机。时间匆匆,行动也匆匆,一系列的匆匆过后,叶飞来到了机场,期间,邱月一直陪着叶飞。在机场的大厅里,她一遍一遍地看着叶飞,一次一次地整理叶飞的着装,叶飞感到别扭,但又无法张口。他提着皮箱进了机场,邱月的手在大玻璃门外,不停地向他挥着,挥得像一架风车。

飞机穿云过雾后,缓缓降落在福江机场,熙熙攘攘的人流中,叶飞终于发现康师傅正在出口处踮着脚向里张望。叶飞挥挥手叫了几声,康师傅听见了,也伸出手挥舞着,示意叶飞赶快过去。

叶飞跑到康师傅面前,放下皮箱,一把拉住他:"康师傅,你们好吗？可把我想得。"

康师傅也满脸喜悦,他伸出手拍拍叶飞的肩说:"好,这几天等你可等得有点急,接到你打来的电话,算算时间差不多了,我就和小黄来接你了。"

这时,叶飞才发现康师傅身后走过来一个小伙,他微微侧过脸,伸出了手,叶飞也礼貌地伸出手和对方相握。对方的手却越握越紧,叶飞感觉手有点生疼,有点莫名其妙地用眼光打量,突然发现很面熟,却一时又叫不出名字。

对方松开手嘿嘿地笑着,摘下墨镜。

"黄浩!"叶飞猛然想起,惊喜地叫起来。

黄浩哈哈笑着,照叶飞胸前给了一拳:"老排长,你一出来,我可是认出你啦。"说完又戴上墨镜。

"请见谅请见谅。"叶飞有些不好意思。

康师傅早就知道他俩的关系,只是黄浩事先叮嘱过他,他看见叶飞和黄浩故人相逢,也显得很兴奋,忙说:"难得,难得,回去再聊吧,有的是时间,李总还在宾馆等呢。"

黄浩将箱子放进去。让叶飞坐到前排。康师傅上车后,黄浩无声地启动奔驰车,左拐右转上了高速路。

一边开着车,黄浩轻松地扭过头对叶飞说:"飞子,没想到我们还能见面,真是很高兴啦!"黄浩现在是福江一家台资企业的老总司机,他的老总正和李刚谈业务。黄浩在一次偶然的机会得知李刚是沙洲人,就打听起叶飞他们的情况,原本也只是问问,没想到李刚说叶飞就在昌盛公司,并告诉了他叶飞近些年的情况。

"是啊!"叶飞感慨地说,"地球真是个村子,原本以为会生死两茫茫,四年了要不是你反常,我还真认不出你。"

"石磊和虎子他们都好吗?"黄浩说。

"挺好,我们常在一起谈起过去,还常谈起你呢。"

"是吗?"黄浩兴奋地看了叶飞一眼。

两人谈着,眨眼工夫,车就到了酒店门口。黄浩刚刹住车,站在门口的一个穿大红制服戴大高帽的侍从恭敬地用戴着白手套的手打开车门,先接过皮箱,放好后用手遮在车门顶,请叶飞下车。

推开泛着青光的玻璃门,穿过光滑的大厅,大厅中央有座被植物环绕的喷泉,喷出五颜六色的水花,景致十分华丽。康师傅领叶飞和黄浩走到电梯口,电梯口旁站着一位满脸堆笑的卷发小姐,叉开得很高的红色旗袍中露出又长又亮的秀腿。小姐看见客人过来,张开红红的小嘴说:"欢迎光临,请问先生到几楼?"

"八楼。"康师傅说完,小姐转身去按电钮,叶飞接过侍从手中的皮箱,连说两声谢谢,侍从却毫无表情,黄浩忙掏出皮夹,抽出一张百元大钞塞给侍从,侍从弯腰鞠躬转身走了。

上了电梯,黄浩说别看侍从不起眼的仆人相,他帮你拎箱子你说声谢谢不给小费跟骂他妈的没什么区别。叶飞看看黄浩,有点难堪地笑笑。

到了八楼,出了电梯,走廊里有一个小小的服务台,一位穿白衬衣扎蓝领结的服务员小姐见康师傅和叶飞走了进来,礼貌地点点头问:"回来了,先生。"康师傅也点了点头说回来了。叶飞忍不住多看小姐一眼,他感觉小姐声音圆润,很富有磁性。

光滑的花岗岩地板让叶飞产生了一种仿佛置身于月球的错觉,虽然他不知道月球是啥玩意儿,但想象可能差不多吧!黄浩停下来殷勤地对着微笑的服务小姐叽里哇啦,叶飞看他像是触动了兴奋的琴键。叶飞走到门口,转身见他仍指手画脚,便问了一声进不进,黄浩扭过头说一会儿就来。

推门进去,李刚正坐在沙发上打电话,看见叶飞进来,用手指指沙发,示意他坐下。

"小叶,一路还顺利吧!"李刚放下电话,挪挪身子问。

"挺顺的。"叶飞边说边点点头。

李刚问了问公司和农场黑瓜子的收成情况,当他听说前德被胡红国任为副经理时笑了笑说:"我早知道了,先由他折腾,成不了什么气候。"

叶飞取出样品给了李刚,李刚用手拨了拨,拿起几粒含在嘴里嗑开,然后满意地说:"有这样的货,买卖就跑不了了。"

他让叶飞先去洗个澡,在房间留守,自个儿和康师傅先出去办点事,晚上要约台湾人吃饭。

李刚走后黄浩才进来,他对叶飞说自己要回去了,外资老板都很厉害,一不小心就会丢了饭碗。叶飞见他说得认真,也没强留。

黄浩走了,房间顿时变得静悄悄的。叶飞进了卫生间,彻彻底底地冲了

个澡,又看了会儿电视,后来不知不觉地睡着了。

不多时,李刚和康师傅回来,叫醒了他。匆匆穿好衣服,拎了箱子,三个人匆匆下了楼出了酒店,李刚说先去饭馆垫垫肚皮,找了一家包子店。热气腾腾的包子上桌后,叶飞问:"待会儿不是要请台湾人吃饭吗?干吗先吃这包子?"李刚说台湾人如小孩一般,一天多餐,吃起来文绉绉的。先吃几个包子充充饥,别等到了宴桌上让美味勾得耐不住失了风度。李刚吃着,又说台湾人吃得就剩价格高,没这包子实在,可事情偏这么邪乎,你要是用这包子招呼他,他一分钱的预付款也不会打到账上。生意场上宴请的档次往往折射出一个企业的实力,必要的时候得打肿脸充胖子,该出手时就出手。

三人吃完两斤包子,又进了酒店,进了预订的包房。台湾老总很准时,说晚八点,一分也不差。叶飞看见台湾老总着装很随和,一件蓝色的短袖扎进灰色的西裤里,还领着黄浩和一位娇艳欲滴十分迷人的小姐。

李刚他们站起来,请郑总一行人入座,接着郑总看着叶飞问李刚怎么没见过面。李刚作了介绍,叶飞双手迎上去握住郑总胖胖的手说:"郑总好!"

"挺精神的嘛!"郑老板说,"听阿黄讲你们是战友啦,你还是他的老上级,老排长啦!"

叶飞点头说是。

服务员小姐过来,李刚礼貌地把菜谱递给郑总,郑总又将菜谱推给李刚说:"都是老朋友啦,一个点一道,好不好啦,我点龙虾啦。"

李刚正翻菜谱,服务员小姐介绍说,"我们闽都最出名的有刚才这位先生点的龙虾,还有鲍鱼,狮子头熊掌,乳羔肉……"

李刚有点不悦地瞪了服务员一眼,说:"我点盘乳羔肉,郑总你还需要什么?"

点完菜,服务员又问上什么酒。

郑总说不喝酒来杯功夫茶,小姐写了菜单,郑总说这儿的功夫茶很有名,喝了精神还减肥。

热热闹闹地聊了一会儿,菜上齐了,满桌的菜盘拼凑起来像座花园,色彩鲜亮,香气溢人。郑总客气地动了动筷子,吃了两只龙虾,就拿起热毛巾抹抹嘴说:"我吃好了,你们慢用。"说完点根烟叫来服务员小姐喝功夫茶。其余的人见郑总翻到另一页，也只好装绅士地放下筷子。

说话渐入正题，郑总提出看看样品。叶飞打开箱子，取出小袋，黄浩将郑老板面前的茶杯、勺碟，一一挪开，郑总倒出瓜子在菜桌上一字摆开，相互对比对比，挺内行地用牙齿嗑开，取出仁儿看了看，放进嘴里如喝功夫茶般地细细咀嚼。

其余人都无声地看着郑总，也在期待他对瓜子的最后定位。好大一会儿，郑总才说：“色泽不错，仁的厚度也可以，就是青板、翘板太多。”叶飞看他说这话时像个沙洲人，又拿眼看了看李总，李总却端起功夫茶呷着。

郑总又继续给瓜子打分，李刚放下茶杯打断他的话说：“郑总，这子儿都是我们农场土生土长的，没有动一点儿手脚，人还有个杂七杂八，何况这货？要是我们拿来挑好的货，就谈不上以诚为本，太对不起朋友啦。”

郑总听完笑了，他说：“生意场上处处是陷阱，我不得不留心的啦！你们西北狼，可苦过我一次啦。”

在座的不由自主地笑了，郑老总接着说：“我第一次和你们西北人合作，就是因为观念上的错误，认为内地人老实，却栽了进去。那也是送来样品，我的业务员背着汇票去的，却运回来几车皮发了霉的货，当垃圾处理还得掏钱，白白交了八百多万。用你们的话说就是黄狗套狼，却被狼吞了。我是再也不能栽啦，得提防你们这些西北狼的啦！”

“有这回事？”李刚故作吃惊。他说，“郑总，我还是那句老话，做人以诚为本，做生意也以此为准，对我，你就一百个放心好了。”

双方渐渐进入一种理想中的气氛，郑总让黄浩装好瓜子，兴致很高地叫来服务员小姐继续沏上功夫茶。

叶飞想起了郑老总指的是谁，郑老总所说的事发生在前年秋冬，事发后，沙洲人嚷嚷得沸沸扬扬，有一半人对占发海大肆赞扬，言他本事多高，脑袋瓜多灵，狠敲台湾人一笔。殊不知，一个占发海葬送了所有沙洲人的信用，给沙洲造成多坏的形象！丧失了多少机遇！叶飞正想着这些可悲的事和可怜的人，面带微笑的服务员小姐提着长嘴壶过来问他再来不来功夫茶。

叶飞愣了一下，扭头抱歉地笑笑，摆摆手，服务员小姐转到黄浩身旁，黄浩殷勤地仰起脸，服务员小姐用几个小杯转来换去，最后放一小杯在黄浩的

135

小碟上,微笑着说:"请用。"然后转身出去了。

黄浩盯着服务员小姐的背影,有点发呆,叶飞用肘碰碰他,黄浩才收回眼光,他不好意思地凑过头附着叶飞的耳朵说:"这蜜儿靓。"

"饥渴了?"叶飞问。黄浩挤挤眼说:"晚上我带你去个地方开开眼,保你刺激啦!"

郑总和李刚离开餐桌又拿起话筒唱了几首歌后表示要走了,李刚站在门口,目送他们离开,然后才和康师傅叶飞回到客房。

李刚脱去衣服,站在空调下面,凉了一阵子转身说:"这一趟总算没白来。跟这台湾人打交道,你就能理解收复台湾的统一大业有多么困难。斤斤计较,还处处显示出霸气,妄图吓住我们。早听说政治对商业有影响,只是这次才真正理解。中央搞了个军事演习,好多台湾人都外出躲避,郑总的几家炒货场都在大陆,军事演习对他没多大影响,也因为他不受影响,而受影响的人太多,他才以为我们的瓜子只有靠他才能出去,曲里拐弯地打着这张牌兜圈圈,我戴出林总给我的纪念戒指,他才软下来。今年东北和新疆的黑瓜子都因受灾而质量上有了折扣,他不和我们合作,还能钻过去?"

叶飞看李刚很兴奋,也很高兴,只不过他从没听说过李刚有林总的戒指,很想见见,就对李刚说了。李刚很爽快地拿出来递给叶飞,叶飞接过戒指,仔细地打量,戒指做得很大,刻着一只威猛的狮子头,眼如石榴,很有气势,李刚指着戒指说此戒指沙洲只有两只,另外一只在中台公司石老总手里。

叶飞听他这么一说,知道石磊老爹手里也有一只,想起石磊,觉得已是很遥远的事儿了。

李刚接着说,林总在全国重要城市都设有分公司,可以消化沙洲一半的货,叶飞就不明白了,他问既然关系这么硬为什么不跟他做了。李刚叹口气,戴好戒指说:"找郑总做的真正用意是他想收购我们的农场来做他公司的原料基地。"

叶飞不觉一愣,问:"农场效益不是挺好的吗?为什么要卖呢?"

李刚看了叶飞一眼,愣愣地仰在沙发上,说:"老了,不想再操心了。"

叶飞有点不解地看着李刚,他越想越想不明白,想问问,也没开口。

三个人在客房里，东一句西一句地看着电视聊天，电话铃突然响起，李刚伸手拿起听了听，递给叶飞说："小黄找你。"

叶飞接过话筒，黄浩说他就在楼下，让叶飞赶快下去，带他去个地方。叶飞让他稍等，放下电话后，叶飞问李刚，李刚说："早点回来，这地方人杂，多长个心眼。"

叶飞嗯了一声，乘着电梯下楼，推开泛着青光的玻璃门，看见黄浩站在奔驰车前不停地向他招手。

望着被灯光映得贼亮的奔驰，叶飞用手摸摸说："黄浩，看样子你小子混得不错，不管是抬轿，还是坐轿，这样的轿子，我摸都有点心跳。"

"马马虎虎的啦！"黄浩摇头晃脑地说。叶飞听他的腔有点别扭。黄浩刚到部队时，石磊和虎子曾对他进行过彻底的修理，黄浩渐渐屈服，说出了谁也能听懂的普通话。时过境迁，黄浩重操旧语，叶飞又感到不习惯。

"飞子，上车啦，带你去个地方，包你很满意啦！"黄浩对叶飞说。

叶飞其实心中也想看看福江的景貌，在福江已快三天了，一直忙得没个时间逛，现有专车，又有黄浩当向导，当然很高兴。

透过车窗，进入夜的福江，酒店、歌舞厅、娱乐城、商场鳞次栉比，大幅霓虹灯晃得叶飞眼花缭乱。奔驰车在纵横交错的大街上如箭般穿梭，黄浩将车驰向一条并不宽敞的街，一入街口，两侧楼群中传来震耳欲聋的音乐，伴着串串红灯，一眨一眨地转着圈闪烁。黄浩告诉叶飞这条街是福江的红灯区。红灯区的概念叶飞懂，他们停好车，走在大街上，看着站在门口搔首弄姿的小姐，听着此起彼伏的哆声，感觉就像进入了一个人肉市场。

黄浩对这儿的一切都很熟悉，他们走到一个舞池门口，走下来一位着装很少的小姐，发着哆声将胳膊搭在黄浩肩上。黄浩用手拍拍小姐的脸，涎着脸，手又向小姐胸前摸去，小姐忙触电般躲开。黄浩拍拍手，说："很好啦。"于是提议进去看看。叶飞问看什么，黄浩说看调和色啦。

叶飞从一本书上知道什么是调和色，所谓的调和色，是南方人对酒吧舞女的代名。舞女在台上穿极少的衣服，随极强的音乐做着极煽情的挑逗动作。说她没穿衣服，她穿着，没法给它定色，所以被称为调和色。

两人进了舞池，台上一组少女正用身体表达着她们的爱意，嘈杂的音乐和尖利的口哨穿过大脑神经。看座挺暗，黄浩打着火机找了位子，两人坐下，满厅刺鼻的气味。叶飞的神经有点发怵，黄浩看着他笑了笑，说："别这么紧张啦，人都是这么回事啦，和吃饭一样啦，很正常的啦。"

叶飞不好意思地笑笑，没有作声，舞池里花样翻新，从后台走出一个骑士般的舞女，披斗篷，手挥一根马鞭，径直走到台前。舞台的彩灯忽然消失了，厅里一片漆黑，在一眨眼工夫，一盏追光灯亮了，照在那舞女身上，人群一片尖叫，原来舞女的斗篷不见了，出现在众人眼前的是一个近乎全裸的身体……

闹了几场，叶飞和黄浩出来，走在大街上，叶飞感觉眼前仍晃着肉团，大脑乱混混的。他一声没吭，和黄浩并排走，黄浩的兴趣仍在，走着走着边学舞女的样子挺挺身。叶飞问这儿没人管吗，黄浩反问管得着吗。

上了车，黄浩抬腕看看表，发现才半夜十二点，他没有对叶飞说要去干什么，自个儿想了想，奔驰车折回红灯区，在一个卖羊肉串的小摊旁，黄浩刹住车下去。叶飞看见黄浩凑进人群里，心想：这孩儿又干吗去？

不一会儿，黄浩领回两位轻施粉黛满脸微笑的小姐。上了车，黄浩眼睛朝叶飞挤了挤，说带他去马尾看看。叶飞说不了，得回去了，晚了不好交代。黄浩摇摇头说："晚上十二点，生活才刚开始，干吗回去啦？"

奔驰车驰向一条宽敞的道路，渐渐地，叶飞听见江面上传来一阵阵"呜——呜"的海轮汽笛声。黄浩说马尾是福江的经济技术开发区，是用吹沙造地建立起了数百家现代化企业，很有景致。

车进了马尾，黄浩拐到一座江边小山下停下。山上黑糊糊的一片，闪烁着像星星一样的点点灯光。叶飞仰头看看，黄浩招呼着两位穿着有点显眼的小姐，沿着一条小路拾级而上，叶飞心里明白了，他有点不想上去。黄浩说山上有座罗星塔，站在塔顶，可以看到大海中的福江全景，好多来福江的人都要站在罗星塔上看看。听黄浩这么一说，叶飞也就不好再说什么了。

没走几步，留着波浪卷发的小姐将胳膊缠在黄浩的腰间，叶飞下意识扭头看了看另外一个小姐一眼，刚好过了路灯，没看清小姐面部的表情。小姐却似乎理解了叶飞的意思，轻轻叫了一声"先生"，浓浓的香水味随即赶走了夜的清凉。腰被小姐揽住,胳膊也刚好搭在小姐胸前的山峰之间,抬一下脚,胳膊就随之抽动,叶飞感觉有点不太自然。叶飞想抽出胳膊,又觉得这样似乎也挺好。黄浩回过头,看到叶飞满脸严肃,扑哧一笑,说:"你们是大水冲龙王庙,一家人不认识一家人啦。"

"一家人?什么一家人?"叶飞有点纳闷。

"你不是喜欢写写画画吗?夏雨小姐是记者啦,不是同行吗?"黄浩凑过来说。

"喔!"叶飞将眼光转到夏雨脸上,夏雨双目频频顾盼,没有点头,也没有摇头。

黄浩继续说,夏雨是《人人晚报》的记者。

《人人晚报》?叶飞却想不起有这样一种报纸,可能是地方上的一种小报吧。黄浩却笑得直不起腰来,笑得叶飞有点莫名其妙。他见叶飞发愣,又凑过来小声地说:"没听说过吧!她们的报纸是内部发行,如今正在扩大订户,改版征稿,欢迎的就是你这样的文学爱好者来稿,稿费从优的啦!"

夏雨听了黄浩的话,上去用粉拳敲了一下黄浩。黄浩嘻嘻地笑着躲开,又挽起波浪发小姐上山。

上了好大一会儿,几人才到罗星塔,塔顶三五成群好多人。夜风送来阵阵凉意,绿树簇簇,幽暗清静。

黄浩指着远处闪亮的星灯,告诉叶飞一连串的名字,叶飞顺着他的手指看着,却一个名也没记住。黄浩又领叶飞和两位小姐来到一块平地中的绿树丛中,树丛中拉着点点星灯,散发着微弱的亮光在风中摇晃。黄浩走到一顶小帐篷前和一位秃顶中年男人叽里哇啦地嘀咕了几句,叶飞看他掏出皮夹给了中年人一张后,黄浩领叶飞和夏雨走进一间帐篷搭的小屋,小屋上顶也有一盏散着红色亮光的小灯,地面上放着一张不大的沙发床。小帐篷除了中央能站起身子,其余活动的地方都得弓着腰。黄浩笑嘻嘻地说这儿有他一位朋友,得过去找他商量点小事,让叶飞和夏雨先坐坐。说完他又对夏雨挤挤眼说:"记者小姐,好好和你这位同行交流交流啦!"说完领着卷发小姐走出帐篷。

呆坐着的叶飞越发觉得夏雨香水味如芥末油一般的刺鼻,就掏出烟问

夏雨要不要也来一根。

夏雨点点头,接过烟,说了声"谢谢"。

叶飞看看她,不知道该说些什么,气氛很是尴尬。两人吐出烟雾汇聚到一起,相拥着慢慢地朝门口散去。

夏雨被叶飞盯着,飞个媚眼,说:"你老看人家干吗?"

叶飞笑了,问:"你真是《人人晚报》的记者?"夏雨不语,看了他一眼低下头,叶飞也不好问了。他感到别扭,但还是找了个话题,问:"咱们在小帐篷里干啥?

"你想干啥便干啥呗。"

听夏雨的回答,叶飞很吃惊地看了她一眼,他忽然明白了黄浩的话,黄浩所称的记者,其实应该为妓者,所谓的《人人晚报》就是任人晚抱。心里什么都明白了,他好像听到了自己的心在急速跳动。没办法,他只好没话找话,问夏雨哪儿人。

"查户口吗?"

"随便问问。"叶飞感觉眼前的世界只剩红红的烟头,红红的烟头盘起袅袅轻烟,越来越模糊。

帐篷里太沉闷,叶飞说:"出去吹吹风吧!"

夏雨说:"你就对我一点儿也不感兴趣吗?"

"不,不是这个意思。"叶飞说着走出了帐篷。

夜更静了,江面上的汽笛更清晰地回荡,天地间的一切变得飘忽不定,月亮从灰黑的云彩中透出来半张脸。微风中树丛发出沙沙的声音,点点灯光渐渐消失了,只留几盏如星一般忽明忽暗。

叶飞憋了好半天,才清清喉咙,鼓足勇气说:"为什么要干这个?"

"不好吗?有钱赚又有乐子。"夏雨一直微闭着眼,突然睁开看了叶飞一眼。

叶飞笑了一下说:"我不是一个多么高尚的人,只是我不习惯于做这样的交换。"

夏雨说:"怎样的交换?皮肉交换?鸡嘛,除了皮肉还有什么?"

海轮的汽笛依旧"呜——呜"地传来,叶飞不知道自己该不该再说,想了想，还是忍不住说："是花，就应该让别人用手去摘，而不是用脚去踩。夏雨，凭你的资质，你不应该走这条路，应该找一条能够发挥你的潜在质能的路。我知道，我的说教有点苍白无力，但我还是说了，因为我觉得你这样太可惜了。"

夏雨哭了。叶飞看不见她的眼睛，夏雨扭着身子不停地哭泣，叶飞有点不知所措地拍拍她的后背语无伦次地说："好了好了，别哭了。"

好久，夏雨微微抬起头看着叶飞，月光下挂满泪珠的脸显得异常洁白。她问："想听听一个少女的故事吗？"

叶飞点点头，静静听起了夏雨诉泣。

夏雨生在一个靠水边的小镇，清纯的她满含希望读完了中学、大学。毕业后被分配到一家化工厂生活服务中心站柜台，在微小的岗位上，她有了初恋。

初恋是被一种寄托牵引进去的，出来时已是满城风雨和一颗被刺伤的心。初恋的男友是个和她一样在城市无所依靠的人，她用全身心的激情渴望着生命中希望的天空。却没想在一场风雨之夜中付出全部，天亮后却感觉恍然如梦。

男友最终耐不住清苦，投进了女老板的怀抱。夏雨的心如春雪般碎了，背起行包离开了她最伤心的地方。

跟大多数闯世界的人一样，她经历了动荡、贫穷和痛苦。她走了好多地方，却无法改变自己的处境。举目无亲的飘荡，使她渐渐认识了生活，认识了金钱。世界太大，她用越来越自卑的心封闭起自己，像一个无人疼爱的弃儿，在人海中孤独地张望。

城市的骄阳烤得她无处躲藏，她挣扎着，奋斗着，却彻底绝望了。她开始用青春作赌注，只为了较体面地走在大街上。

就为了这样一个简简单单的理由，就为了填补精神的空虚，就为了活着的生命的延续，她麻木了自己，红唇大军中渐渐出现了她的身影。

叶飞仿佛在听一个十分遥远的风铃在叮当地碰撞。夏雨的哭泣声早已停止，可他感觉眼前的一幕一幕像演着电视，串串镜头穿梭行行悲凉凝重。

散落在树丛中的灯光渐渐消失，眼前只有黑糊糊的一片在晃动，潮潮的风有点发冷，但谁也没动，一直等着黄浩归来。

第十章　不是结局的结局很无言

1. 女友电话

次日早上一起床,叶飞又想起夏雨,想起了夜幕下罗星塔很不平常的一幕。

他想不出这是为什么,自己同样有过对这世界无奈的感受,他能同情,但想不出这到底为什么。外间的嘈杂从窗缝中挤进来,搅得他思绪乱糟糟的,他站起来,拉上窗帘,打开电视机。

他突然想起了沙洲,想起了母亲。母亲在他来之前再三叮嘱他到了福江一定要挂个电话给她,好让她放心。

"喂,找谁?"听筒里传来熟悉的乡音但叶飞听着不像是母亲的声音,他以为是姐姐回来了,问:"是姐吗?"

听筒里传来咯咯的笑声,在他纳闷之际,对方说:"飞子,是你吗?"

"是我,你是谁?"

"听不出我是谁?好呀,回来看我怎么收拾你!"

叶飞更不明白了,仔细想了想,仍猜不准她是谁,只好说:"对不起,听不出来,你是谁呀?"

"偏不告诉你。"对方撒起了娇。

"好了,好了,别闹了,你到底是谁?"叶飞停了一下。

对方没了声音,听筒里传来呼哧哧的喘气声。

是谁呢？叶飞将这比较熟的声音在大脑中对号，该不是她吧！叶飞正准备说出她的名字，没想对方说："我是邱月……飞子，你好吗？"

突然间，叶飞有点发愣，一时找不出语言。

"你怎么了？飞子！你好吗？咋不讲话，喂……"在这边的邱月有点急。

好半天叶飞才调整过来问："邱月，你好吗？"

邱月回答说好，叶飞想问她怎么在家里，却不知该怎样开口，问出来的声音却是："我妈妈在吗？"

"在！"

"你让我妈妈接电话。"

邱月放下听筒，叶飞从听筒里听出脚步声越来越重。叶母正在厨房，听邱月叫她来接叶飞的电话，赶忙放下菜刀，来到客厅拿起电话，她问了叶飞几句，接着说："鬼丫仔，处了朋友还瞒我，邱月可真是个好姑娘，你走这两天，她天天过来帮我做饭……"

叶母再说了些什么，叶飞已听不清了，他的头开始膨胀。他打断母亲的唠叨后说后天就可以回到沙洲，便将电话挂了。

"这世界怎么了？"叶飞沉重地将腰搁在沙发上，两腿直挺挺地挨着地板，心里发闷。

也不知道过了多久，门被敲得笃笃响，叶飞实在没精神开门，但笃笃的声音好像比他还烦。

听敲门声没完没了，叶飞腾地立起来："行了！行了！敲什么敲，不是有门铃吗？"叶飞边嚷边打开门。

黄浩站在门外，他看见叶飞说："怎么啦？发这么大的火啦，昨晚是不是不开心啦？"

"你别驴叫般地啦啦啦，在我这儿显示不出你的鸟语优势，我告诉你。"叶飞没好气地说了一通先转身进来坐在沙发上。

黄浩没了兴奋，他从心底里对叶飞生怯，于是耷拉着头也坐在沙发上，有点不解地看着叶飞。

两人一阵沉默，叶飞抬头看看他问："喝点什么？"

"什么都中！"黄浩突然转弯，说了句河南腔。叶飞和他一对眼，两人都哈

143

哈笑了起来。

一个"中"字划破了不快，时间仿佛又回到了从前，仿佛都穿着军装，在一室同住，在热火朝天的练兵场上……

两年一度的军事大比武渐渐临近，营区的气氛也一天天变紧张，到处都贴满振奋人心的标语，黑板报也开始了倒计时。叶飞他们这批兵，还是第一次赶上这阵势，机械地被大胡子队长的铁哨声督促着移动脚步。

超强度的训练和每天毒辣的太阳，搞得大多数人都不愿进食，急得大胡子队长挨班动员吃饭。大伙儿编了个十字歌挂在床上，回来就念："一言不发，二目无神，三餐难进，四肢无力，五脏翻腾，六神无主，七上八下，久（九）卧不起，十分难受。"念完头挨着床板，什么也不想了。

比武课目中最令人头疼的是十公里全副武装越野，一天两趟，早晚二十公里，大多数人心慌、头晕，湿漉漉的脸色一会儿变黄，一会儿变白。在一次训练中，黄浩实在受不了了，就偷偷地掏钱雇了辆的士，还以南方人特有的精明没让司机拉到终点，而是慢腾腾地跟在队伍后面，在离终点不到半里的地方下来，不远不近地随着队伍，一起到达终点。

指导员表扬了黄浩的进步，但黄浩一直没有变白的脸却没逃过大胡子的眼睛。队伍解散后，黄浩被大胡子叫住了，没几个回合，黄浩的脸一会儿变红又一会儿变白。

"熊孩儿，扯鸡巴蛋！"

大胡子终于沉不住气，发起了火，一阵急速的哨音响得每个人都心惊肉跳，队伍重新集合。

黄浩站在队伍前，耷拉着脑袋，逗得虎子用胳膊挤叶飞，眼睛里荡漾着幸灾乐祸的笑容。

大胡子命令班长驾上三轮摩托车，拉上叶飞和虎子跟着全副武装的他和黄浩重新十公里越野。

越野的结果是班长把摩托车交给了虎子，拉上叶飞夺下大胡子身上的枪和背包，夹着黄浩跑回来。叶飞记得那次回来腰都直不起来了。

比武结束了，机动队拿到了团体第一名，荣立了集体三等功，全队如梅花开放般的热闹。大胡子亲自给黄浩燃了生日蜡烛，娱乐室里响起了生日歌，全队的战友围着黄浩用掌声和心声祝福着他，也在欢庆自己的喜悦……

忆起往昔，两人都很激动，叶飞指着黄浩说："那次你可把我也害惨了。"

黄浩嘿嘿地笑着说："最倒霉的还是民子。本来没他事，谁让他嘴闲得没地搁，编出个顺口溜。"

"……虎子乐得偷偷笑，小广东气得摸不着窍，队长还要陪着跑，班长和飞子少不了……"叶飞想起民子编的顺口溜，轻轻地念出了几句。民子本来编了一段开心，没想传到大胡子耳朵里，被大胡子叫去训了一顿，第二天，越野的队伍里开始出现他的身影。

提起民子，叶飞不由得长叹一声，他告诉黄浩，民子出游了，是死是活不见音讯。

"唉！你说这民子怎么这样了！多划不来，就能舍下这花花世界？"黄浩听叶飞说起民子的事，不由得有些想不通。

他怎么能想通呢？黄浩自打懂了事，家乡就被四面八方的钱财垒起座座大楼，他的家扔掉了渔网，靠几间茅房赚钱，越赚越多，到他退伍回去，已有了多层客房，天天都进大把的钞票，他能理解民子吗？叶飞心里想，要是沙洲也属经济特区，孔雀都朝西飞，就不是你难理解民子而是民子难理解你。

叶飞没说出来，心还是很沉重，点了根烟。黄浩忽然提起了翔子，说："翔子春节过来了一趟，翔子的派头是没得说，来时还带了一个漂亮的小姐，那小姐好靓！"黄浩说起翔子，仿佛翔子就在眼前，仿佛恨不得自己成了翔子。

"翔子在福江待了有一周，住的都是五星级，吃的是鲍头鱼，喝的是人头马，走哪都摔一张信用卡。"黄浩眉飞色舞又满是感叹，"飞子，你别看我给台湾老总开车，其实台商都小气得很。翔子来的那几天，那生活，啧啧，真他妈的没法说……"

"该不是云云？"叶飞听了心里忽地一闪，忙打断他的话，问，"你知不知道翔子领的小姐叫什么名字？"

"名字？叫什么……你让我想想。"黄浩手揉着头发边思考边说，"好像叫什么菲儿。"

"菲儿？"叶飞想了想，又问，"长得什么模样？"

145

"身材特靓,两个奶大大的,留着一头长发,具体我也形容不上,反正身体的任何部位,都恰到好处。喔,我想起来了,那小姐眉宇间有颗美人痣。"黄浩边说边用手比画,好像那小姐就在面前。

叶飞的心刚放下来,但一转念又提了起来:"翔子领的不是云云,那云云现在在什么地方?"

他看着黄浩仍在陶醉,脑海里却如塞满了一团鸡毛。

门又被敲响了,叶飞去开门,见是李总和康师傅回来了。黄浩忙站起来和他们招呼,李刚微笑着挥挥手,让他们继续聊,然后自己去了隔壁客房。

2. 祝福夏雨

吃晚饭时,黄浩也在。离开饭桌,四个人又回到客房,黄浩和李刚聊了起来,叶飞听他们聊郑总。郑总叫郑明强,李刚耳闻郑明强是靠走私起家,问黄浩有没有这回事。黄浩点点头说郑明强在台湾黑白两道都很吃得开,在资金积累到一定数量后,他金盆洗手,转做正当生意。黄浩还告诉李刚,郑明强的脑子好使得很,盖了一座希望小学,便赚回近千万贷款。

李刚越听越发现黄浩像个未出道的混混,就渐渐少了说话。黄浩察觉李刚没了兴趣,便也少了语言,看了一会儿电视觉得没趣,想拉叶飞去乐乐,就问李刚叶飞有事吗。

"干啥?"李刚问他。

"几个在福江的战友听说叶飞来了,都想聚聚,李总你能否给个方便?"

李刚本不想让叶飞跟黄浩去,但又没法改口,他看看叶飞,又瞄了一眼黄浩说:"去吧,拿住点神,别又喝得一宿,不回来。"

叶飞没想到黄浩会来这么一手,福江除了他再没一个战友,但是困在房间里发愣也憋得慌,也想出去看看。

叶飞穿好衣服随黄浩出来,却看见夏雨站在明亮的灯光下,双手放在腹前的挎包上,低着头站着。

黄浩碰了碰叶飞,挤眉弄眼地说:"飞子,你有洞打啦。本想和你继续聊聊,现在看来得另找时间啦!"

叶飞给了他一拳,说:"瞎嚷嚷什么?"

黄浩跳开,哈哈地笑着,拦过一辆的士,扬扬手朝叶飞做了一个下流的动作,然后一头钻进车子走了。

叶飞却不知该怎么办,他想过去,又怕夏雨误会,两眼呆呆地望着出租车的背影。夏雨却慢慢地走到他身旁,一句话也没说,用胳膊轻轻地碰碰叶飞,仍低着头。

叶飞怕李刚突然下来看见就麻烦了,就和夏雨沿街慢慢地朝前走。

人行道的两侧到处都是纳凉的人,有的还铺着凉席,围在一起喝酒,光着肥肥的肚皮,旁若无人地高声喊叫,很是自在。

夏雨今早回到自己的小屋,心又开始插上了想象的翅膀,一会儿是居无定所的流浪,一会儿是海边度假村的悠闲,一会儿是精品屋的时装,一会儿是麦当劳里谈笑的太太,想到临末,只觉得自己身处异地,形单影只,不免有些伤感。

时间一分一秒地过去,一整天夏雨没有吃任何东西,就在她决定继续把自己抛出去时,耳边又响起了叶飞的话:"是花,就希望别人用手来摘,而不是用脚去踩。"这声音又使她陷入迷茫的黄昏,她觉得自己既是生的,又是死的……既是实在的,又是梦幻的。她吸了一根烟,想在青烟袅袅中看见红红的烟火,更想能见叶飞一面,于是,她来到了叶飞下榻的宾馆楼下。

此刻,两人只默默地朝前走。叶飞掏出烟想拉开话题,消除尴尬,夏雨却摆摆手说戒了。

"昨儿个还吸,怎么说戒了?"叶飞有点迷惑地问。

夏雨双手抱在胸前淡淡地说:"什么时候不吸,就可以说戒了。"说完,依旧双臂抱在胸前,慢慢地朝前走。

叶飞的心怔了一下,点上烟,继续随她向前走。路灯将影子拉得长长的,灯光中的夜景显得五光十色。

到了一家"不夜场"酒吧门前,夏雨停住脚步转过身问叶飞:"不请我进去坐坐?"

还有选择吗?叶飞感觉自己在这类女性面前最无能。邱月如此,张洁如

此，夏雨同样是如此，他有点不明白今天的夏雨跟昨晚的夏雨为什么完全两样，没有昨晚的夏雨只见今天的夏雨你根本想不到今天的夏雨就是昨晚的夏雨。这是肯定的，有了人格和自尊与没了人格和自尊就是两样。

酒吧里的客人不多，客人坐在错落有致的雅座上喝着，聊着，看着。一位女歌手好像用日语唱着一支叫不上名的低迷小调。

两人找了个位子坐下，夏雨让小姐来两杯鸡尾酒。不多时，服务员小姐用托盘送来两杯刚刚调制好的鸡尾酒。叶飞看酒的颜色像迷彩服，夏雨取出吸管给了叶飞一根，自己也在酒杯中插了一根，夏雨问叶飞知道这个酒为什么叫这个名字吗？叶飞摇摇头，夏雨说她在南方这几年的生活就如这一杯酒，高尚与凡俗，欲望与理性，怪诞与卑贱搅和在一起。

叶飞静静地听着夏雨娓娓的细语，这时女歌手唱完低迷的日语小曲，已开始谢幕。夏雨也不再诉说了，眼睛一直盯着女歌手走进后台，又一直看着一位萨克斯演奏者登场，演奏者是位男性，形象特酷。一头长发，光背上套件黑皮马甲，锃亮的萨克斯管闪烁出片片金光。酒吧里一阵喧闹后又安静下来，幽蓝的灯光下，先是钢琴师轻轻敲响琴键，接着萨克斯手弯下腰，一甩长发，一阵悠长的萨克斯乐顿时环绕大厅。叶飞听出来了，演奏的是中国名曲《梁祝》。

两人静静地听着悠长的哭诉，仿佛蝴蝶在山伯的坟前哭泣嘶鸣。叶飞不由得一阵感伤，夏雨却突然问叶飞："这曲好吗？"

"好！"

"好在哪儿？"

夏雨的眼光一刻也没离开叶飞的眼睛，耐心地等他回答。叶飞对这曲子的曲意是很了解的，他想说出来，但碰到夏雨的眼光问自个儿："这合适吗？"

夏雨见叶飞无语，挪开目光，说："如今这世道能有此情吗？"说完低下头，将酒中的弯头小管儿含在嘴中。

叶飞不知道该说什么，他的思想被夏雨突来的话题牵得晕头转向。

"你是不是觉得我在诱惑你？"

夏雨突然又冒出一句，更令叶飞不知所措。

恰好梁祝的旋律沉默了，大厅里一片漆黑，却响起了稀稀疏疏的喝彩声。等灯光再次亮起，是一组青春少女表演动感极强的劲舞，还没等表演结束，夏雨说："我们走吧！"

话完，夏雨先站起来用汗巾仔细地擦擦嘴和手指，不理叶飞埋单。

叶飞装好皮夹，和夏雨走出了酒吧。

福江的夜景实在太美了，五颜六色的灯光把大街小巷装点得富丽堂皇，处处充满了迷人的诱惑。叶飞觉得时间不早了，一直沉闷地走着也不是个头，就停住脚步问夏雨："你住哪儿，我送你回去吧！"

夏雨却没理他，仍漫不经心地走着。叶飞又问了一遍，夏雨突然转头说："是不是和我走在一起，掉你份儿。"

叶飞没什么可说了，他隐隐有点生气，立住脚步点了根烟。夏雨抬起头看了看吸烟的叶飞，走过来，靠在他肩上。

叶飞只好又挽着她继续朝前走，路灯将两人的影子一会儿拍到眼前，一会儿又留在身后。

也不知走了多久，叶飞一直被夏雨牵着拐进一个胡同里，来到一排低矮的平房跟前。夏雨停住脚步说："我就住这儿，不进去坐坐？"

叶飞说："太晚了，该回去了，明天还有事。"

"嫌我贱？"夏雨有点冷冷地说。

叶飞又不知该怎样对她说，也没胆子看她，把头转过去，却什么也看不到。

"我是鸡？我这儿是鸡窝，先生……"

"别说了！"叶飞扭过头朝夏雨吼了一声。

夏雨愣了一下，突然扑进他怀中，用拳敲打着他的双肩。叶飞最怕的女人的眼泪又染湿了他的衣服，他几乎是抱着夏雨走近一间小屋门前。夏雨掏出钥匙给了叶飞，叶飞一手揽着她，一手打开门，房间里黑糊糊的。叶飞问灯在哪儿，夏雨却抱着他不让他动，就静静地抱着。叶飞感觉到夏雨突突蹦跳的心，夏雨哭了，松开手，打开灯。

叶飞打量着这间只有七八平方米大小的房间，见里面仅放着一张小床和一张小桌，但收拾得很整洁，墙壁上挂着一张布画，小床上吊着一顶粉红

色的蚊帐,小桌上放着一台小音响和几本杂志,整个房间没有一点儿俗的感觉。

夏雨将手提包放在小桌上,愣愣地坐在小床上看着站在小桌前的叶飞,叶飞也看着夏雨,他发现夏雨的脸色有点枯黄。

"你睡吧,这么晚了,我该走了。"叶飞犹豫了半天,还是说了出来。

"你别走,留下来陪陪我好吗? 这,不是你理解的皮肉交换,我是真心想交你这个朋友,即便是一夜,我也感到知足。"夏雨听叶飞说要走,突地站起来抱住他近乎乞求地对叶飞说。她怕叶飞一走,她的心又开始荡秋千。

叶飞见她眼眶里又开始起了泡泡,心头一软,就坐了下来。夏雨笑了,将被子抱起放在叶飞身后,让他仰着,他们又开始聊起来。

夏雨让叶飞讲讲他的故事,叶飞犹豫再三,对她讲了一个也挺凄凉的故事。

叶飞想起了云云,想起了他俩在太阳花下许下的愿,自打云云离开他,他一次也没有在别人面前提起过云云的故事。他没想今儿个人怎么了,给一个见面才两天的异性倒了竹筒。叶飞讲得有点伤感,夏雨听着,静静地摸着叶飞的衣扣,她在脑中想象着云云,想那个丫头多傻。

渐渐地,叶飞不再讲了,掏出烟一根根地接着燃。夏雨看得难受,伸出手取下叶飞咬在嘴唇上的香烟,说:"对不起,勾起了你的痛苦!"

"没什么,习惯了。"叶飞说。

忽然间,夏雨发现自己爱上叶飞了,她知道自己的身份,她不敢妄想,但却涌起了一种欲望,用手慢慢地解开了自己的衣扣……

叶飞看着夏雨身上脱得一丝不挂,忽地坐起来,问:"你这是干什么?"

"也没什么安慰你,就我这身子,你要不嫌脏,就用一次。"夏雨说完双臂抱住叶飞。叶飞的感官乱作一团,他没有一点欲念,只感觉浑身疲软,眼前只有白晃晃的一片。夏雨俯下身子用嘴唇一件件脱他的衣服,叶飞无力地躺着。夏雨爬上来,用手扶着让叶飞进入她的身体。夏雨抱着叶飞轻轻地说:"就请你把我当做你的云云好吗?"叶飞的心颤了起来,吻了吻夏雨的嘴唇。夏雨却用舌尖打开他的嘴唇,狠命地咬着。叶飞渐渐不能自己了,小床开始晃动。夏雨疯狂地喊着,哭着,长发在空中狂乱地飞舞……

两个人都沉默下来,夏雨将叶飞的头放在她的胸前,手指轻轻地插进他的头发……

第二天,叶飞醒来,发现夏雨不见了,枕边放着一张窄窄的纸条:

谢谢你,给了我思考,

我会埋葬飘飘的白云。

我会让每一个日子,都绽放永恒的花朵,

我会让短暂的生命拥有爱的美好。

谢谢你,给了我新生,

也谢谢这个夜晚,让我有了你……

叶飞读完纸条,小心地折叠起来,装进口袋,深深地叹了一声:红颜自古多薄命,苦落娼流更可怜,但使逢人拾掇起,淤泥定会长青莲。

叶飞也搞不清自己了,在不经意中的这段奇历,又给他留下了许多思考。他问自己是不是得了便宜还卖乖,却觉得不像,他从心底里祝愿夏雨。

3. 黄浩来到了沙洲

东方洇出淡淡的红晕,浓雾在悄悄地挥发飘散。随着飞机的轰鸣,叶飞的心也随着震了一下,他最后看了福江一眼,上了蓝天。

郑明强带回沙洲六个人,除了黄浩和娇艳欲滴的蜜儿外,其余的,叶飞一个也不认识。

飞机降落在中大机场,李刚让叶飞租了辆中巴客车回沙洲,车过黄河铁桥,进入了闻名的河西走廊。因在黄河以西,又因其夹在祁连山与相对峙的北部山岭之间,故称河西走廊。河西走廊是古代丝绸之路的重要通道,也是东西方丝绸贸易的唯一通道。

轿车驶上乌哨岭,股股寒流透过车窗钻了进来,窗外两行逶迤不断的山岭欺身而至,空气骤然变得稀薄。李刚看见郑总他们缩着臂瑟瑟发抖,有点

歉意地说："来时，我让你们多带件衣服，你们还有点儿不信，现在应该信了吧！"李刚说着站起身取出他的一件大衣，给了郑总身旁的小蜜儿说："女士优先，我们先生们就抽根烟忍忍吧！再过个把小时就到了沙洲，洗个澡，吃吃饭，舒舒服服地睡一觉，感觉就好了。"先生们都接过烟点上。黄浩和叶飞同座。本来黄浩听说郑明强要带他去沙洲，他有点不愿意，叶飞知道他家不缺钱，十几年，已收够了民工的房租。但他觉得有了和黄浩的这层关系，回到沙洲生意合作起来可能会方便些，就说服了黄浩。

黄浩脑海中有着曾经叶飞他们添油加醋地对河西的描述，听着很神奇。但当他真正到了河西透过车窗看到和南方完全两样的深秋时，他重新有了自己的定位，不由得仰着脸带着嘲弄地看着叶飞，想听他再说些什么。

叶飞见他这样，刚开始还没明白是怎么回事，黄浩宽宽的鼻孔朝天，见叶飞没点感觉，瞄了他一眼说："这就是你们河西走廊，就这个美？"

叶飞明白过来，扑哧一声笑了，指了指窗外。只见远方高高的雪山直插云霄，黄浩立刻闭了嘴。叶飞说："你小子活了二十几年见过这白云和雪山融在一起的景观吗？"

黄浩张了张嘴，没说话，瞪了叶飞一眼，扭过头隔着玻璃窗远远地眺望着。黑黑的乌哨岭山脉座座相连，拔顶的皑皑白雪在下午的阳光下折射出道道刺眼的彩光。

叶飞看着对黄浩说："'清海长云暗雪山'的诗句指的就是这里。这还不算，到了沙洲，大漠孤烟、古道驼铃，更有海市蜃楼，让你小子长长见识。"

"别吹了，省省劲吧！"黄浩也没转身，扔给他一句。

出了乌哨岭，进入戈壁，也就到了沙洲。沙洲的戈壁不像一般人想象中那样布满黑色砾石，沙洲的戈壁有着无数的沙包，沙包上生满繁茂的红柳、毛条。阳光下，蓬蓬的红柳在风中摇曳，万般风姿千种柔情。放眼远眺，簇簇红柳似团团燃烧的火，犹如夕阳中的晚霞。

黄浩平生第一次领略了这西域的粗犷，感觉有点新鲜，就一直趴在车窗上朝外看。叶飞在不经意中发现他的舌尖不时伸出来润润嘴唇，又偷偷乐了，知道这小子又要受苦了。他想逗逗黄浩又有点不忍，于是将手中的水递给他。

叶飞回到沙洲,回到家,感觉得困,很想盖上被子睡一觉。叶母这几天却过得很滋润,她对邱月打心里喜欢,见儿子回来,更是乐不可支。

叶飞见母亲提起邱月,第一感觉是坏了。在去福江前,他看着邱月不住挥舞的手时,决定到了福江一定要给她买件礼物回来,补偿上次邱月给他的一套西服。现在却两手空空,不知该怎样去见邱月。第二天上班,他发现邱月没来上班,心里急,又不好意思去问别人。

中午,李刚设宴为郑明强洗尘,叶飞和康师傅来宾馆接郑明强一行,却听说黄浩病了。

"咋了?"叶飞关心地问。

"昨晚睡觉时感觉嗓子直冒烟,嘴唇火辣辣的,一觉起来满嘴都是泡。"黄浩抹着嘴唇对叶飞说。

叶飞明白了,笑着安慰他说:"没事,沙洲就这气候,你刚来,有点不适应,回头给你拿几袋'三包台',喝几杯就没事了。"

黄浩很有点生气,他瞪了叶飞一眼,心里暗骂"这个破地方"。

一顿饭吃了好长时间,晚上,李刚又邀请郑总一行去歌厅坐了坐。前德也在,他忙里忙外地和郑明强套近乎,甚至趁没人注意偷偷地和郑明强叽咕着。

李刚他们先回去了,叶飞来到黄浩住的房间。黄浩脸上不知是酒的作用还是一天风沙的关爱,失去了白净,变得红彤彤的,嘴唇中间长着一点类似于日本浪人的仁丹胡子,他就用拇指和食指一直不停地捻着。他看见叶飞就来气:"就你们这鸟地方?还水草丰美,能与江南争胜,风景迷人,堪称北国奇珍……"

叶飞忍不住哈哈大笑起来,说:"这次就是让你小子好好长点见识。"

人有时真怪,狗不嫌家贫。说句实实在在的话,生在沙洲,长在沙洲的叶飞,对沙洲的生存环境从来就没喜欢过。但离开沙洲去伊水的四年间,他却一刻也没忘记过沙洲,连风沙蔽月的天都让他怀念。一日离家一日深,好似孤雁宿寒林,家,在他心中是一颗永不言落的太阳。在邓小平同志到南方视察的日子里,黄浩满脸洋溢着自豪。离开电视机回到宿舍,没有什么可堵住他的嘴,他一个劲儿地喋喋不休地向叶飞他们吹嘘。叶飞和虎子可坐不住

了，明知沙洲一片荒难，几道土垒的故城美不过黄浩的故乡，但谁也不愿看着黄浩没完没了。虎子和石磊想用些形容词压压，却掏不出什么词就改用武力镇压。叶飞也觉得该杀杀黄浩的气焰，就站出来用"水草丰美，能与江南争胜，风景迷人，堪称北国奇珍"开头，对黄浩大讲沙洲的种种神奇，并着重讲了黄浩想象不能及的海市蜃楼、极光等沙漠特有的自然奇观，好让他觉得挨一巴掌不屈。没想事隔几年，黄浩还记得，叶飞能不乐吗。

"我能忘记？"黄浩有点气恼地说，"虎子那一巴掌打得我心里一直叫狠。我捂着脸听你讲就下了决心，这辈子非要看看你们沙洲的模样。这次要不是冲你们几个，冲你那句话，说啥我也不来受这份罪。都说西北人老实，我看一个比一个狡猾。"

叶飞仍一直在乐，他拍拍黄浩说："好了，好了，既然来了，受也已经受了，我去你们那里，不也长了痱子了？待会儿我领你去找虎子算账，让他的小姐润润你的嘴唇。"

黄浩一听来了兴趣，抓起衣服就让叶飞带路。

"红磨坊"客人很多，乱嚷嚷的，叶飞和黄浩进去，直接上二楼去找虎子。走到楼梯拐弯处，下来一位小姐，黄浩拦住，小姐向左，他也向左；小姐向右，他也向右，并用肩去碰小姐的前胸，小姐赶忙用手推开他，尖叫起来。叶飞闻声回头一看，有点生气地对黄浩说："别闹了，上来，上来。"黄浩张开双手，对小姐做了个鬼脸，哈哈笑着追上了叶飞。

上了二楼，叶飞看见燕子在大厅，就让她去把虎子叫来。燕子进去叫人，半天也不见回来。叶飞和黄浩等了一会儿，仍不见虎子的影，就上去敲门，却发现门没锁。

燕子呆呆地站在桌边，低着头，见叶飞进来，头也没抬，跑了出去。虎子似睡非睡地躺在板椅上，双腿直挺挺地搭在板台上，若无其事地吐出一串串烟圈。见叶飞进来，虎子眼皮也没抬。叶飞就不明白了，上去把他的腿挪了挪，说："虎子，你看谁来了。"

虎子没理他，仍吐着烟圈。

叶飞有点恼火地将他搭在板台上的腿一把推下去说："虎子，小广东来了。"

虎子本不想理他，看见他就火，听他说黄浩来了，思绪一下跳得老远。他睁开眼，才发现叶飞身旁站着一个人，拿眼盯盯，果真是黄浩，便刷地站起来，朝黄浩胸膛就是一拳："你啥时候来的？"

　　黄浩被虎子一拳撞得有点生疼，他摸着胸膛，伸出手和虎子的手握在一起。两人很兴奋地问长问短，却没叶飞的事了。虎子从头到尾也没搭理叶飞，弄得叶飞心里有些直翻毛浪。

　　虎子没给黄浩找小姐，就在办公室里喝酒，黄浩喝了虎子敬的六六大顺，说什么也不再喝了。虎子知道他的酒量，就来了几瓶果啤。虎子拉开嗓门对黄浩讲他复员的经历，黄浩也挺兴奋地听他讲的故事。叶飞从没见过虎子这个劲头，也想加入进去，但刚一开口，虎子就抹了过去，很是不在乎的样子，以至于连倒酒也轮不上叶飞。

　　很久，很久，外面变得渐渐没了声音。整个一晚，叶飞都没弄清是咋回事，满肚的酒精将全身烧得血液沸腾。见虎子和黄浩东倒西歪地躺在沙发上，叶飞也腾云驾雾般找到一张沙发躺下去，发麻的神经一下陷入了黑暗。

4. 前德被杀了

　　李刚一回来，就召开会议布置眼下的工作。在会上，前德争着主管业务，因为他是副总，用他自己的话讲就是来公司快一年多了，也没什么贡献，现在担任副总经理理应为公司全力付出。李刚很不情愿，但见他这般谦虚地请命，又不好拒绝，更怕临阵内部产生窝斗，就让他全权负责。

　　散会后，叶飞推出自行车准备回家，李刚下来叫住了他。李刚问叶飞对安排有什么意见，叶飞不知李刚是什么意思，开了个玩笑说："我有什么意见？领导安排，坚决执行。"李刚也没生气，乐呵呵地拍拍叶飞的肩说："我本想这事交给你打理，方方面面我都打了招呼，让你多经点风浪，对你以后的发展开开道路，没想到前德争着闹。"

　　叶飞看着李刚，那种感激又涌满眼眶。叶飞说："我倒没什么，只是觉得老让胡红国伸这一腿，心里窝火。"

"没办法。"李刚叹口气说,"就这个体制,忍了吧,小不忍则乱大谋。"

两人又说了几句,临走时,李刚让叶飞晚上随他去个地方。

李刚自己开沙漠王过来,上了车,他说搞黑瓜子只要有了足够的人民币和人力,任何想法都能实现,现在是个机遇,估计今年行情是近年来最好的。

接着,两人去找银行的人,寻求资金帮助。收购黑瓜子需要庞大的资金,这指甲大的小东西一颗就值几分钱,运转迅速,买进卖出,一个季节一两百万并非神话。

接下来的一个星期,前德领一些人布置收购点。李刚带着叶飞陪王行长喝茶、洗桑拿、唱歌、游山玩水。

这个时候能和王行长同呼吸,共命运,本身就决定了资金的源头。银行的钱是国家的,给谁也没有错。整个沙洲不知有多少人抢夺着贷款,李刚说不论你的前期准备有多么周到,如果收购的资金不到位,前面的都等于零。尤其在行情如此好的今年,做不到这些,你只能眼巴巴地看着钞票装进别人的口袋。

像王行长这样的人,吃和玩,其实早已成了负担,他愿意让我们陪着继续这种负担,主要是怕回去让人请得无法安宁。叶飞此时才明白了王行长为什么锁了手机。李刚继续告诉叶飞:"目前,沙洲市场上只有中台公司可以与我们抗衡,因为他们有政府支持和台湾正大集团作后盾。加之,中台公司有多年形成的自己的购销渠道,很有垄断的霸道气味。我们还需小心。"

李刚对沙洲市场分析得很透,事态也正按他的预测一步步有了好的效果。之后,他就让叶飞跟前德正式去一线组织收购。

为了减少麻烦,提高运转的速度和质量。郑明强带来了业务员分布在公司设立的网点负责验货。如此一来,郑总可以避免因瓜子质量问题而遭前辙,昌盛公司也可以省去人手和精力,全力投入到货源的组织上。一切都在紧张有序地进行着,叶飞也忘了杂七杂八的心事,每一天都饱尝着充实和艰辛。

公司按拟定的协议将农厂自产的瓜子按行价交给郑明强,并把农场作为抵押,郑明强共打入资金两千多万,加上李刚从银行搞到的贷款,公司投入瓜子收购的资金共三千多万。如此庞大的数目,李刚当然不敢交给前德,对资金的来往都亲自审验。

叶飞的吉普车现在成了前德的坐骑，叶飞看见他手舞足蹈，心里就来气，但为了公司，为了李刚，他还是得兢兢业业，每天来回地跟在前德后面处理前德留下的种种后遗症。

叶飞过去上班的沙梁小所也是一个网点，小所因为增人不增粮，加之各项规费难征，所以日子过得艰难，已有五个月没工资可发了。公司提出合作，韩兴民一个劲儿地点头，叶飞一进门，韩兴民的脸马上笑得像朵花，握着叶飞的手说："很是感谢。"叶飞似乎也忘了先前的种种不愉快，对韩兴民说："一家人哪能说两家话，应该的，应该的嘛！"

一大早，天阴阴的，叶飞被枕边的手机吵醒了，有点慵倦的他拿起手机接通。

电话是李刚打来的，他问了问叶飞沙梁的情况后让叶飞调沙梁的货车前去长城收购站装货。叶飞就不敢再留念热被窝了，赶忙起床叫醒司机一道驶向长城。

车到了仓库门口，筛选机床哐哐地吐出沙尘、白皮。叶飞下了车走进临时设立的办公室，前德正跷着二郎腿挑逗开发票的小姜，惹得窗外领票的瓜农们阵阵哄笑。前德见叶飞进来，有点扫兴，露出了副总的不满。叶飞也懒得理他，领了单就去了仓库点货装车。

一阵紧张的搬运后，两辆大车装好包准备勒绳了，这时，从临时设的办公室里却传来争吵声。起初，叶飞只是拿眼望望。这种事常有发生，瓜农们为了一斤瓜子添几分钱和少几分钱吵闹很是正常，后来，叶飞看见围观的人渐多，争吵声也越来越高感觉有点不正常，就向司机安顿了几句，向吵闹处走去。

只见前德正和房东争吵，前德手里拿着张白纸条条，驴推磨般地边和房东据理吵着边对围观的群众嚷嚷。叶飞挤进去，前德和房东立刻争着向叶飞陈述各自的理由。

房东叙述了自己的理由，话到半截，前德插进自己的理由，两人又开始争，叶飞一时间没法控制他俩的情绪，也有点急。

157

　　事情的起因是这样的,房东把瓜子卖给公司,因公司租用房东的库房要付一定的租金,所以收购了房东的瓜子没有付钱,只给他出了张收据。双方约定收购结束一起结账,可在半腰中,房东的小舅子购车向他借钱,房东就先给公司打了张借条,支出些现金。今早,小舅子又来借钱说是要买一辆好车,当姐夫的得罪谁也不能得罪小舅子,否则,后院就有了火。没办法,房东就来找前德再支些钱。可前德拿起房东上次打的借条说他的瓜子款早支光了,没有再支给他钱的理由。房东听闷了,说他上次只支了2800元,前德却拿着借条说他支了28000元,双方就这样闹将起来。

　　前德理直气壮地拿着房东亲手打的借条,不再跟他理论,去拉拢围观的人群,想以阵势压人。叶飞接过前德手中的纸条,上面写着:

今借昌盛公司现金2800元,大写:两万捌仟元整。

借款人:梁宝德×年×月×日

　　问题出在借条上,大写与小写不符,但一般以大写为准。叶飞看着前德把条给他,又看了看满脸焦急的房东,遇上这码事,他又能说什么呢?

　　"哎!摊上这档子事,只有他俩心里最清楚,谁能说得清呢?"

　　人群中也有不少人嚷嚷:

　　"宝德这人一向挺老实,可亲手写的白纸黑字,哎……"

　　"是啊,这只是个良心账,有这条条,走到哪儿也……"

　　"这位老乡说得对。"前德接上话说,"千年的文字还会说话?我们作为一个单位能和你一个瓜农过不去吗?"

　　宝德又插进来不停地向众人表述他的的确确只借了2800元,并拉着小舅子讲了事情的来龙去脉。众人的眼睛又同时聚到宝德小舅子的身子,宝德的小舅子说:"那天,我也在场,我姐夫从小姜手里接过钱随手就给了我,我数了数就2800元。"

　　众人的同情看起来好像倒在宝德身上,有人提出来让小姜讲讲当天的事。小姜哪见过这阵势,脸色纸白,战战兢兢地说本来付款都是开支票去银行兑现金,只因宝德说急用,请示了前总就让宝德打了借条她才数了钱。众人赶忙问数多少,小姜望望前德说一天到晚时时有人领款,她只记得有这么回事,记不起来数了多少。

前德又接上小姜的话说:"我记得清清楚楚,他提出要 28000 元。我考虑我们也大概有他这么多钱,他是房东,又急用,就让他打了张借条,如数给了他钱。这白纸黑字是他写的。我能赖他的吗?"

"前总,可你们只给了我 2800 元呀!"宝德很痛苦地说,嘴上围了一圈白沫。

"我记得清清楚楚,你拿了 28000 元。"前德加重嗓音。

双方又开始争吵,正你来我往地拉着锯,宝德的媳妇披头散发地冲进来,一边骂着梁宝德,一边哭着让众人评评理。

叶飞看着这一幕,心头涌满了沉重。28000 元对一个农民的家庭可不是一笔小数目,一年的辛苦,一年的血汗尽在其中。但看到前德手中的纸条,除了叹息,他又能再说什么呢?

这时,汽车师傅装好车,按响了喇叭。

叶飞看了看表,时间不早了,车站还等着上车皮呢。他想,不管咋样,不能误了大事,就挤出人群。卡车师傅见他出来,打开车门让他上去。

没想到车刚一启动,宝德的媳妇不知从哪儿钻出来,劈天盖地地乱叫着横躺在卡车前轮下,人群又撤到卡车前面。叶飞气得扔了烟头,跳下车,挤进去,本想拉起宝德媳妇,没想到宝德媳妇跪在他前面,双手抱住他的腿,哭天喊地地让叶飞做主,叶飞是拉也拉不起来,走也走不了。

卡车师傅也下了车,过来帮叶飞拉起宝德媳妇,叶飞急得心如猫抓一般。看着在人群中三个各自表演的人,叶飞清了清嗓音,双手示意大家先静下来,他说:"大家先都别急,冷静冷静。宝德,你仔细想想,前总,你也好好回忆一下,想想这到底是怎么回事。"

宝德又嚷嚷起来,叶飞一下子火了:"这借条是你打的还是我打的? 嘿!这么嚷能把事解决吗?你这个窝囊蛋,你自个儿扇耳光去吧!"宝德没声了,张张嘴想说什么,却没说出来,双手抱住头蹲在地上。

叶飞吐了口气,继续说:"这事儿,大伙都见了,这么嚷是解决不了问题的。谁都退三分,放在桌面上解决。今儿解决不了,明儿解决,光急有个啥

用？"叶飞拉起宝德接着说："宝德，你先让我们的货走，还急着要上车皮呢，耽误了对谁都不好，行不行？"

宝德没有说话，宝德媳妇一听叶飞要走，又扑过来抱住他的腿。叶飞彻底没法了，知道急也没用，只好又掏出烟压压冒火的嗓子。

就在叶飞的烟还没到头时，宝德举着一把杀猪刀悄无声息地朝前德扑去，谁也没发现他什么时间出去的，又是什么时间拿着刀进来的。只听见前德一声惨叫，双手捂着眼睛朝外奔去。几秒钟时间，空气仿佛凝固了，所有人都惊呆了，围观的人群惊醒后慌乱地闪开一条道。宝德举着刀大骂着追上去，人群忽地静下来，又大叫着散开。

"杀人啦！"不知谁尖利地叫出来。

宝德媳妇也不知什么时候松开叶飞的腿，坐在地上，愣着神看着宝德狂追的背影。

叶飞忽地愣过神来，扔掉烟头急步追上去。等他赶上时，宝德已骑在前德身上，用刀狠命地往前德的身后脑后背后狂捅，猩红的血随着刀的拔出，一股股扑向宝德。宝德边捅边叫："我让你爱钱，我杀了你这狗日的，我让你爱……"

前德只剩下一丝微弱的声音，胳膊和腿不停地扭动，叶飞上去一脚将宝德踢翻，宝德翻起身举着刀又向叶飞扑来，瞪着血红的眼喊叫着："我杀死你们这帮狗日的……我让你们爱钱，我杀死……"

叶飞眼看着宝德就要扑过来，忙捡起一土块疙瘩，砸向他面部。宝德叫了一声，手中的刀掉了下去，双手不停地揉眼睛。叶飞趁他慌乱之际，又上去一脚把他踹翻在地上，顺手捡起杀猪刀，远远地扔到一边，人群中有大胆的上来帮叶飞抱住宝德。

叶飞瞪了一眼宝德，走到已没什么动静的前德身边，只见浑身是血的前德双目圆睁，七窍出血，手和脚已在身边刨了几个深坑。

叶飞呆呆地看着前德，想到他刚才还活生生地叫嚷，刹那间就完了。

事儿平了，派出所的警车尖叫着赶来了。他们跳下车，先给宝德戴了手铐，冰凉的手铐咔嚓一声浇醒了血液沸腾的宝德，他腾地瘫倒在地上，刚刚还血筋暴满的脸，顿时如死灰一般。

叶飞没得空闲,被刑警问了个底朝天,并被列为重要的目击证人,随时要等候传讯。

事情发生得这么突然,案情又是如此的简单。

当晚,李刚就和康师傅赶到长城,处理好有关的手续时,已是第二天早晨。

叶飞在笔录上签字画押,终于得以解脱。李刚和康师傅把他送回家,沙洲的新闻联播早已闹起声声议论。叶母并不知此事,但见李刚和叶飞个个神情沉重,知道出了事,心一下子像个打水的吊桶。李刚让叶飞先在家休息几天,嘱咐几句后,便回去了。

叶母送走李刚转回来,见儿子一声不响地仰面躺在床上,很想知道到底发生了什么,便一遍遍地问。叶飞心里很乱,翻个身趴在床上,可一闭眼,宝德血淋淋的杀猪刀和前德七窍出血的狰狞面孔又晃在眼前。

叶飞咬紧牙关,浑身一阵发抖,而后又觉得身体像入了锅的面条,可大脑反复出现的画面,使他怎么也闭不上眼。

叶母见儿子不住地颤抖,心也随着颤抖,问儿子,儿子不说。她走出房间,站在过厅里,觉得不放心,就搬过椅子回来坐在叶飞的床前,手放在叶飞的额头上。叶飞渐渐感觉好多了,心跳也渐渐平息下来。

第十一章　桃花朵朵,不知哪朵才是我的最爱

1. 一地鸡毛

与此同时,邱月正站在楼下,一次次地看着叶飞家的窗户。早晨她一到公司,就听到了议论。她原本想让来临的冬天冻结他们爱的萌芽,她原本以为从此可以不再言爱,没想到一听到此事,她的心依然久久地徘徊在叶飞身上。她觉得不再恨了,虽然叶飞在不经意中伤害了她,玷污了她纯洁的心,摧残了她对爱情的向往,但一听到叶飞出了事,她的心却怎么也控制不住想看一看那个无数次在梦中憎恨的面孔。

邱月还是来到了楼下,刚踩到楼梯,她又转了回来,她安慰自己,或许叶飞能下来,或许他能站在阳台上,她只看一眼就走。抱着这个希望,她或近或远地看着那个窗口。

叶飞从福江回来后,邱月一直回避,邱月不知道自己是以怎样的毅力度过这段日子的。

事情出在虎子身上。就在叶飞从福江回来的前一天下午,虎子跑到公司看叶飞回来没有,走进办公室,他看见就邱月一个人,就搬把椅子凑过来和邱月客套。

虎子问:"邱月,叶飞回来没?"

"没有!"邱月说。

"你知道他啥时间能回来?"

"虎子,你这句问得就有些怪了,你俩是老哥儿们,你都不知道我能知道?"邱月渐渐对虎子没有了好感,从自私的角度,她不愿叶飞和虎子靠得太紧。

"什么老哥儿们! 这人一大呀,心里就有鬼啦!"

"是吗?"邱月以为虎子说她和叶飞,有点紧张。

"鬼得很呢。邱月,你最近看见叶飞的手机了吗?"

"没有。不过,我听他说带上麻烦。"邱月想起叶飞有一次对她说,"带个机子,啥意思都没有,像个拴狗器,与人方便,与自己麻烦。"

"什么带上麻烦! 他的机子早成了定情物了。"

"什么? 你说清楚些,什么定情物?"邱月有点不明白了。

"你不知道吧! 我说这人一大鬼得很,你还不信! 叶飞的机子现在拴在一个叫张洁的小姐腰上。"

"你怎么知道?"邱月有点不信。

"我想知道他什么时间回来,就呼了他,没想到,电话回过来是一位小姐。那小姐逗得很,以为我是叶飞,我也就把自个儿当叶飞,和她聊了半天。"虎子摇头晃脑地说,邱月的心开始翻了。虎子说你不信,按按号码就知道了。

邱月拿起话筒,按下叶飞的手机号。过一会儿,电话回过来,对方果然是位小姐的声音,这声音无异是一声炸雷炸得她目瞪口呆。

"这下信了吧!"虎子有点得意。

邱月没有表情,轻轻地放下话筒,她感觉头在发晕,视线模糊不清,四肢软软的就要倒下,她忘记了虎子的存在,两行泪无声地滑落下来。

虎子看见邱月的两行泪,什么都懂了。种种细微情节在大脑里上演,原来自己一直是个陪衬,叶飞和邱月早已沉入了爱河。

邱月一个人趴在桌上泪如泉涌,她不知自己的爱为什么就撞到了土城墙上,从没想到一个反弹会摔得自己如此心痛难受。她就一个人孤单单地趴在桌上,整整一个上午,世界静悄悄的,大片的阳光转移了出去。她终于明白了叶飞为什么对她躲躲藏藏的,可她又不明白,既然他早有了爱,为什么不挑明! 恨着,恨着,叶飞在她心里成了一个用什么样狠毒语言都无法形容的罪人。

163

她感觉自己像个瞎子，黑摸着把满腔的柔情倾注到一个人身上，还跑到他家里，俨然成了主人般忙里忙外。她感觉羞愧，自己也成了别人嘴中的笑柄，她恨死了，恨死了带给她这一切的那个人。忠诚已被摧残，信任已被毁灭，自己干吗还像个小姑娘似的傻痴情？想到这儿，她猛地一甩头，立刻又呆了。

虎子一个人静静地站着，眼珠一动不动地看着她，像一座冰雕。虎子心里酸酸的，他一声不响地出了办公室。回到车上，虎子的心仿佛被蜇了一下，他一把将车喇叭打得满天响。

邱月最终也没上去，她随便找了个小酒吧，一个人以泪洗面，喝着闷酒。

回到办公室，对面那把椅子上的身影老晃在眼前，揉揉眼不见了，一会儿，又晃在眼前。她发现自己还是忘不了，想着想着，又回到了那幢楼下。

同样的心情又让她徘徊，她抬起头，盼望的身影仍一直没有出现，西边的太阳金光灿烂地在楼墙上画出了日落的迹象。一阵阵冷风吹着，她自言自语道："我该怎么办呢？"可心灵马上又作了回答："马上离开，从痛苦中醒来，不能再沉了进去。"

但就在这时，另一个声音响起："既然下了决心来了，就该上去看看。"

就这样各种声音相互交替，按下这个声音，那个声音又立马响起来，邱月自个儿把自个儿折磨得走也不是进也不是。

就在她准备上去的时候，从楼口里走出一个人，邱月赶忙转过身，但还是被叶母发现了："邱月吗？"邱月抬不动脚步了。叶母走上前说："真的是你！邱月，来了咋不上去？"

邱月不得不回过头，她看着叶母满脸的慈祥，很想扑进她怀里痛哭一场。但她还是忍住了，她慌忙掩饰说要去一个朋友家。

叶母说："叶飞在家，你不上去？"

邱月忙说："不了，不了，改天我再来看他，今天还有急事。"

话说完转身想赶忙离开，她怕自己的泪水忍不住要流下来。

叶母怔怔地看着邱月走远，心里很亮。她并不知道天空已有了乌云，早在心里把邱月看做是儿媳，于是自个儿欢喜地笑了笑，朝菜市场走去。

刚吃过午饭,叶飞捧起书本,点燃根烟,将身子陷在沙发中。冬日不太强的阳光照进房间,有种懒懒的感觉。叶飞翻了几页书,感觉字儿就开始跳舞,他耐了耐,书还是从手中掉在地上。

叶母进来看见叶飞睡着了,捡起书放在小桌上,打量着儿子。

儿子这些天明显瘦了,满脸浓浓的胡须拨肤而出,使整张脸更显得粗犷。她这几天的心老悬着,自打儿子被一辆带警灯的大车传走的那一刻起,她的心就不停地敲鼓。儿子平安回来了,鼓点小了些,但没过几天,鼓点又急了,折腾得她的心也变得烦躁不安起来。问叶飞,叶飞只说没事儿,主要是给他们作作证。问传叶飞的警察,警察说:"大妈,你放心,我们决不冤枉一个好人,但也决不放走一个坏人。"模棱两可的话,越发使她提心吊胆。

正这么瞎想着,电话铃声突然响起,中断了她的思绪。叶母拿起话筒,听传过来的声音,心咯噔一下,差点丢了话筒。

叶母告诉对方,说叶飞在,对方让叶飞接电话。叶母放下话筒,不知是该叫醒叶飞,还是不叫,她有点后悔告诉对方说叶飞在。正犹豫着,搁在桌上的话筒里传来喂喂的声音,叶母还是叫醒叶飞。

叶飞拿起话筒,听完对方的话,一声没吭地将电话狠狠地扣在话机上,取下衣架上的衣服披在身上,准备出门。叶母小心地凑在儿子身旁说:"飞子,你知道什么就说什么,咱没做什么亏心事,就不怕鬼敲门。"

话虽这么说,她看着儿子的背影,她的心还是提得老高,嘴里不停地嘀咕:"这政府是咋回事,我儿子又没杀人,干吗三趟五趟地折腾?"

从公安局出来,已是下午六点多了,深秋的沙尘扫得整个沙洲灰蒙蒙的。大街上,下班的人流来来往往地穿梭,自行车铃声夹着汽车喇叭声乱糟糟的,让人心里到处是火。

这已是第六次传唤了,从警察拐弯抹角的询问中,叶飞知道他们最关心借条的内幕。叶飞所讲的早已从其他证人嘴中得到了,但凭着职业的敏感,警察认为叶飞应该知道,因为叶飞是协调前德负责收购的,账来账往,应该清楚。

在调查此案的过程中,借条的内幕是最关键的一条,他直接影响宝德的身家性命,能确定杀人的缘由。想起宝德,叶飞也觉得可怜,又有点可悲。凭

直觉,前德要是不赖宝德的钱,一个农民能举起屠刀吗?宝德啊宝德,叶飞在心里说:"你怎么就如此冲动,28000元人民币固然重要,前德固然可杀,但这是自个儿可以摆平的吗?恶人太恶,可你没和宋江生在一个时代。"

这样想着想着,叶飞渐渐对警察此举有了理解,但看到自己一次次被审得像个犯人,叶飞又火了。

他们怎么就不问问,是谁冲上去制止了宝德?是谁用一块土疙瘩消除了宝德的斗志?是谁不顾个人安危缴了宝德手里的杀人凶器?……

自打出了这样的事,李刚就让叶飞在家休息。叶飞在家待了几天,就待不住了,他跑到公司想找点活干,可警局一次次的传唤,惹得众人指指点点,叶飞只好窝在家里,连门也不敢出。

他不想回家,也不感觉饿,想起家,心里就有点犯酸。这些日子折腾得母亲也够受了,叶飞不想让母亲也随着不安,就给家里打了一个电话,说去林子家。叶母问那边没事儿吧,叶飞说早没事儿了,让她放心。

2. 林子的幸福生活

叶飞拦了一辆出租车,到了林子家。门是开着的,叶飞进去,发现空屋里没人,挑起套间的门帘,看见苏小芳背对着门做饭,嘴里不停地哼着小曲。叶飞被小芳的欢快感染了,烦恼一扫而光,他看着苏小芳的背影忍不住想上去拥抱拥抱。从心里,他也盼望自己能拥有这安宁和谐的生活,他理解了有篇散文写着盼婚的人,看见一对夫妻手挽着手提着束青菜从菜市场上回来,盼婚的人为什么能流出羡慕的泪。

但渴望归渴望,小芳是别人的老婆,叶飞的渴望是高尚的,他并不是看见小芳就想拥抱,而是想拥抱这个小屋里人间烟火所带出的氛围。

叶飞没有进去,而是退了回来,坐在沙发上,拿起林子的烟点了一根。小芳仍在厨房里忙活。叶飞有点寂寞,打开了电视机,音响发出的声音打断了小芳的曲子。小芳以为是林子回来了,问了一声。

叶飞心生一计,他嗯了一声,苏小芳接着说:"把外衣脱了,进来帮我剥葱,给你包饺子吃。"

叶飞暗暗笑着,把外衣脱了,低着头走进厨房。小芳头也没转,伸过拿刀的手指指水桶边的葱。叶飞蹲下,拿起葱剥起来。小芳哐当哐当地剁馅,时不时还问几句,叶飞起初还能拿住自己,渐渐就有点忍不住笑出声来。苏小芳停住手中的刀,问你今儿个是不是吃了笑药了。叶飞说:"有你白天黑夜的爱,能不高兴吗?"苏小芳一听声音不对了,扭过头一看,愣了一下:"是飞子哥,我还以为是林子呢,让你见笑了。"说完,拿手捂着嘴不停地笑起来。

叶飞手中的葱掉在地上,也笑得前俯后仰,苏小芳更不好意思了。恰好这时林子回来了,他支好自行车,朝里面看了一眼,大声一喊:"小芳,我回来了。"

"早有鸠占鹊巢了,你自个儿重新去垒窝吧!"叶飞听林子叫,从窗户里探出头看着林子说。

林子一怔,看是叶飞,赶忙进来,伸出手。叶飞摆摆手说有葱汁,林子不明白了,问是咋回事,叶飞哈哈笑起来指指小芳说问你太太。

小芳头抬不起来,满脸通红。叶飞洗了洗手说:"看这个景,小日子过得挺红火的嘛!能不能给我也来一碗温柔。"

"哪儿的话,请你都请不来呢。"林子说完拉着叶飞出了厨房,坐在沙发上。

"真有点羡慕你们啊,这两个人过就是比一个人过要好得多。饭有人做,衣服有人洗,晚上还有人铺床,天伦融融,其乐无穷啊。"叶飞有点感慨地对林子说。

"你是只知其外,不知其中,外面的人想进来,里面的人想出去,这结婚以前过的是人的日子,结婚以后就成了不是人的日子。你看我好,我还羡慕你呢!"林子说。

"你看你,真是身在福中不知福,要不,咱俩换换?"

"你俩捣什么鬼呢?以为我是聋子?"苏小芳说着端了两杯茶进来,听到他们的谈话,也插了一句。

"看不上我?刚才的配合,不是挺好的吗?"叶飞抬起头看着小芳说。

苏小芳脸又红了,她不好意思地说:"飞子哥刚进来,我以为是你。让他过来帮我剥葱,飞子哥故意悄没声气地拿起葱就剥,要不是他忍不住笑出声

167

来,还不知要闹出什么笑话来。"

"你看,平日里我说你别使唤我,现在,有问题了吧!"林子趁机说。

"哎呀!你让飞子哥评评,谁家男人不帮女人做点家务?"

"清官难断家务事,别找我,我评不了。"叶飞忙摆摆手,笑着说。

"滑头!"苏小芳瞪了一眼,又退到厨房继续包饺子去了。

不大一会儿,苏小芳喊吃饭了,林子将桌上的烟缸茶杯挪开,小芳端来热气腾腾的饺子,三个人开始动了筷子。小芳做得确实不错,皮是皮儿,馅是馅儿,鲜嫩嫩的葱拌羊肉饺子吃得叶飞直咂嘴巴。他这些日子的确没吃过一顿好饭,不是母亲做得不好,而是胃口心情不好,今天和小苏开了个玩笑,又和林子聊上了兴头,一顿饭吃得心情舒畅,话也多了起来。叶飞看着小芳端着盘子进厨房去洗,问林子干吗还不见结果。

林子说:"小芳认为先干点事,过几年再要孩子。"

"不错!"叶飞调侃道,"新人新事,新时尚,要是全社会都以你们为榜样,计生专干怕是要喝西北风去了。不过你们可要悠着点,别掏空了身子,只剩做岳父的命。"

"虎子倒教了我一个办法。"林子嘿嘿地笑着说,"虎子说啥时候决定安种,完事后跪在床上,头对着媳妇肚子磕三个响头。'天灵灵','地灵灵'念上九次以感苍天开眼,就有得儿子生。"

林子刚说完,小芳进来了,她听见林子的话,斜眼瞥了林子一眼说:"不能说些正经的吗?"小芳说完又回到厨房。叶飞看了哈哈笑了起来,笑后他对林子说:"这话我怎么没听虎子说过,邪乎!虎子也不知道是从哪里听了风,就给你下了雨,你可别拿着当上方宝剑,误了正事!虎子的话只能信一半,他满脑子都是乌七八糟的东西。"

提起虎子,叶飞说完再没了话,至今他也不明白为什么虎子不愿理他,但想着想着就对林子说了。

"还能为个啥,还不为你们那个什么邱月。"林子说。

"为邱月?虎子他妈的也太重色轻友了,这事我一直有意回避着邱月,就是为了他。他反倒对我有了意见,这朋友让我怎么当呀?"叶飞听林子说虎子不理他是为了邱月,有点上气。

"真是鸡腿缠了乱麻了，你说他重色轻友，他说你碗里有，还占着锅里的不松手。"林子说。

"我怎么就碗里有，占着锅里的不松手了？"叶飞不明白了。

"你们之间的事，我哪清楚！虎子说你碗里有什么张洁，你有没有？"林子问。

"这是哪儿的话！"叶飞给他讲了有关张洁的事。

告别林子和小芳，叶飞心乱如麻。为了女人，他已失去了一个朋友，他不能再为女人而失去了他最要好的朋友。

上了"红磨坊"，虎子看了他一眼，不理不睬，自个儿点根烟，长长吐了一口，想进屋。

"你先别走。"叶飞一把拉住他。

虎子挣脱了叶飞的手，硬是进了屋，坐在板椅上，一个转身将腿搭在暖气架上。

"咋回事？你他妈的少跟我耍脾气。"叶飞心里上火了，他一把转过椅子，虎子差点儿掉下来。他噌的一声站直身子，双眼瞪着叶飞。

"虎子，为了一个女人，我失去了石磊，还有翔子。我告诉你，我绝不会为了这第二个女人，再失去你。"

虎子仍扭着脖子，望着墙角一句话也没有。

叶飞见他那样子，气不打一处来，他一巴掌拍响了桌子，叫起来："我把心掏给你，你他妈的爱咋样咋样……"

叶飞说完，转身出了门，几步跨下楼梯。他感觉满身是火，很想找个人打他妈的一架，泄泄闷气。

他没有回家，独自一个人走在街上，天已完全黑了。他猛烈起伏的胸膛平息了下去，渐入了平静，盏盏路灯将他的影子拖得很长很长。走进夜市，熙熙攘攘，热情的招呼声此起彼伏，一长溜小摊，排排散开，一只只微微摇晃的电灯泡淹在腾腾热气中，空气中五颜六色的香味勾得叶飞的肚子咕咕作响，他并非是饿，而觉得香。

叶飞走了进去，到一个羊头摊前，要了一只羊头，一瓶二锅头，慢慢地嚼着，喝着。闷酒最能醉人，此刻，叶飞只想自个儿醉成一摊泥。

3. 上了张洁的床

虎子也思考了一夜，他几次拿起电话想打给叶飞，每次都烦躁地放下。他也不知道怎么处理这事儿，从内心来说，他对邱月的兴趣一点儿也没减退，一旦脑中出现邱月的影子，也就随之有了幸福的热情，这热情直接影响了他的生活。歌厅里小姐的骚情，已经不能引起他的兴趣，反而反感。他时常不满意，不能容忍别人的错误，哪怕小小的错误也可以引发他的咆哮。

最终，他还是拿起了电话，却打给了邱月。

虎子约邱月晚上到"明朝"小酒吧谈谈。邱月本想拒绝，但听虎子说"你不来，我就坐到天亮。"邱月想想虎子也够可怜的，就准时来到"明朝"小酒吧。

虎子早早坐着等候，邱月悄无声息地走近，坐在对面。两人的目光碰了一下，谁也没有言语，小酒吧没有其他客人，邱月并不知道虎子已经把它包了。

小酒吧散发出幽幽的清香，虎子旁若无人地自酌自饮着。邱月坐不住了，她问："有事吗？"虎子无言，仰起头喝干了一杯。邱月说："没事儿，我先回去了。"说完见虎子仍是无言，起身就走。

虎子盯着邱月长发披肩的背影，刚要张口叫住她，邱月突然转过身来，虎子说："邱月，冲你这一转身，我知足了。回来，我有话对你说。"

邱月愣了愣，心里涌上股说不出的滋味，她回过头来，重新坐下。

虎子说："能陪我先喝下这杯酒吗？"说完递给邱月。邱月犹豫一下，还是接了，虎子端起另一只杯子碰了碰说，"承蒙你看得起我，谢谢，我先干为敬。"邱月见虎子如此悲壮，心疼了一下，也喝下了酒，火辣辣的有点想吐。

虎子低着头对邱月说："邱月，我喜欢你。但是，我知道你在我面前装聋子，是因为你喜欢叶飞。说句掏心窝的话，我这人成天嘻嘻哈哈，没什么曲曲心。小时候，我、石头、飞子，都喜欢云云，云云却不喜欢我和石头，跟了飞子。虽然，后来云云离开了飞子跟了石头，但那不是爱，而是物欲的使然。我恨，我恨他妈的……恨你们为什么都只喜欢他？"

虎子说到这儿,吐了一口气,咬紧嘴唇,将头扭到一边。邱月看他那样,心也很难过,但又不知说什么好,只给他倒了一杯酒。

虎子回过头,双眼盯着邱月,接着说:"我恨,我恨他妈的飞子。现在,我喜欢你,可偏他也喜欢你,你也喜欢他,我又是没戏。虽然你俩没有成双成对,出庭逛院,可我心里明白,这是有我横在中间,在这事上,我心里明白,我服他,我服了他妈的飞子,我就这命,我认了。"

又是好长一阵沉默,虎子只是一个劲儿地喝酒。邱月实在看不下去,她夺过虎子的酒杯说:"虎子,你别这样!"

"我怎样呢? 我他妈的长这么大,爱情却是一塌糊涂,难道连沾点酒的份儿也没有吗? "

"那好,只要你愿意,我陪你喝,不醉不休。"邱月有些伤感,又有些感动。

虎子怔了怔,却不喝了,他对邱月说:"有你这份心,我知足了。"

虎子说完站起来, 他感觉头隐隐作痛, 浑身轻飘飘的, 他说:"我们走吧。"

邱月也站起来,背好挂包,跟虎子走到大街上。大街上车来人往,闪烁的灯光哗哗地刺眼。邱月看虎子突然一个趔趄,赶忙靠过来扶着,虎子的眼光照在她脸上,不知怎么的,他突然想要吻一下她。

邱月头一偏躲过他的嘴说:"虎子你醉了,何必折磨自个儿。"

虎子看了她一眼,猛甩开她的手,摇摇晃晃地朝前走。车流瞬间响起了尖利刺耳的刹车声。邱月也傻了,赶忙上去拉过虎子,闭上双眼,等待那难堪的一幕。

虎子看着邱月娇艳的脸庞,一阵冲动。他多么想亲亲她的嘴唇,俯下头,却在邱月额头轻轻地吻了一下,说:"去找飞子吧! 张洁只不过是一只蚂蚁。因为你是鸵鸟,蚂蚁能跟鸵鸟比吗? 我今请你来,就是要跟你讲个明白,我不退出,你和飞子没法处,我也跟你俩没得朋友做。我祝福你们。"

虎子说完,再看邱月,邱月已是泪流满面。虎子:"干吗弄得悲悲切切的,我受不了这个。"

邱月却一头扑进他怀里,虎子有点不自在了,他心里也酸酸的,但他知道这不是爱情的表达,而是感动。他拍拍邱月的肩说:"去吧! "

171

　　叶飞决定明天去上班,吃过午饭,母亲去了姐姐家。他动手洗起了衣服,脏衣服到处都是,他搓着衣服,不由得想起了邱月。从福江回来,母亲告诉他,邱月把他的脏衣服都洗了,他又想起母亲说前些天在楼下碰见邱月了。想着想着,他手里的动作就慢了,干脆点了根烟。他本想在福江给邱月买件衣服,却碰上夏雨给搅和了。他问自己为什么陷在女人堆里拔不出来,真是越爱越觉得寂寞。自己在不知不觉中拥有了这么多女人的情意,也在不知不觉中被这些女人的情意搞得一团乱麻。

　　这么想着,衣服早忘了,他看见床头柜上的那只手机,又找到了烦恼的触发点,自己跟张洁什么事也没有,却搞得一个怨,一个恨的。

　　在跨出"红磨坊"的刹那间,叶飞有点后悔了,他想自己这是在干什么呀,真的是与虎子交情太深。小时候,他们四人都住在一个巷口,那时家里还是平房,一排挨着一排。虎子和石头都喜欢找云云玩,可云云偏偏不理他们,她总是放学后,站在校门口墙角边,等叶飞出来,再一起到叶飞家做作业,有时还留下来吃饭。李建国也乐意,云云不回来,他也就放心地自个儿摆弄。

　　母亲还没回来,叶飞感到肚子有点儿饿,吸了一个下午的烟吸得嘴唇发麻。他胡乱将盆里的衣服拧干,搭在阳台上,顺手从衣架上抓了件衣服,下楼,去找个小馆填填肚子。

　　吃完饭,付账时,却掏出了一张名片,他一看是张洁的,心里突然想去要回自个儿的手机。主意拿定,他又回到家里,拿上张洁手机,出来却不知道,张洁住在哪儿。只好按名片上的号码,打了个电话。

　　张洁这几天心情也不好,死老头一回来,就急于要上床。张洁看到他一身松弛的肥肉和没了头发的脑袋,心里就没了感觉,但住老头的房子,开老头的汽车,戴老头的首饰,由不得她不解开衣扣。

　　张洁让老头先去洗个澡,老头却握着张洁白嫩硕大的乳房,咂着嘴巴说:"做爱做爱,要的就是原始冲动,一洗,不就没了冲动?"说完,便用嘴含住张洁的乳头。每次都是这样,张洁也就例行公事任老头折腾。自个儿心里却幻想着心目中的白马王子。这么想着,声音就不对了,开始哼哼唧唧地呻吟。

老头喜欢站着行事，喜欢在张洁白嫩圆润的大腿内侧留下层层口水……她知道明早老头又会离开，去深圳，去珠海，个把月才回来，回到这幢别墅里，住一个或两个晚上，又不见踪影。

她知道这不是她想要的生活，大学毕业，她去了深圳，历经种种艰辛，老头把她带回沙洲，带进这幢别墅，带进了令她心安理得却无法自拔的生活。

张洁自个儿倒了杯酒，点根烟，想着想着，仰头喝干了酒。喝着喝着渐渐地眼皮打起架来，脸上挤出一些苦涩的笑容，进了梦乡。在梦里，她梦见自己被一条青龙载着，乘着风踩着云，在天际里，随心所欲地狂游，接着一个猛子扎进一潭深水，绿绿的水草丛中，不时游过来虾鱼，虾鱼排成了长长的一溜，不停地欢迎她的到来，她举首回迎。青龙发出声声吼叫，水开始变了颜色。青龙身子一个抖动，她从背上转到青龙的腰部，她紧紧抱着龙体，任青龙舒展弯曲，阵阵狂欢淋漓后，青龙取下头上的宝珠，让她含在嘴上，宝珠有点偏大，她刚松开了手，宝珠沉入海底……梦到这里，她醒了，感觉下身有点胀，定睛一看，老头爬在她腹前，用手往下身塞着什么，张洁猛坐起来，把老头吓了一跳，张洁问："你干什么呢？"老头嘿嘿笑着说："这次去宁夏，得了个秘方，阴养红枣，延年又壮阳……"

张洁气不打一处来，起身下床，进了厕所，她看见红枣掉进马桶，随水的旋转不停地打飘。老头进来，两人开始吵起来。老头脸有些发紫，气得浑身发抖。张洁披头散发，看着老头摔门而去，动也没动。

叶飞的电话使她的不快一扫而光，生活是多种多样的。老头的生活只剩下欲，自己的生活只有钱，其余都是苍白，苍白就苍白吧！走到今天，心中已没什么该留念的了。醉生梦死，不也是一种活法，干吗折磨得自个儿难受。

"飞子，我还以为你不敢给我打电话呢？"张洁说，"呼你百次不回，今儿怎么想起我了？"

叶飞听这语气，一时不知该说什么，张洁听不到回音，连声问了几遍，叶飞才说："我想取回我的手机。"

"我不给呢？"张洁问，叶飞结结巴巴地说："本来也没啥，可偏惹出许多事来。"张洁停了停说："那你就过来取吧！名片上有地址。"说完砰地挂了个话。

叶飞本不想去，但还是拦了辆出租车过去了。

张洁住在郊区花园别墅群里，享受着财富带给的舒适。别墅周围是菜果园，空气好，噪音又少。叶飞向保安出示了证件，保安又按通了张洁的电话，才放叶飞进去。叶飞找到门牌号，按响了门铃。

一声清脆的声音，"您好，请开门"响起后，四下里静悄悄，叶飞心里有些慌，转过身，灯光下的喷泉洒着五颜六色的水柱。

没人来开门，叶飞又按响了门铃，如果仍无动静就离开。里面却传来一个声音："门开着呢，自个儿进来。"

叶飞推开门，客厅里没有人。随着哗哗的水声叶飞看见走廊里一间房的门开了，张洁露出一个湿漉漉头灿烂地一笑说："这儿没别人，桌上有烟，你先看会儿电视，我立马就好。"说完，笑着脑袋又缩了进去。

叶飞的心里突然激荡起层层涟漪，一个女性在家里没其他人时约自己来让听她哗哗的洗澡声意味着什么？张洁边冲澡边哼起欢快的调子，夹着沐浴液的芳香一起向叶飞扑来。叶飞越想越感觉不对，有点想逃却拔不出脚，自个儿找了个既来之则安之的理由，点了根放在茶几上的香烟，打量着不知有多少人一辈子梦寐以求的房间。

房间灯全亮着，走廊灯、吸顶灯、壁灯、挂灯、台灯、落地灯，灯的色彩各异，叶飞数了数客厅加走廊共有十几盏灯。灯光散射下的家具都是红木的，富丽堂皇，又透出幽幽古香。宽大的纯羊毛地毯色泽鲜艳，沙发正面一台挂壁彩电领着一组音响，更让叶飞目瞪口呆，以至叶飞有点儿不敢触碰它们。叶飞顺着走廊走去，一扇门开着，叶飞探头看了一下，发现是间书房，走了进去。

又是一组清一色的红木书柜，古朴中透出光泽，显得凝重。书柜里放满了书籍，引起了叶飞的兴趣。作为一个读书人，他知道现在正版不正，盗版横行，正当出版社都在追求封面，装帧上豪华时，盗版却很了解市场，抓住了文人的穷酸。叶飞已很久没进过大书店了，不是大书店的书不诱人，而是口袋不丰；盗版虽说质量差，错别字满篇，但读书的人读的是内涵，也就原谅了这些。谁让自己买不起呢，他看着满柜的书，自个儿惊叹，羡慕得眼睛泛光。

靠阳台处放着一张宽大的写字台，叶飞摸了摸楠木桌面，光滑如姑娘的玉腿。房间还放着一组黑色发亮的真皮沙发。

叶飞忍不住地坐在写字台后面的高背椅子上。他突然想找找感觉，用手摸着扶手，晃了晃身子，很是舒坦，却怕张洁突然进来笑自己傻，赶忙下来，苦笑了一声。

他站在书柜前用眼睛认真地扫了起来，书柜里的书摆放得挺有次序，古典名著、现代书库、词典辞海、杂志小报，都按柜分类，码得整整齐齐。叶飞打开玻璃扇，发现书都是新的，不由得叹了一声，真是读书人没书读，有书人却不读书。

他顺手抽了一本，是本精装红绸的《武则天》，翻一翻，又插进了书架。

那次在酒吧与张洁相识后，相互的手机成了专线，叶飞时常看到红色的信号一闪一闪，虽没有去回电话，但大脑里还是渐渐定格了她。

女人在叶飞的生活里，已成了无法摆脱的阴影。他不知道怎样对邱月，对虎子有个合理的交代。以前那段失败的恋情，留给他太多的伤痛，他曾不止一次地强迫自己对全世界的女人充满仇恨，可经过时间的治疗他又发现这个世界并没有因他的仇恨而有所改变。后来，又碰上邱月，又是一片混乱，看来，爱情这个东西，还是让它顺其自然吧！不是有句话说是你的甩也甩不掉，不是你的抢也抢不来吗？这么想着，他的心就坦然了些，如果有缘也就怪这个叫缘的东西吧……

"看什么呢？"叶飞听见声音，忙抬起头，看见张洁光着脚丫，套着件米黄色的睡衣，如狐一样慵懒地卧在沙发里，扑闪着双眼，打量着他。张洁洗完澡后皮肤清洁红润，曲起的双腿抖落了睡衣，大腿微微摆动让叶飞的心有点惴惴，不敢对视那雷达般的眼光，低下头，发现书房也铺着张地毯，真丝地毯上，绘着只孔雀开屏，叶飞发现孔雀的尾巴的确很美。

张洁扑哧笑出声来说："傻样，站着干吗！过来坐。"叶飞窘得笑了笑，走过来坐在沙发上，掏烟点了一根，张洁却说："书房里不允许抽烟。"叶飞慌了，找不到烟缸，张洁就咯咯笑起来，用光着的脚碰碰叶飞的腿说，"抽吧！逗你玩呢！你打喷嚏挖耳朵放屁我都不介意。"

真是尴尬人碰上尴尬话，可要打破这尴尬还是得靠说话。"没想到我们以这种方式见面，真对不起。"叶飞说。

"谁让你来得这么快呢？"张洁给了叶飞一个媚眼，说："挂上电话，我想着该用什么方式迎接你，就先洗了个澡。"

张洁说完将身子挪到叶飞旁，双眼不停地追逐叶飞的眼。叶飞的目光总是受惊般地跳开。张洁是化了妆的，眼晕深黑嘴唇猩红。

张洁站起来，从矮柜上拿过两只透明的高脚杯，说："喝点酒吧！"

"我不想喝酒，要喝，你自个儿喝吧！"叶飞怕自己喝了酒会失去理智。

"你忍心我一个人喝闷酒？"张洁拿眼追逐着他。等叶飞回过眼，张洁已把倒满酒的杯子推到他面前，双眼仍直勾勾地看着他，好似在说："洋酒美女，人生几何？"

叶飞只好端起高脚杯，酒杯相碰发出了清脆的响声，红艳艳的酒在杯中摇晃。叶飞喝了一口，有点像啤酒，苦苦的但入口绵甜。张洁猩红的嘴唇抿了一口，说："人头马一开，好事自然来。"叶飞想起这是一句广告词。第二次喝洋酒，忍不住提了个笨拙的问题："这酒多少钱一瓶？"

"这重要吗？"张洁晃着手中的酒杯，拿眼看着叶飞说，"不贵，一千八。"

叶飞差点喷出口中的洋酒。张洁又扬扬酒杯说："喝，不就一千八，他有的是钱，我不花留着他藏娇？"

瓶中的酒渐渐见底了，两人渐渐谈起了众多的话题，说到了爱情，张洁说爱情是什么玩意儿，一个对生活充满热爱，一个为自己而健康享受活着的人是不谈爱情的，为活着而活着。张洁喝干最后一滴酒，已面色潮红，双眼蒙眬。她站起来，一个转身，出现在叶飞面前的是一个黑色内衣下几乎裸露的玉体，只穿内裤的张洁如阳光下的白雾刺人眼目。

叶飞凝固了，他的双眼盯着张洁微微颤抖的乳房，心白茫茫的一片。

"来呀！"张洁开始呻吟，"过来呀！"说完跨出滑到脚跟的睡裙，向叶飞走来，叶飞早已没了思想，他不知道该如何，挪不开双眼，身体却软软的。

叶飞找不到自己了，大口地喘着气，在张洁的舌润中，邱月、云云渐渐融化，他只觉得体内一种生命的勃发……

一阵长时间的寂静。张洁舒展了四肢，微闭着眼仍在回味。叶飞则翻身点了根烟，有点愧疚。在袅袅烟雾中，他想起刚刚翻过的《武则天》问自己是不是也充当了薛怀义的角色。张洁的心被幸福溢满了，她翻身用双臂搂住叶飞的脖子,叶飞看见张洁涂得血红长长的指甲捋着自己的胸毛,有点生疼。张洁说:"飞子,你知道我是多么多么珍惜和疼爱我们现在这样吗?"

叶飞看了一眼想说又止言,到了这种时候,他的心又不踏实了。张洁见他双眼流露出迷茫,问:"怎么了?"

费了好大的劲,叶飞问:"你是不是把我当做薛怀义之类的面首?"

"怎么说得这么难听,谁把你当做面首了?"张洁没想到叶飞会说出这样的话,她有点吃惊地看了看叶飞,明白了。叶飞把自己看做二奶,看做了两手空空,靠秀色衣食无忧,靠青春偷情来满足的小蜜。她承认自己上了这趟劣轨,但对叶飞,她自始至终是一种崇拜,是由衷地喜欢。张洁想着自己却在叶飞心中是如此的形象,她的胸脯开始起伏,猛转头泪珠已溢出眼帘。叶飞看着张洁伤了心,知道失了口,用手去揩张洁的泪珠,张洁却一把打开他的手,赤裸着上身坐起来,盯着叶飞说:"就是把你当做面首,咋了,难道不是吗?你们男人可以妻妾成群,可以寻花问柳,我们女人为啥不能?我们女人是什么?是你们男人泄欲的木偶?享乐的工具?那个浑蛋依仗着有钱,自个儿阳痿,也可以拥有我的青春,我为什么不能仗着钱拥有自己的面首,难道我不可以享受自己的七情六欲?"张洁一口气发泄完,双肩不停地抖动,叶飞不知所措,又不知该说些什么,只好伸出手去搂张洁,张洁甩起长发,怒道:"少碰我,你走……我要是武后,才不立那个无字碑……"

叶飞觉得无趣,穿上衣裤,下床拿过手纸盒递给张洁,张洁不要,叶飞硬塞给她,说:"不就一句玩笑吗?身体都能相容,还容不下一句玩笑?"

张洁拿住叶飞手中的手纸盒,抽了几张擦擦脸,仰起头看着叶飞。看着,看着,潮红的双眼突然有了笑容,叶飞见转晴了,也笑了笑,张洁张开双臂抱住他,嘴唇亲了亲叶飞的耳垂,喃喃地说:"不允许你再说此类的话……"

4. 苍狗白云

不知不觉,原本还挂着叶的树枝秃了,又挂满破塑料袋,不歇口气的风从西北赶来,似要吹走大家的寂寞,吹走秋天的残枝败叶。整个沙洲的天灰

蒙蒙的，像蒙了一层旧抹布。

黄浩讨厌的就是这种风，他的着装不再笔挺了，头发也不再有形状了，起床就扣上一顶帽子。郑总领他和几位专家去农场考察，他皱着眉头，心里不停地恨叶飞。

郑总经过仔细的考察论证，决定收购农场。胡红国四方游说国有资产流失，极力阻拦李刚出卖农场，但李刚开发农场时就将农场注册为私营企业。加上沙洲开放，吸引外资的政策，胡红国只有睁睛干哈气的份儿。沙洲太需要外资了，郑总的一句你发展，我发财的话，扫清了所有的障碍。

前德的死，令胡红国的如意算盘落空，现李刚又卖出了农场，恼得他大动肝火，天天领着审计上一帮人来公司查账，妄图找到机会，以雪羞恼。

正是上班的时间，陆陆续续进入的人互相淡漠地点头打打招呼进入各自的巢穴。邱月去上海探亲，叶飞上班感觉如同嚼蜡。其实办公室所有的人都侧着耳朵，倾听二楼李总办公室里胡红国的声音。

前德生命的终结，给胡红国心里灌满了凉水。他没想到，苦苦企盼的结果只剩一个开始发瘪的皮包，李刚早对他的此举看得明明白白。昌盛公司有今天的业绩倾注了李刚所有的心血，而农场又是公司依托的基石，卖它犹如卖自己的儿女，没有彻头彻尾的思考李刚能出手吗？

叶飞曾问李刚为什么要卖，李刚说："卖，也是一种痛定，农业的第一次创业已到了尽头，要产出必须要有投入。粗放的，广种薄收已难适应日益渐盛的时代。中国已解决了13亿人口的吃饭问题，粮食不再是农业的主流。照此下去，农场的前景是十分惨淡的。"

叶飞又问台湾人为什么要收购呢，李刚说："农业，必须要经过第二次创业，必须走产业经营道路，必须把产前、产中、产后三个环节整合成一个农工商和贸工农一体化的组织经营模式。昌盛公司在，农场以此形式发展下去，仍大有可为，可有人不允许啊。"

"台湾人收购农场作为原料基地，这种操作模式是今后农业发展的必由之路。郑总有很强实力的加工企业，收购了农场作为基地，就可减少流通上的耗费，降低成本，以增强成品的竞争力。市场经济其实就是资本经营。胡红国骂我是卖国贼，他懂什么，他只懂享乐，他只想把昌盛公司占为己有，作为自己不合理开支的退水沟。我能交给他吗？"

黑瓜子并没有因前德的晦气而让人尝出腥味，它一如既往地按市场规律一个劲儿地上升。人们喜悦地数着手中的钞票，留下个对生命惋惜的感叹后，又该干什么干什么去了。

胡红国为前德举行了一个追悼会，并亲自致悼词历数前德的种种伟绩，痛斥歹徒的种种残暴。

叶飞本不想参加，确切地说他不想再忆起那血淋淋的一幕，可胡红国不依，他指名道姓让叶飞参加并要历数歹徒的暴行，以慰前德天灵。胡红国说得很是悲壮。叶飞却在胡红国还没致完悼词时溜了出来，回到家中，拉开被子，倒头大睡。他心里有点沉，没法抹除刻在脑中前德的面孔。

天渐渐沉了，叶母叫起叶飞，叶飞扒着干粒粒的米饭，很没胃口地艰难吃下一碗，又倒头去睡了。母亲虽不知道儿子的事，但儿子大了，追问只能自讨没趣。母亲七猜八想地吃完饭，便轻手轻脚地收拾碗筷。

门铃响了，叶母擦擦手去开门，叶飞听见母亲说："邱月来了。"母亲的声音挺高，充满喜悦。叶飞知道母亲的声音是给他一个信息，叶飞的心不禁慌了起来。

"阿姨，飞子在吗？"邱月低着头，不敢拿眼看叶飞的母亲。

母亲从上海打来电话，让邱月来上海，邱月一直举棋不定。母亲是上海知青，上山下乡来到沙洲，和父亲成婚，并生了邱月和一个弟弟。知识青年回城热潮使邱月的母亲犹豫了近十年，最终还是禁不住大城市的诱惑，终于和父亲离了婚，带着弟弟邱洁回到了上海。

人到中年，感情虽旧却醇。虽说离了婚，但那是为了回上海，父母间的感情仍是依旧。每年春节，不是父亲带着邱月到上海，就是母亲带着邱洁回沙洲团聚。一家人一南一北，很是费力、费感情。一家人都在等待父亲退休，商定父亲退休后一同去上海生活。

母亲在上海找着空，先让邱月搬到上海。邱月接到电话后，想起最近发生的事，就回了趟上海。

母亲在一家外企为邱月找了份工作，并带邱月去面试，双方感觉都很满意。回来的晚上，邱月对母亲讲了叶飞，讲了她和叶飞的关系，母亲没有说话。

邱月最终还是放不下叶飞，决定回到沙洲。临行前，母亲说："作为母亲，我希望你能来上海，但作为母亲，我不可能和你过一辈子，你大了，对自己的事有自己的选择。母亲这一生，你也看到了，你应该深有体会。"

邱月知道母亲不希望自己重复她的路，她别过脸生怕让母亲看见她潮乎乎的红眼圈，但她知道，自己也怕看见母亲潮乎乎的红眼圈，心被一团似棉花的东西堵住。

回到沙洲，她第一件事便是给张洁打电话，张洁听完她略带哭泣的询问，咯咯地笑着说："邱月你多疑了，我和飞子只不过是一对文友，你放心地爱，大胆地爱吧。这么棒的男孩，如果你不要，我可要准备上了。"

放下电话，邱月便来找叶飞，她去公司，公司没人，听说去参加前德的追悼会，赶去，仍没见人，便折回家来找。

邱月脚步又停在楼下，太阳渐红渐斜地夹在楼窗之间，她仿佛看见自己的身影置身于向往的玻璃窗内，扎着围裙，洗菜做饭，像个家庭主妇，有板有眼地摆弄着。她仿佛又看到了那张慈祥的脸，她一拿起擦布，叶母就会三步并作两步赶过来，拉住她说道："我来，我来。"邱月的心涌起一股暖意，这暖意支撑着她踏上楼梯，敲响了门。

邱月低着头进来，叶母关好门，对邱月说："邱月，你先坐，我去叫他。"

叶飞听见她俩的对话，听见越来越近的脚步声，将被子一把拉过头，假装入睡。母亲进来叫他不醒，只好出来对邱月不好意思地笑笑，邱月说："伯母，我进去看看他。"说完，走进叶飞的卧室，看见叶飞蒙头知道他醒着，就静静地坐在床头。

叶母端杯水进来让邱月喝，邱月接过茶杯，放在床头柜上。叶飞听见母亲有点慌乱的念叨。

"刚才还醒着呢，忙忙的就睡着了……"

叶母递给邱月茶杯后，看着儿子死沉，很是不自在，由不得上前推了推叶飞的身子，小声地喊着叶飞的名字。叶飞仍旧装睡，叶母将被子朝下拉了拉，拉出叶飞紧闭双眼的脑袋，又推了推叶飞说："飞子，邱月来看你啦。"

叶飞仍没动。

叶母有点不好意思地对邱月说："你看这孩子，睡得这么沉。"

邱月不想让叶母再难堪,说:"阿姨,没事,让他睡吧,我只看看他。"

"这孩子……那你先坐一会儿。"叶母有点语无伦次,说完,出了房间,悄悄关了门。

叶飞觉得装下去,也不是个办法,就翻了个身,先张大嘴,假打了个哈欠,似没睡醒般地用手揉揉眼睛,这才睁开眼,装作吃惊的样子对邱月打了声招呼。

邱月说:"我还以为你不醒了呢!"

有点不自在,叶飞避过头。

叶飞吐出的烟雾弥漫在整个房间,邱月一直盯着叶飞,叶飞看她一眼却赶忙转移。

沉默了好长时间,邱月伸出手按住叶飞取烟的手,眼睛有道光,两人目光相碰,叶飞无法躲,邱月突然说:"飞子,我知道你的心思,我不管别人怎样爱我,我有我的选择,爱人的权利,懂得爱谁不爱谁,我只问你一句,你爱不爱我?"

叶飞有点懵了,他有点不认识邱月,面前的邱月好像不是记忆中的邱月,一时不知该说什么好。

"飞子,从你到公司的第一天,你就在我心中留下了爱的种子,你去福江,我感觉整个沙洲都是空的……"

邱月越说越激动,她摇着叶飞的胳膊,有点声嘶力竭:"爱我就这么难吗?飞子,我知道你是爱我的,你说话呀!飞子,我们之间的爱需要别人的同意吗?你只一个人沉浸在自己的世界里,你不敢追求自己的爱,也不敢接受我的爱。虎子已跟我讲清楚了,他对你就真那么重要吗?你说话呀……飞子!"

叶飞嘴里一个词也没有,脑子乱糟糟的,他抽出手默默地点根烟,有点儿慌乱地望着绘成各种形式的烟雾。

邱月愣愣地望着叶飞,期待他能表个态,或者做上一个动作。但叶飞确实不知该怎样开口,满腔的潮水几次差点涌出心口说出那一个"爱"字,但……这么转念一想,便什么都没有说。

叶母在门外一直听着室内的声音,听着听着心头就起了火。她推开门,

邱月扭头看了叶母一眼,哇地哭出声来,扭头跑了出去。

叶母赶紧转身,邱月已拉开门,跑下楼梯消失在拐弯处。

叶母没赶上邱月,转回来指着叶飞骂:"多好的姑娘,你去了福江,她天天来看我,帮我做饭,还帮我洗衣服……文文静静的,多好的姑娘,你想嫦娥,她跟你吗?真是气死我了,你啥时把我气死你就心甘了……"

叶飞没法跟母亲说,又拉起被子蒙在头上。

第十二章　毒品就是人生的单程车票

1. 尴尬站台

黄浩要回去了。

黄浩执意回去，短短的一个月他说沙洲给他最大的感受是倒霉透顶，他受不了这风，这沙，这干旱和夜生活不丰富的环境。

艰苦的环境已起不到锻炼人的作用，相反更刺激了他对钱的深深理解。南北方的生活本就属两个世界。南方早已腾飞，西北仍处在原始积累期。叶飞他们也尽了力所能及的地主之谊，但无法满足他向往的千元吃个饭，百元泡个澡，十元修个脚的生活。郑总是来挣钱的，自然要洒进心血，可黄浩受不了，和郑总吵了架，回到沙洲，先和石磊混了两天，石磊也爱答理不答理的，他又去了虎子的"红磨坊"。

刚到"红磨坊"，黄浩给虎子讲了南方酒吧歌厅的经营理念，唤起了虎子别样的目光，虎子热情地收留了他。他按黄浩所指，开设桑拿、润足等服务项目，带来了不错的效益。但黄浩的个人爱好又把"红磨坊"搅得天翻地覆，令虎子点起兵来捉襟见肘，两人开始有了裂缝，并日渐升级，终于，他俩吵了一架。

黄浩觉得再待下去也没多大意思，便跑来告诉叶飞打算回深圳，叶飞知道他和虎子吵翻了，看黄浩去意已决，也就依了他。

虎子仍生黄浩的气，但见黄浩真的要走心还是软了。人搅在一块儿的时

候各样的摩擦都会引起成见，可一旦分别，又是海角天涯，生死茫茫，虎子提出，设宴为黄浩送行。

虎子给石磊打了电话，言黄浩要回深圳，大家一起聚一聚。石磊告诉虎子他脱不开身，虎子有点儿不快，说战友们都来，一则为黄浩送行，二则也是为了聚聚。石磊说他实在没空，虎子再没说什么，挂了电话。

虎子有点生气，电话铃又响起，他拿起话筒，是石磊打来的，石磊说怎么玩都可以，只要高兴就好，单由他来埋，并再次表示歉意。虎子说，算了，我们聚得起，也能埋得起这个单。

沙洲城的战友中，除了石磊和不知死活的民子外，都相聚在了沙都酒吧，大家要了酒，每个人都端起手中的杯子，耳边尽是乱糟糟的声音。叶飞用眼睛溜了一圈在座的各位战友，说："好久没如此了，可就是人越聚越少，酒越聚越淡。真不知再过几年，还有谁让心犯酸。都怎么了，短短几年，为了钱，为了女人，这个时候都不给面子，难道我叶飞混到这个份上了吗？"

虎子见叶飞伤情了，怕扫了气氛，赶忙拿起酒杯对大伙儿说："他爱来不来，有他没他一个样儿，我们祝黄浩一路顺风，干杯！"

"干杯！"每个人都举起杯子，碰在一起，清脆的响声伴着喊叫，每个人都喝尽了杯中的酒。叶飞想起了种种心酸，他第一个醉了，醉得很是厉害。

第二天黄浩要走了，战友们都来送黄浩上车。可在熙熙攘攘的月台上，黄浩又对沙洲指点点点，诅咒沙洲带给他人生的痛苦。虎子起初还耐着性子安慰他，慢慢渐渐也烦了，他瞪了黄浩一眼，手指着说："你孩儿嚷什么嚷？咋了，沙洲就这个样，你他妈的不想看就滚，你白鸽笑黑猪？要不是当初我们救了你一命，你他妈的早去了另一个世界了……"

虎子骂得有点难听，虎子骂完转身走了。黄浩自知失言，张张嘴想分辩却不敢再吱声，叶飞没想事会闹成这样，他喝住虎子，并安慰似的拍拍黄浩的肩，在场的人都想起曾经发生过的一幕……

部队有句话说养兵千日，用兵一时，而叶飞他们防暴队的性质却是养兵千日，用兵千日，一点儿也不空闲，说不准什么时候警铃就会在你毫无准备的情况下刺耳地响起。警铃响起后不超过五分钟，全队官兵全副武装站在摩托车旁，大胡子队长简单地讲明情况，布置了各自的方位和任务，手一挥，警笛声随着呼啸的车响彻在大街上。

东海在巡逻时,突然听到一女高音呼喊救命的声音,匆忙赶去,只看见一辆黑色的小轿车驶入喧嚣的闹市里。东海驾着摩托车追,旁坐的少波用对讲机向总台汇报。那时,还没设110报警台,对讲机只能呼支队,由支队总台再转市局指挥中心。不花钱的自然赶不上花钱的,小轿车左转右拐就没了影,东海只能恼气地给了破车一脚。

一切便又恢复正常。

官兵迅速到达各自的位置,耐心地等待大胡子和刑警们分析情况,可发生的一切太突然,太短暂,以致没人知道是怎么回事。夜依旧,月亮高高挂在灯火通明的城市上空。

直到第二天下午,才接到一个电话。

打电话的叫赵华,是一家挺有实力的私营公司老板,大胡子领叶飞、黄浩和东海找到赵华的家,赵华如见爷般的扑通一声跪倒在地板上,双手抱拳,连连地说:"求求你们,求求你们救救我的儿子和老婆,花多少钱也中……"

大胡子拉他起来,几个人坐定,从赵华急切、语无伦次、断断续续不断补充的话语中,大胡子了解了事情的真相。

前天下午,赵华八岁的儿子赵明放学回来打了个招呼便溜出去玩耍了,当他妻子烧好饭左呼右喊不见儿子的影时,便急忙把丈夫招来,两人找遍了大街小巷也没找到,只好回到家中。就在万般焦急中,电话铃响了。

赵华急忙抓起电话,传来一个男人的声音:"听着,你儿子在我们手里。"声音听起来很低但鼻音很重。

"你是谁?我儿子在哪儿?"赵华急切地问。

"我是谁并不重要,重要的是你儿子值十万块钱!听着,准备好十万块钱赎你儿子平安,你要是敢报警要花招,就去伊河找鱼神要你儿子吧。"

"我不信,让我儿子讲话。"

话筒里一阵喝叫,赵华听到了儿子熟悉的哭喊声,他急忙呼叫儿子的名字,对方却把电话挂了。站在一旁的妻子瞬间傻了,突然又疯魔般地扑向电话歇斯底里地叫着儿子……

晚上，赵华拨通了报警电话，可对方问他时，他却将电话挂了，他怕报警了儿子就永远回不来了。

"只有给他们钱！"

第二天一大早，赵华四处凑钱，他提着十万块人民币魂不守舍地回到家中。家里的电话铃又响了，又是那个声音："听着，算你开窍，你表现得很好。今晚十点，在王城公园门口，有一辆黑色轿车，把钱直接送到车上换你儿子。听着，你老实待在家里，千万别耍什么花招，我们自有人盯着你，让你老婆来送钱。"

救儿子心切的他们已顾不得许多，可当他老婆提着十万块人民币去王城公园门口，却让那帮人连人带钱也扣押了起来，又加码二十万块钱让赵华赎儿子和老婆。

赵华没招了，如热锅上的蚂蚁在客厅里来回走动，想到歹徒贪得无厌不守信用，他下决心向防暴队求救。

大胡子听完赵华颠三倒四的叙述后，说："这是一起性质极为恶劣的绑架案，这伙歹徒，很可能是一个长期作案的团伙，有着丰富的经验、先进的设备和周密的组织计划。"他安慰了赵华一下，让叶飞和东海守在赵华家里，以观事态发展，他回去同市局干警研究方案。

大胡子队长走后不久，赵华家的电话又急切地叫起来。叶飞示意赵华去接，并对他说对方的要求一概答应。

赵华战战兢兢地拿起电话，对方又告诉他今晚十点继续在王城公园门口等钱送来。

叶飞立马向大胡子汇报，大胡子在电话里让叶飞和东海继续待命。

大胡子和刑警队的干警赶到赵华家时已是晚上八点多了，所剩的时间没有多少，简单地对赵华作了安排后，大家散开按制订的方案各自进入位置。

叶飞领着虎子、石磊、黄浩他们几个换好便衣，准时到达王城公园门口，找了个台球桌若无其事地玩了起来。

王城公园是古都有名的纳凉处，这里来来往往，进进出出的人很多，歹徒选在此处绑票，也足显经验老到，叶飞想着，眼睛开始四处搜索。

时间在等待中一分一秒地过去,可目标仍没出现。晚十点,一辆黑色尼桑轿车从大街上转悠过来,在王城公园门口没有停,而是转个圈,突然加速消失在车流中。

它这么一转,虽有可疑,但也没确定就是目标。全体参战人员等到夜静人散,晨曦微露,等了一场空。空气急速升温,谁也不得不承认面对的是一帮高智商的家伙。歹徒终于又打来电话,告知赵华,如再和公安搅在一起,收到的只能是两具尸体。并说交钱的时间和地点要等另行通知。

原来,赵华的一举一动都在歹徒的监视之中,干警们进出赵华的家都被歹徒瞧得清清楚楚,歹徒告诉赵华,他们犯不着为二十万丢了宝贵的生命,而他们一不高兴就会让赵华,人财两空,清明节有个坟上。

赵华被吓呆了,他拒绝和干警合作,大胡子听完用拳狠狠地砸翻了桌上的茶杯,像头关在笼中的雄狮。但天职使他强压怒火,换上便装,和叶飞去做赵华的工作。

赵华终于被大胡子说通,而双方联系的方式只能依靠对讲机,大胡子给赵华留下一只,大家恨这伙歹徒却又被这伙歹徒戏弄得兴奋了起来,个个摩拳擦掌,整个大队决心好好斗斗这帮杂种。

整个世界都在等待,四周静悄悄的没什么异常,但每个人的心跳,都清晰地敲在耳鼓上。

歹徒终于打来电话,要赵华先去百货大楼买一只正方形的棕色皮箱,装好二十万,再上旋宫大厦门口等待。

歹徒新确定的接头地点是古都最繁华的地段。旋宫大厦地处市中心大什子,满街都是人。对他们得手迅速撤退有着天时、地利、人和的优势。

歹徒虽没确定时间,但至少给干警指定了战斗的地点。叶飞领着虎子、石磊、黄浩不紧不慢、不远不近地跟在手提二十万假钞的赵华的后面,用眼睛仔细地搜索人群中的异常。

时间仍然过得很慢,慢得让人有点放松,但就在这时,人群中出现了三个手提着和赵华相同棕色皮箱的青年朝赵华靠去。

一个个儿不太高,穿衬衣系领带模样很普通的家伙突然靠近赵华,叶飞发现他对赵华说了几句,赵华手中的皮箱落在地上,双手抓住对方的衣领不

187

停地嚷嚷。对方用手甩开赵华,转身就走,旁边突然又出现一个人,提起赵华落在地上的皮箱,向东走去。

大街上,同时出现四个人提着同样的皮箱朝四个不同的方向疾走,每个人的着装都一样,叶飞正分辨着,看见赵华朝对面的邮电大楼狂奔。大胡子也看到了这幕,他迅速赶来,让石磊和其他几个人追手提皮箱的家伙。他领着叶飞、虎子、黄浩向赵华追去。

一切发生得太突然了,原定的围捕方案完全被打乱了。由于人质还没着落,一切只能见机行事了。

大胡子领着叶飞边盯着赵华,边躲闪过往的车辆,迅速跑到路旁的一棵大梧桐树下。仍是那辆黑色尼桑轿车停在路边,大胡子给叶飞一个眼神,叶飞领着虎子和黄浩迅速朝前,叶飞伸手打开裤袋中手枪的保险,感觉浑身发烫。

赵华刚挨着轿车,车门突然打开,摔下来捂着大口罩的大人和小孩。同时,尼桑车忽地启动。清脆的一声枪响,大胡子准确地击穿了尼桑车的后胎,刹那间,大街上行人尖叫,四下散开。守在马路旁的警车拉响警笛,叶飞听到枪响,也端枪瞄准准备射击,他一枪打碎了轿车的挡风玻璃,尼桑车左晃右晃地挣扎朝前,虎子的枪也响了,只听一声惨叫,虎子十分准确地击毙了司机,尼桑车突然掉头朝黄浩撞去,黄浩双手举枪,好像没看见朝他开来的轿车,一动不动。情急之中,叶飞大喊了一声一个飞扑将黄浩摔了过去,尼桑车咣的一声撞在广告栏上。此时,车内的枪声仍没断,叶飞看见大胡子从后面赶来,趁势一滚,滚在粗大的树杆旁。

一切都静下来后,大伙才发现黄浩双手握枪仍趴在地上哆嗦,大胡子瞪了他一眼,骂了句:"熊蛋。"理也没理他扭头就走了。叶飞提起黄浩,发现他手中的枪保险还没打开……

黄浩无言地看着叶飞,这事在他心里已很遥远了,要不是虎子提醒,他还真没机会想起。

旅客开始登车,叶飞上去帮黄浩放好行李,两人相互拥抱了一下,列车咣嘟动了一下,叶飞的心也咣嘟了一下。他用凉凉的眼看着黄浩,黄浩也动了情,忍不住说:"跟我去深圳吧!"叶飞笑了笑给了黄浩一拳,说:"一路顺风。

到家来个电话,虎子一直就这个脾气,别往心里装。"黄浩说:"没有,拉了多年的驴,还不知道缰绳的长短?"叶飞笑了,说:"能理解就好,走吧!"叶飞挥着手退到车门,赶忙跳下,看见黄浩伸出窗外的摆动的手越来越远。

沙洲是个地道的田园都市,没有过分的大红大紫。沙洲是恬静、幽静且古老的,沙洲自古就以"通一线于广漠,控五郡之咽喉"的重要位置而闻名于世。它有悠久的历史、灿烂的文化,历史的长河曾在这里抛撒过最晶亮的珍珠。史书说它为河西都会,襟带西蕃,葱右诸国,商旅往来,无有停绝。张骞出使西域开通"丝绸之路"后,沙洲成为中西方交流的重要驿站和商埠。悠久的历史,为沙洲留存了丰富的文化古迹;西部独特的地理环境,造就了它绮丽的自然风光。过惯了纸醉金迷生活的黄浩,没有丝毫文化底蕴的黄浩,体味不到河西走廊遒劲的雄风,文化古城的肃杀悠远,体味不到沙洲城的成熟与丰满,也就感觉不到沙洲历史文化积淀出的飘逸气质。叶飞目送列车远去,在心里叹了一声,默默地走出了车站。

2. 公司换了主人

时间转到了十二月,无雪的天,冷得清脆,冷得火辣。李刚承包昌盛公司的期限进入了倒计时阶段,叶飞看见李刚刚毅的双目中日渐聚起疲惫,挂着淡淡的凄惨。胡红国让他把沙漠王开出来去趟市委,康师傅看了看李刚,李刚默默地点了点头。

康师傅慢腾腾地打开车库门,上了车气哼哼地把车开出来,猛停在楼前,水泥地上留下一道足有五六米的刹车印……

胡红国上了车狠狠地瞪了康师傅一眼。康师傅却没理他,猛一踩油门,车如飞一般,给了胡红国一个前扑后仰……

叶飞透过玻璃看着这一幕,有点开心地对邱月说:"好玩。"邱月也看到了,她说:"咱胡局长亏是个局长,要是做了主席,13亿人民都得受罪。"

叶飞最终摆平了几个人之间的关系。他特意安排了张洁和邱月、虎子见面的饭局。

　　刚开始每个人都小心翼翼地等待，张洁一到大厅，便大呼小叫地说抱歉，说来迟了该罚，说完端起酒自罚了四杯，场面顿时活了起来。张洁看了一眼邱月，故作吃惊地说："哟，这位小姐好靓啊！飞子，你不介绍介绍吗？""这位是邱月。"叶飞说。张洁又叹了一声，说："这模样就够气嫦娥的了，名字也让人心动。"邱月的脸顿时通红。

　　张洁叫了菜，她吃得很投入，吃得众人都把她当做疯子。邱月一直看着她活泼的脸，那脸很是细嫩，一对丹凤眼扑闪着音乐的符号。张洁注意到了邱月的眼神，她说："我给大家讲个故事，干吗愣坐着，又不是相亲。"说完，看着邱月，邱月知道张洁意思，虽没吱声，但心里也明朗起来。张洁拿起纸巾轻轻擦擦嘴说："'文化大革命'时，A、B角逐领导之位，争斗激烈，A获胜，却不忘给B设置个障碍，遂调B为秘书，终日唤唤斥斥，B几次反抗，都遭镇压，A愈加得意，自诩'驯鹰高手'。一日，上级召开紧急会议。A有急事脱不开身，遂让B代往。B返回时，恰A主持开会，令B汇报上级指示。B脸色严肃，郑重汇报道：'林彪死了……'大伙儿一阵紧张，正要往下听，B称尿急，请领导先作指示，便匆匆上了厕所，A素以步步紧跟为能，沉痛表示'要坚决继承林副主席伟大意志'云云，B旋即出厕，讲出真相，振臂高呼：'打倒A。'A倒台，叹曰'驯鹰能手，反被鹰驯。'"

　　张洁说完，虎子只觉A得意忘形，叶飞和邱月都听懂了旁意，都没吭声。张洁笑了笑说："我出个谜语大家猜猜。"虎子立即让他讲，张洁自个儿先笑了笑说："新婚之夜，打四位梁山好汉！"说完看了叶飞一眼，叶飞从她脸上已读出了谜底。虎子仍摇晃脑沉思，邱月心里也在猜，张洁见没人猜出，咯咯笑着说："小旋风柴进，赤发鬼刘唐，呼保义宋江，立地太岁阮小二。他们的外号加姓号不就是新婚之夜的过程吗？"大家全明白了，邱月察觉张洁看着她，赶忙低下通红的脸。

　　这天下午，天飘了几朵小雪，而后恢复了一贯的阴沉，李刚找到叶飞，让叶飞陪他去公司里转转。

　　叶飞知道李刚的心情，又没法安慰，只是默默地跟着李刚也用一种难以说清的眼光打量公司的一草一木。

　　他们先去后面场子转了一圈，库房里已空空，只剩下几片破旧的包装袋,李刚打开门,咣啷了一声,一丝微亮闪进,传出老鼠四下逃窜的吱叫声。

李刚叹了一声,又锁好门。两人来到楼前,花坛中只有松柏还维持青翠样,其他的树树叶都谢了,白光光的没一点儿生机。四个边角不知什么时间积聚起一堆残枝败叶。三层的办公楼在阴风中显得有些陈旧,蜜黄外衣已被岁月剥了颜色,仿佛在诉说一个时代的转换。叶飞看李刚双手抱在胸前,眼睛一眨不眨地注视着这一切。仿佛在极力搜寻它最初的模样。

"十五年啦!"李刚站了好长时间才叹了口气。

叶飞也有些伤感,但又不知该怎样给李刚以安慰,只陪着站了很长时间,身子里外一股冷飕飕的寒意钻进来,又透出去。

李刚如座雕像。叶飞说:"李总,你也别太难过了,人生就是这样,我们会去看你的。"

"小叶,你不懂,我是不忍将公司交给胡红国,我是不忍心看着自己十几年养大的儿子被胡红国像卸胳膊腿那样一块块地卸掉。"

两人又站了一会儿,李刚说"回去吧"。风扫着树枝发出干巴巴的响声。走到楼门前,李刚突然问:"小叶,对今后你有什么打算?"

叶飞不禁一愣,停住了脚步,看着李刚,张大了嘴。对以后怎么办,叶飞不是没有想过,但这样那样的阻力横在面前,让他的心无法踏实。李刚突然一问,他还真不知该怎么对他说。

李刚见叶飞没有回答,他看了叶飞一眼,两人推开楼门,李刚又站住了,说:"小叶,整个社会形势摆在我们面前,生在这个时代,就无法逃避。我老了,一辈子虽说没有什么惊天地的故事,混个日子还是混得下去的!可你呢,今后的路还很长,自个儿要早作准备。公司交给胡红国,没几天就会垮的,公司垮了受害的还是你们,他好模好样的。中国企业最大的弊病就是政企不分,官商不分,行政指令干扰正常的生意往来。一个企业各成员之间没有平等性,就会产生冲突,这种冲突会造成信息交流的封闭,给决策带来失误。你看着,胡红国会把公司占为私有,公司会成为他吃喝玩乐的屏障,成为他逃避审计的天然森林。所以说,此处已不是久留之地,你要作好准备。"

李刚看了看叶飞,接着说:"当前经济形势很好,而国家却面临着多年来积累下的矛盾。社会发展的不同时期有它不同的矛盾,下乡、下海、下岗,虽

不合乎民愿,但都是社会发展的不同时期解决不同矛盾的唯一办法。我们这些小人物,只有适应这个社会,在这社会中找准自己的位置,才能找到立世之本。"

李刚说完深情地看着叶飞,叶飞发现他布满血丝的眼睛仍锐光逼人,透出凛然的气势,心不由振了一下。

叶飞的心几天来都在沉思中,他对邱月说了李刚给他说的一席话。邱月想了想,说:"还是去上海吧!"这一句倒把叶飞问住了。叶飞曾对这个问题权衡再三,一直回避着。说叶飞没心动是假的,人要走高处,水往低处流。这是天性,每个人骨子里都有。人类的发展史就是一部生物进化史,强者生存,物竞天择。现在处在这样一种体制下,自己没势力,没文凭,官本位的路子是彻底的厚厚的一堵城墙。可当他轻描淡写地把决定告诉母亲时,母亲却哭了,母亲哭着说:"你们都飞了,留我一个老婆子咋办?我真把你们一个个都白养了。"

这话一下噎住了叶飞,现实不得不让他有所谨慎。他清楚自己首先是个儿子,而后才是自己。父亲走了,母亲的生活本就孤独,自己这么一说,无疑是在母亲的伤口上撒盐。所以这事就这么沉默下来,叶飞对邱月说:"我不能娶了媳妇忘了娘,否则,我的一生都不会快乐。"邱月理解叶飞的决定。

叶飞觉得自己赤条条地来到这个世界,朝东朝西有根绳子,朝南朝北又套了个套子,拉不能拉断,挣不能挣脱。邱月说:"信一次迷信吧。"叶飞想起民子,摇摇头。邱月说:"世界万物无不有其规律,迷信也如此,咱不全信,但也不能不信。"说完拉叶飞来到车站,找了位鹤发童颜的老者,老者看了看叶飞的手问了生辰八字,故作玄乎地晃着头说:"此命不须劳碌过平生,独自成家福不轻,前受风露后受福,任君行去百般成,此命为人品性刚直,做事公开,心宜少毒不凌人亏有义气,亲兄弟不能得力、祖业无靠、兄弟欠情、白手成家立业,未运多驳杂不能聚财,好得一双挣钱手没有一只聚钱斗,此命如蜘蛛结网局是朝圆夜不圆,做了几番败几番,初限二十六七犹如明月被云侵,劳碌奔波不得志,三十外来恰似日月又东升,枯木逢春单枪升贵,忌瞻前顾后,优柔寡断。"

叶飞听得有些玄乎,让老者为邱月一测,老者接过邱月的手,看了看,又让邱月伸出双手,老者翻左手,又看看右手:"一双好手,细长不失柔厚。"说完问了邱月的生辰八字,又开始摇头晃脑:"此命推来富不轻,少年时有婢差生,从来富贵人钦敬,老来自有财运星,此命为人品性做事勤俭,小人不定思中招怨,重义轻财财聚财散,无奈天定福如东海,入得厅堂下得厨房,只需平心游归四方,三十开外凄愁惨淡,金菊逢秋花可傲冬,生就一双聚钱手,夫妻百年同归天庭。"

老者说完,特意看了看叶飞的天庭说:"此庭饱满,藏有玄机,只待耐心,便归沧海。"

叶飞摸摸额头,疑惑地看了看老者,老者轻捋白须,一副塞外仙人的姿态。邱月付了钱,两人告别了老者,挽着离开,两人的眼光不自觉地对在一起,叶飞用手搂了搂邱月,说:"看来,我得归你才能富贵。"邱月有点得意,多情地笑了,身子偎在叶飞怀中。叶飞想老者的话觉得玄,扭头又看,老者却了无踪影。忙对邱月说。邱月不信,两人回到原地,却怎么也找不到鹤发白须的老者。

3. 吸毒的云云回来了

烟枪一支,未闻炮声震天,打得妻子离散,锡纸半张,不见火光冲天,烧尽田地廊房。毒啊!世上怎么会有你这样的人。沙洲的戒毒所设在最西北的红柳湾里,也许是建设者有意让它和公墓为伴,以告诫人们它也是生命的另一种终结。

林子匆匆找到飞子,林子说昨晚的一次行动中,警方捣毁了依靠卖淫吸毒的娘子军,收容审查时他忽然发现云云也在其中。

叶飞呆了,林子的消息无疑是声炸雷,林子看着他说:"去看看吧,我们找到了她爸爸,她爸爸喝得像摊泥,大骂没有云云这个女儿,并把我们赶了出来。"

"挺惨的。"林子接着说,"飞子,现在她最亲的人也只有你了,去看看吧!不管怎样的结果,但彼此都曾经拥有过。"

两人来到"红磨坊",虎子给了叶飞车钥匙,说:"我就不去了,等会儿,得招待各路诸侯,改天我再去看她吧!"

黄金色的沙丘似波浪般一直滚向天际,空荡荡的如死一样沉寂,偶尔闪过簇簇谢了绿叶的红柳在风中微微摆弄,也只有它才显示出这苍茫之中也可以拥有生命。

叶飞一言不发,全身的劲儿都用在了右脚上,吉普车扬起层层沙尘,没多时,就到了戒毒所。叶飞一脚刹车,吉普车一个大调头,林子的头差点摔出了挡风玻璃。

云云被隔离在一个单间,叶飞和林子推门进去,云云正静静地躺在小床上,林子轻声地对工作人员耳语了几句,白大褂的身影出了房间,房间死一样的寂静。

云云俏丽的脸已肌瘦苍黄。那个令许多男人为之心动的云云就是她吗?叶飞呆呆地看着,泪不知什么时候挂满脸庞。

隔壁房间突然传来嘶哑的喊叫,原本静静躺在床上的云云听到这声音忽地翻起身。她看见了叶飞,惊恐地睁大双眼,身子向床角缩去。叶飞的双手毫无知觉地扶住云云不停颤抖的双肩,云云不敢对视他的眼睛,就在突然间,云云抓住叶飞的手,连声说:"给我一点点,就给我一点点,让我干什么都行,给我一点点,快给我一点点……"

叶飞的惊呆被云云的疯狂惊醒,他使劲按住云云挣扎的身体,可云云就重复着一句话:"给我一点点,就给我一点点。让我干什么都行……"叶飞气恼地抽出手,朝她脸上给了一个巴掌,云云被打倒在床上,双手捂着脸看着叶飞,悲惨地放声大哭。

"云云,你怎么会变成这个样子?"叶飞痛苦地闭上双眼,他以为被抛弃的爱情只剩下伤痕,他以为缠绵的思念已成为远去的鸟鸣,他以为往日的恩怨已了却了,心已成了死的沙海。不想,深痛的泪水,云云的哭声宛如刀在割裂自己的心,他不知道心有多少条血口在流淌鲜血,只觉得身体不停地往下沉,沉到一个深不见底满是血的深渊。

林子叫来医生,给云云打了一针,云云渐渐安静下来。医生问叶飞和云云是什么关系,叶飞说是兄妹,医生说,现在病人情绪的稳定很重要,最需要亲人的理解和鼓励。

叶飞问云云的病情,拉住医生的手,说:"多让你们费心了,一定要想办法治好她。"

医生让他放心,说病人的毒瘾虽然很深,但仍有一丝希望,这需要时间。

云云被打了一针,渐渐沉睡,叶飞和林子默默地离开红柳湾。回到沙洲,叶飞送林子上了警队,林子说:"这几天你多去看看她,小芳工作上有点麻烦,我还得找个人帮帮忙,调个单位。"

"咋了,干得好好的,专业也对口,干吗换个单位?"叶飞有点不明白。

"哎,一言难尽,回头再给你细说。我先走了。"

李刚终于走了,康师傅也走了,胡红国派来张中任总经理,张中来公司的第二天,在沙洲设宴。叶飞请了假,没去,邱月也没去,两人去了戒毒所。回来的路上,邱月心情很复杂,她怕云云割去叶飞的一部分感情,同时,又觉得云云实在可怜。

过了几天,叶飞上班,发现公司里多了位职员,打扮得花枝招展,一进办公室便脱掉青色羊大衣,露出小背心下鼓鼓囊囊的曲线。叶飞一打听,才知是张中刚刚招聘的秘书,张中走到哪儿都带上她。

叶飞发现张中阔了,很有派头,大背头梳得溜光,衬衣雪白,西装笔挺,领带鲜艳,手常戴一双黑色的羊皮手套,张中没聘司机,自个儿开着"沙漠王"。

张中上任后一月,便和胡红国、小背心去深圳、珠海了。公司没什么业务,只有扑克甩甩,打发时间。叶飞依旧抽空去看云云,云云的情况有所好转,但邱月的心却被撕得生疼,爱情是自私的,叶飞问她去不去,邱月一个转身,一句话也没有。

云云满怀喜悦地等待叶飞的到来,叶飞说过今天会来看她的,她几次跑到门口,看到的只是漫漫黄沙。天依旧一种颜色,入冬的第一场雪终于飘下来。云云抖抖肩头的雪回到宿舍,独守一间宿舍,看着窗外枯叶散尽的枝杈在细雪中撑着一片凄凄的风景,偶尔其上停留一只灰色的麻雀,却又低低地掠过冷俏的树枝,去寻她向往的归宿。

看着,看着,云云在胸口胀积了许久的眼泪,终于流了出来。沉沉的暗夜

将至，这眼泪化作哀愁的号哭，她觉得心凄凄地发冷，看样子叶飞是不会来看她了，心这么想着，泪水又涌出来，痛苦、悔恨袭上心头："我有什么资格再企求他的恩赐……"

过去的一切如一场噩梦，自从喝进翔子的人头马，迷迷糊糊和翔子赤裸裸地躺在一起，她就感觉自己在沙洲的生命结束了。走吧，沙洲是没脸再待下去了，该守的没守住，不该跳的却跳了进去。她跟翔子提出带她离开沙洲，翔子答应了。来到省城，过了几天豪华奢侈的生活，吸了几支特制的香烟，张翔就渐渐没了踪影，而此时的她已离不开小小的锡纸，飘飘欲仙的感觉对一个血痕累累、独处异乡的人来说绝对是最大的解脱，她越陷越深，在卖粉的小店里，她结识了卖给她粉的青年，次次地吞云吐雾，飘走了口袋里的最后一分钱，也把她飘上忘了自己是谁的天空。

她飘到卖给她粉的青年的床上，她受不了，受不了全身的肌骨被千万只蚂蚁啃噬的痒痛，受不了涕泪涟涟、头晕眼花、似人非人的感觉。

渐渐地，她人生的目标就是怎么弄包白粉来度过难挨的长夜。她一次一次地跟陌生人上床，一次次地躲在墙角展开小小的锡纸……

云云这么想着，脑中突然间又回忆起满足后那四肢舒展，飘飘欲仙的感觉。这种渴望越来越强烈，她觉得自己掉入了滔滔大海，远处浮着一块木板，手极力地伸展，去抓那块木板，她使劲去抓，全身的力气都系在五指，心跳加快，手足不住地发冷颤抖，从骨缝深处生出一阵阵痒痒的无法承受的疼痛。云云使劲地撕着自己的头发，像是抓着那块木板，却怎么也漂不到岸，她从床上滚下来，滚到地上，苍白的脸痛苦而狰狞地扭曲着，她发出了尖叫，干吼。这声音惊醒了医生，他们匆匆冲出值班室，三个人按住云云，强行给她打了一针，慢慢地，云云安静了下来。

北风刮得古怪，一连几天，刮得高高的杨树喘不过气来。云云的心沉到了零点，当她得知自己吗啡中毒导致五脏俱坏，心反而有点平静。

肺部最先有了强烈的反应，她日夜不停地咳嗽，什么也不想吃，叶飞看着她虚弱得像木棍样的身体，没法不陪着她。叶飞的种种举动，由于其直接的或者潜在的性质，却加深了邱月的忧伤，她的心酸溜溜的，却没法跟叶飞闹。叶飞提出让她同去看云云，她心里很乱，总是借故推托。叶飞知道她的心思,但他又实在狠不下心置云云于不顾,云云已够惨的了,在某种因素上,云云走到今天这个地步,他不能说没有一点责任。云云的病情和她的痛苦,深深揪着他的心,以致他接到医院的电话,不假思索地就赶了去,忘了今晚是邱月的生日。

他赶到医院,云云因病情突发失去知觉已躺在急救室里整整一个下午,叶飞焦急地守候在门口。下午八点,急救室的门才打开,待云云恢复知觉已是晚十点多钟。云云睁开眼,看着疲惫的叶飞,眼泪不由自主地流下来,叶飞让她躺下,说手术后身体需安静,不要激动,云云却伸出双臂抱住叶飞,恰在这时,病房门推开了,邱月满脸是冰地站在门口,刹那间,邱月呆了。

忙碌了一天,满心充满甜蜜地等待叶飞为她来祝贺生日。等着等着,外面只有干吼的北风,她有点放心不下,她知道叶飞在守候云云,她只想问个明白,叶飞为什么不来。推开门,却看到她最不情愿看到的一幕。

邱月疯了般地跑下楼梯,她觉得整个世界都倾倒了,她听见了叶飞急促地喊着她的名字,她却一分钟也不想再见到他。跑回家,她关上门,背靠在门上,胸脯不停地抖动。叶飞在门外不停地敲门,低声地呼唤,叶飞的声音使她压抑了许久的泪水禁不住流了下来。

叶飞最终也没敲开门,对面人家探出脑袋,一双搜索的眼睛迫使他离开。

邱月听见叶飞渐去的脚步声,心里多么想打开门,跑下去,扑进那坚实的怀抱,与叶飞紧紧相拥,浑身却没一点力气。叶飞的脚步声牵得她心肠阵阵作痛。

4. 爱恨交织

叶飞去办公室请假,科长问了缘由,拿笔签上字后说:"怪了,你们两个今天是不是约定要去办好事,一上班都来请假。"叶飞没说什么,只是不好意思地笑笑。

邱月也请假,她为什么请假?叶飞的心不由得咯噔一下。昨晚,心煎熬了

197

一通夜。云云治病需要钱，医院早早送来了单子，让补交医疗费，偏在这个时候，邱月又跟他闹翻了。在生命和爱情之间，他已顾不了许多，把自己的积蓄都添进去，可仍有不小的缺口，他只得去求虎子。

虎子听他说完，不假思索地给了他5000元钱，说不够就来拿。叶飞有点感激，虎子说："咱们之间还用这么讲吗？为了救云云，我出点钱，又有什么？"

叶飞匆匆告别了虎子，赶到医院，云云问叶飞："她呢？"叶飞没有说什么，云云说："对不起，都是我连累了你。"说完看着叶飞因劳累而倍显疲惫憔悴的脸，眼泪又流了下来，叶飞说："你这是干什么，她早晚会理解的。"云云却收不住自己的眼泪，叶飞给了她手纸，她一把抓住叶飞的手，心里那个恨呀，都化作眼泪流了出来。面对如此感性的男孩，她知道自己已没有脸面再企求什么了，她后悔，脸随鼻翼的耸动，眼泪洗刷着心头的悔恨。

邱月回到自己的房间，她已被怀疑和疑虑弄得苦不堪言。她不怀疑叶飞对她的感情，但她却无法容忍叶飞对云云全身心的关怀，望着窗外，灰蒙蒙的天空，她感觉心如铅一样沉重。

她想起了云云没出现的日子，他俩每天都有太阳般的笑脸，以至父亲去上海探亲，她也没有同去，而是留下来陪叶飞，在自己的家里，她为叶飞过了一个很有意义的生日。邱月算着叶飞的生日，提出来在自己家里为他过生日，叶飞很高兴地答应了。

邱月独自一个人，哼着《为你而乐》的曲子，忙里忙外。她没让叶飞来帮忙，她给叶飞定了时间。等她忙得差不多，独坐在餐桌前心如蜜甜的时候，门铃响了。

叶飞看见整个房间被二十六支蜡烛幽幽地照亮，红红的温馨令他万分感动。他轻轻地吻了吻邱月的额头，邱月仰起脸，睁着又黑又大的眼睛，心房被幸福塞得暖融融的。叶飞看着邱月，如一个美丽的新娘，穿一袭无袖丝绸白裙，长长的头发挽成了一个发髻，邱月眼睛里媚波荡漾，牵引着自己的爱情马车。

蜡烛的火苗下，邱月亲自掌勺成就的道道佳肴散发出丝丝诱人的香味，两只透出红葡萄酒色的高脚杯各插一枝红红的玫瑰，邱月轻轻打开音响，克莱德曼的名曲环绕在幸福的角落。

叶飞幸福地享受着邱月为他精心准备的生日晚宴,呷下一小口葡萄酒,亲吻着玫瑰。邱月歪着头,天真写满她的脸,她让叶飞先许个愿,叶飞装模作样地双手合掌,邱月看他傻样,甜蜜地笑出声来。叶飞问她想不想知道自己许了什么愿,邱月的一双大眼充满期待。叶飞说:"我最大的心愿便是天天如此。""美得你!"邱月轻轻嗔了一句,白净的脸通红了,全身的血都在脸上写满了怀春,她慢慢地垂下长长睫毛,等待叶飞再一次惊心动魄的拥抱。

叶飞抱起她,一个旋转两人一同摔倒在地毯上,两人都笑了起来,邱月用舌尖轻拂叶飞的眼帘,轻声地说:"傻小子,你让我苦了很久,今晚我让你无处可逃。"

轻轻的一句话,唤起叶飞的冲动。他迅捷地转身抱着邱月,挣扎着站起来,抱进里屋,立刻雨点般的狂吻袭击着彼此。

邱月双手搂住叶飞,颜面朝红,微闭的双眼等待着叶飞进一步的动作。

而此时的叶飞如一头健壮的牛,他发现这是邱月的第一次,他以足够的耐心慢慢地苏醒着她原始的处女地……邱月一阵生痛,禁不住吸了一口气。叶飞用手轻轻地抚遍她全身,开发邱月原始的丰饶……

想到这些,邱月的脸突然潮红,在一阵微微的激动后,她的心又陷进冰的深层。她又想起云云拥抱叶飞的一幕,她不知如何形容自己复杂的心情。无疑,叶飞是伟大的,但他是自己的!她没法抹去心中对他独自的占有欲。

一连几天不见叶飞,邱月心里苦得很酸,她不顾女孩的自尊,去找叶飞。她去了叶飞的家,她去了医院,满个沙洲都没有叶飞的影子,她知道只有一个人能知道叶飞的行踪。但站在病房外,看见云云,她却不想进去。

叶飞去了省城。医生告诉他有种进口药,能缓解云云的疼痛,由于此药昂贵,沙洲各大医院都没有购进。叶飞问了药名,不假思索地就爬上了去省城的客车。看着云云日渐干枯的躯体,和云云疼痛难忍的样子,叶飞的心被搅着,他越来越觉得自己是罪人,有着逃不脱的责任。他每天的匆忙只有一个目的,就是希望云云能有所好转,从医生暗示的话语中,他敏感地知道云云的生命已到了尽头,他没法左右自己的心,他现在已顾不了邱月了。

这几天,他脑中常晃动云云儿时天真的笑容,他闭上眼,甜甜的"飞子哥"的声音塞满了整个空间。在五彩缤纷的世界里,能维系来去匆匆的人的

感情的,除了血缘关系,还有爱。从省城回来,他一遍遍地面对云云空洞的双眼,安慰她,说她一定会好的。云云从他暗淡的双眼中已经预感到她的生命不会长久,就牵着叶飞的手说:"飞子,你还恨我吗?"

叶飞轻轻摇了摇头,说:"不,我不恨你。要恨,也只能恨我自己。"

云云的眼里慢慢溢满了泪,说:"可我,却恨你,一直恨你,直到现在。"

叶飞问:"为什么?"

云云说:"因为我爱。"说完,眼泪已模糊了她的双眼。

叶飞的心里一颤,泪水也止不住涌出了眼眶。说:"原谅我吧,云云,是我没有保护好你。"

云云说:"不,你别说了,飞子哥,是我不好,是我对不起你。"

叶飞说:"你的病一定能治好,你别担心,我会想尽一切办法治好你的病的。"

云云点了点头说:"飞子哥,我有一个请求,你能答应我吗?"

叶飞说:"你说,我能。"

云云说:"你再抱一抱我,像从前一样。"

叶飞就轻轻地俯下身,把她揽在怀中。

过了很久,云云把他推了一下,勉强地笑着说:"你别管我了,飞子哥,我已经很知足了,去找邱月吧!"

云云的眼泪又流了出来,一阵急促的咳嗽,好不容易才平静下来,云云喘着气,拉住叶飞的手说:"我想最后看一眼我的爸爸,我对不起他,我伤害了他。"

叶飞让她先躺下,赶忙赶到云云家里,李建国正对着夕阳就着花生豆喝着老白干,叶飞说:"云云想见你。"李建国说他没有云云这个女儿。叶飞火了,掀翻了小桌,李建国双眼喷着酒气,但叶飞没理他,揪着他的衣领下了楼,拦了一辆出租车,把李建国塞进车厢里,对司机说去医院。司机回过头,用疑惑的眼睛打量着叶飞和李建国,迟迟不发动车子。叶飞火了:"你小子看什么看,还不快开车?当心我废了你。"

可等他们赶到病房,云云已自割静脉,只留下一摊鲜血,静静地就要离开这个世界了,叶飞一声惊呼,云云费力地睁开微闭的双眼,看见父亲,瞳目中闪了一下，吃力地叫了一声："爸爸……"

李建国呆呆地看着，突然疯了般地扑上去抱住女儿。叶飞跑出病房，大声地喊着医生。所有的房间门都打开了，只要是活着的人都探出头来看这吼声是怎么回事，医生惊慌地把云云抬上急救床，推进急救室，输氧输液，叶飞一把拖住要扑进急救室的李建国，李建国疯了般地唤喊女儿的名字，悲怆的声音震颤着每一个人的心。

这个世界并没有因此而改变，邱月最终去了上海。就在云云临死的那一天，她决定先避开这段日子，给叶飞留下一封简短的信后，她含着泪走了。

叶飞并没有及时看到这封信，他已好长时间没去上班了，公司的总经理张中还在南国陪胡红国南巡。他继续请了假，帮李建国处理云云的后事。他在整理云云的遗物时，发现云云写给他的一封信，他颤抖地打开信封，取出来，信笺上布满了泪水风干后的皱泡，好些字都模糊了。

云云自小也喜欢文学，也许是受了他的影响，才喜欢幻想，才不大务实。叶飞又一次想起，在沙漠公园的红柳下，他俩坐着，云云眨着大大的眼睛，望着蓝天，双手合在胸前，描绘着花一般的理想，两人纯洁的心彼此都深深地感染着对方，久久地在想象的美好中激动着。

飞子，我亲爱的哥哥，我走了！感谢你原谅我带给你的伤痛，感谢你这些天的呵护。我知道，我早已没有资格去等待我们许下的那一天了。我只有用另一种方式去实现我们描绘的那一天。

飞子，我亲爱的哥哥，你恨我吗？但你知道吗，我恨你！没有你，今天的云云不是这个样子。

你知道吗，我苦苦等你四年，满以为从此便会实现我们的那一天。你却又走了，又把我扔下。

飞子，我亲爱的哥哥，你知道的，你的云云从小就缺少家的温暖，你的云云万般需要你的呵护，你却扔下了我，笑着走了……

我恨你，恨你……

没有了人为我遮风，没有地方让我避雨，你的云云成了一只湿淋淋的小鸡，四处张望，四处等待。恰就在这时，石磊闯了进来。

我知道石磊也曾喜欢我，他给了我不曾有过的一切。但他给了我更寒心的东西。他在我万般的迷惘中给了我你和甘玲的故事。他说，叶飞和甘玲什么都干了，你还为他立什么牌坊！

飞子，你在听我说吗？

我恨你，我用作贱自己来恨你。我承认我贪图虚荣，但我要报复你，用一个女人能及的一切来报复你。

我在变态中渐渐迷失了自己，而石磊却拿我去换翔子的权力。翔子用催情药，用白粉儿，让我找不到自己，它成了我野兽灵魂的帮凶。

飞子，我亲爱的哥哥，梦中的云云无数次这样呼唤着你。云云没有忘记那簇红柳，没有忘记我们定下的那一天。

你还记得吗？

飞子，我走了！我要去找妈妈，让她给我一次和别人相同的温馨，也好让一个纯洁的云云与你相守。

但我同样恨她！如同恨你一样。她不该生我，不该把我从她的身体中分离出来，丢下我孤零零一个人。

飞子，现在的云云已是你的累赘。我知道我的生命没几天了，与其这样干熬，拖累你，不如解脱。我看见了邱月对你不满的目光，我不能继续自私地占有你的感情。虎子告诉了我你和甘玲真实的故事。你不该瞒我。我只有走了，走得无影无踪，你才能有幸福。我只有消失，才能卸却压在我心头上山一般的重负。

飞子，那黄黄的太阳花我看见了，我看见它照耀着我们。它黄黄的，迎着春风，开满金光，让人幸福得睁不开眼。

你看见了吗？

飞子，我亲爱的哥哥，下辈子如果还能在一起，云云再报答你。我走了，你不要太难过。每个人的一生都是天定的，也许这就是你我的命。我走后，你把我葬在大漠里吧。想我你就来看看大漠。因为只有大漠，才能包容我们之间悲欢，你才有勇气去面对新的生活。因为只有大漠，才有我们的童年，我们最纯洁的爱，我们最绚烂的太阳花。

不要太牵挂我，我的，飞子哥哥……

叶飞到家才打开这封信，看完最后一个字，泪水早已模糊了他的双眼，他不由得失声痛哭了起来。心里仿佛刀绞般难受。

不知过了多久，天完全黑了。

没有任何意识和思想，他进了一家酒吧，看见燕子招呼他，他才发觉进了"红磨坊"。

燕子搬过椅子让叶飞坐下，并给叶飞倒了杯水。灯红酒绿的男女在疯狂地嬉闹着，整个音乐炸得耳朵满满的，没一点儿空隙。燕子看叶飞的模样有点吓人，上楼告诉了虎子。

虎子听燕子说叶飞来了，赶忙下来，他见叶飞呆呆的样子，也不知发生的事。叶飞让服务员拿瓶酒过来，虎子接过酒瓶走过来和叶飞对坐着，虎子倒满酒问叶飞："咋了？"

"云云死了。"整整一天，叶飞只说过这一句话。

"死了？"虎子有点儿吃惊，他接过叶飞掏出的信看起来，虎子看完信，咬着牙骂了一句："狗杂种。"

虎子拉叶飞上了吉普车，吉普车疯了般地跳上跳下，没多大会儿，虎子刹住车，跳下车，越过墙头，打开了院门。

叶飞和虎子进入院内，两只眼射绿光的狼狗叫着向他们扑来，虎子一个箭步，乘势一脚踹开门，叶飞赶紧将门摔上，狼狗被隔离在门外，很是生气地叫着用前爪撞门。

两人蹬蹬地上了二楼，虎子又一脚踹开门，黑乎乎的房间突然亮了，有点晃眼中虎子一把揪住石磊的睡衣，举起台灯向他砸去，一声杀猪般的尖叫旋即响起。

"你他妈的还是人不是？你别以为有几个臭钱，就什么精也能成，今儿我废了你这混账。"

石磊听是虎子，急忙说："虎子，你疯了，为什么打我？"石磊忍着痛，伸手按亮壁灯，看清是虎子和叶飞。

"打你？我废了你这狗日的，打你是轻的。"虎子指着他骂。石磊身旁睡的妞用手紧紧揪住被单裹住身体。

203

"是什么事,你好好说嘛!"

"你干的好事,你知不知道,云云死了。"

"她死了关我啥事,像她那种女人,死了就死了,这社会还缺女人吗,犯得着这样吗?"

叶飞一把牵着他的领口,将他从床上扯了下来。用指头点着他的鼻尖说:"你这是人说的话吗?石磊,你还是人吗?过去,我一直看在我们是多年弟兄的情分上,没有指责过你,牙被打落在嘴里,我一个人默默地吞了。可是,我没想到云云是被你断送了,你还这么抵毁她的人格。是可忍孰不可忍。我他妈的今天就豁出去了,也把你这个丧失人性的狗杂种给废了。"说着,一拳砸在了石磊的鼻梁上,立刻,鼻血四射。接着又一拳砸过去……

床上的那个女人哆哆嗦嗦地求饶道:"这位大哥,求求你,放了他吧,放了他吧。"

石磊也自知理亏,连忙说:"飞子,你疯了,你冷静点。"

叶飞又一拳,将石磊打倒在了床上。然后指着他说:"记住,世界上除了金钱,还有比金钱更重要的东西,这就是人格,还有友谊!"

天,有了悲怜,也有了同情,少有的雪在这个冬天又飘了下来。

清晨推开门,白茫茫的一片,枝头压满了雪花,世界一片洁白。

听说张中漂到了香港,忙碌地做考察。公司以前的客户大都中断了关系,整个办公楼里静悄悄的,每个人闲淡却不平静,隐隐感觉危机笼罩着。邱月走了,办公桌铺满厚厚的一层灰,叶飞打来水,扫地,擦桌子,在整理抽屉时,才发现邱月留给他的信。

飞子:

两个月来,我一直在等待,等待你能剥离出一点爱给我,等待你能像对她一样待我,但我看着你为她奔波,为她憔悴,你知不知道,我的感受?

作为一个女人,我对爱的需求是自私的,更是绝对的。但我终究是一个凡人。你没有错,我曾自个儿换位置苦苦思索过,假如云云是我,你也一样会这样的。在这个物欲横流,人情寡淡的世界,你无疑是优秀的,我也曾试图和你一道去关护她,可我看见她对你的那种依恋,我做不到了。我也知道,我是无法改变你的，也是根本不能改变的。我无法面对你，只好先避开你们，先逃离爱情，让时间去理论，让时间来诊断我们彼此……

再过一个小时，我就要踏上去上海的列车，我是很悲伤的，因为我很孤单，沙洲已是很让人失意的地方，只因为有你……

再见吧。有今生，今生我们相恋，有来世，来世我们相聚。

笔下深深地吻你！

信的内容已不重要了，叶飞早知道邱月去了上海。他折叠好信装进口袋里，点了根烟，透过窗户，看着外面阴沉沉的天，风似乎大了些，旋起团团散落的白雪积聚在墙角。生活的风尘已将他的心湮没了。他不再有过去的冲动和感情的大起大落。就让时间来诊断吧！是你的跑不了，不是你的有辆奔驰也追不回！

第十二章　毒品就是人生的单程车票

第十三章 穷庙富方丈

1. 前卫美女

张中和胡红国终于结束了南巡,回来了。

早晨,公司就有了张中要回来的消息。看着"沙漠王"驶出大院,各样的牢骚声没影了。几乎所有人都用眼睛看着窗外。一个早上,张中没来。中午,叶飞来到公司,看见院内已放了不少自行车,心里笑了笑,进了自己的办公室,拿出书,继续他的考试复习。

盼望的"沙漠王"终于出现了。叶飞听见了车的喇叭声,抬起头,收拾好自己的东西,站在窗前,看见早有人下去等候了。

"沙漠王"稳稳地停在花坛前。叶飞看见马海赶在前列,他伸手拉开车门,右手还搭在车门顶上。张中首先跨出车门,握住马海弯腰含胸伸出的手,微笑着对马海点点头。马海伸出的双手早已合拢,牢牢地握着张中的手,头如捣蒜一般。叶飞隔窗看见张中满脸神采奕奕,抽出手挥舞着向列队的众人示意。

"这场面该放几响礼炮才成气候。"叶飞心里说。他苦笑着,摇摇头。这时,熟悉的面孔簇拥着张中,进了楼门。叶飞数了数,公司差不多所有的人都下去了,有点后悔自己当了观众。

第二天一早,张中召开了会议。叶飞找了个旮旯角,坐在别人后面。

张中清了清嗓子说:"都到齐了,我们开个会。这次去南方一个多月,真是大开眼界。南方人的生活才叫生活。一个村支部书记，不说年薪，单奖金就六十万。坐的是奔驰，住的是别墅，出门左拥右抱，前呼后拥的，真是气派。我们的村支书呢，好多还穿的是黑棉袄，拿的是旱烟袋，头戴一顶鸭舌帽，走到哪儿都让人感到寒酸。"

张中说到这儿停顿了一下，喝了口水。叶飞见他满脸的惋惜，脑袋刚要亮亮词儿，听见马海说："张总，你也真有福气，感受了南方人的生活。我们是连看的机会也没有。"

张中得意地哈哈笑出声来。又有几个人说出话来恭维。张中抑制不住，讲起了种种经历和见闻，会议室里一时热闹了起来。

会议开了整整一个早上。到了下班的时间，众人仍围着张中听他对南方的赞美。叶飞偷偷溜了出来。

"我们在看，他们在干。"叶飞觉得南方人生活富足是南方人奋斗的结果，大西北贫穷是大西北根源的限制。近几年，好像有不少人挖空心思去南方，有条件的去没条件的找条件也要去。一个个名曰考察，名曰学习，可个个出去，看了心动，回来却不动。自个儿积累一大叠照片，给人生添上炫耀的一笔，却把大西北原本就少得可怜的钱源源不断地倒进南方宾馆酒楼的柜台。

财务科长陆元不知怎的突然被卸了职，调任叶飞的业务科。没有谁知道是怎么回事，可好像谁也都知道是怎么回事。

公司松散的作风几天之间开始紧张起来，但几天过后，发现并没有什么改变，大家依旧无所事事。

全公司也许只有财务科在忙，每天有数不清的账单要支，要记。张中花起钱来，很是大气。叶飞听说，张中与其他老总不同，有个相当高雅的嗜好——收藏各大酒店、餐馆的餐巾。

张中收藏的餐巾，四四方方做工精致。上面印有酒店标记、地址、名称、电话号码。张中从南边转了一圈，收藏几乎翻了一番。张中的收藏丰富了，可公司的支票却越来越不够用了。老科长陆元气在心里，急在眼中，特别是最近，他看见女秘书走进财务科就来气。空气里充满的分歧促成了种种的摩擦

和不快,积聚的块块乌云,就成了倾盆大雨。

看着女秘书耸鼻哼了一声扭着屁股出了财务科,老科长陆元拿着账单找到张中,让张中审核近期的开支记录。他原本想借汇聚的数字,给张中提个醒,公司该干点儿正事了,公司经不起这般的折腾,坐吃就是座山也会空的。

张中一句话就把他顶了回来,还顶了个彻底,顶出了财务科。

"我是总经理,还是你总经理,我干什么,用得着你指手画脚吗?"

"我用人,还得经你同意吗?你看当经理的哪个没有秘书陪衬,你看哪个公司不设公关部,你要是不服气,自个儿拿刀变变形,我把你带上。"

老科长无言了,提起张中,老科长像是在咬牙:"我老骨头扎旧了,以为把我调出财务科就拔掉了眼中钉……哼,没那么容易!"

叶飞听老科长说完,安慰了他几句。后来,他安慰老科长的话不知谁传到了张中的耳朵里,当然,这一切,叶飞是最后才知道的。日子一天一天过得很没劲。叶飞觉得在单位上有力无处使,这样混下去也不是个办法,就想认真看看书,准备充实一下自己接着读文学。

邱月走了之后,一直没有消息,他的心仿佛被云云、邱月掏空了。

这天叶飞实在心烦,去找虎子,虎子不在,他想了想,就去找张洁了。

张洁听见有人按门铃,边走边想是谁按门铃,老家伙回家过年了,好几天都没有听见门铃响了。外面的饭吃得胃发酸,她买了几袋冷冻饺子自个儿正煮着呢。

张洁走到门前,习惯性地拿猫眼看,见是叶飞,心里一阵惊喜,赶忙打开,叶飞看见她,心情有些复杂。张洁以为叶飞看她扎着围裙的模样好笑,赶忙让叶飞进来,关好门让叶飞先坐着,自己回到卧室换衣服。

叶飞等了好长时间,张洁才出来,张洁双手叉腰,一袭绿裙,头发凌乱,朱唇微启,丹凤眼拉成一条线,很有点冷艳的样子。叶飞不明白,张洁突然之间为什么会成这样,张洁却问:"酷不酷?"

叶飞笑了,歪头说:"特酷!"张洁扭着腰,坐在叶飞对面,叶飞看见张洁高兴的样子说,"我还是喜欢你刚才的模样。"

叶飞接着说:"家庭主妇型。"张洁一听气泄了下来,身子也软下来。她说:"你怎么还这样守旧。女人的表情和着装,代表着一个时代的风貌,20 世纪 50 年代女人的时髦表情是典雅完美;60-70 年代是反叛斗争;80 年代是独立坚强;90 年代是迷惘绝望。"

叶飞静静地听着,他喜欢听张洁此类的语言,张洁接着说:"我去了趟深圳,那里小姐都是这个模样,头发蓬乱,眼神迷茫,精神绝望,特酷!"

"为什么要头发凌乱,眼神迷茫,精神绝望呢?"叶飞觉得新鲜,问道。

"头发凌乱,散发着自由、解放的气息,就是要冲破常规的单调和呆板。眼神迷茫,更多是一种情感表情。至于精神绝望,则反映现代人最敏感的精神状态,孤独与寂寞。"

叶飞闻见一股煳味,问:"什么味道?"

"哇!"张洁赶忙站起来,"我的饺子!"

叶飞挥挥脸前的白雾,两手端下锅,煤气早给熄了,叶飞又赶忙关好煤气罐。张洁站在门口,不停地跺脚,叶飞逃出厨房,两人目光对视了一下,哈哈笑了起来。

张洁说:"你真没口福,看来,只好去外面吃了。"

叶飞说:"买几袋回来重新煮。"

"不了,不了,吃饭也需情调,家里煳了,外面不是敞开着吗?"两人来到一家四川人开的火锅店,自助餐的特点是随心所欲,叶飞吃着,张洁问他最近在忙活些啥,叶飞告诉她单位上已没指望了,很烦恼,想复习考学。

"这有什么烦恼的,炒了它。都啥年代了,你知不知道你所坚守的,不过是一堆一碰就破的坛坛罐罐。说句心里话,我不仅不赞成你的继续留守,也不赞成你去求学,本田高中毕业,视大学毕业证为一张废纸,结果呢,他成了汽车大亨;比尔·盖茨在哈佛读到二年级,失望地离校,作了硅谷浪子,结果呢,成了全球首富。这个时代,父辈们交给我们的'安分守己,循规蹈矩'的立命品格已站不住脚了,你还留恋什么?仰天大笑出门去,我辈岂是蓬蒿人。"

"李白仰天大笑出门,是向更高更远的地方去,我哪能有那样的气魄?"叶飞说。

"写书,你有才气,写书是名利双收的绝好途径。"

　　"写书,这活儿太累,又不属立竿见影的活儿。巴尔扎克为我们编了那么多发财的故事,自己穷得连老鼠见了都叹气;杜甫挥毫泼墨,却饿死自己的小儿,为20世纪创造了最高艺术的梵高,自己却过着最穷、最卑贱的生活。自古卖文章的不如卖春药的,左思好不容易轰动了一场,但钱都装满了纸贩子的口袋。"

　　叶飞点了根烟接着说:"文学,自始至终是口大井,你若真陷进去了,要么被它淹没,要么成为大家。海子在山海关卧轨自杀,告诉了世人如果我们还需要艺术,艺术家必须悲惨地活着;如果我们还需要诗歌,诗人必须绝望地死去。大腕儿尚且如此,我等之辈能成什么气候?满肚子文章压不住饥,十八般武艺耐不住寒。对我来讲,面包比鲜花更重要。"

　　"井蛙之见。"张洁听完他的一番言论,抛出一句,她也燃了根烟说,"不再是那个时代了,你不见王朔,把20世纪90年代的文坛搅得沸沸扬扬,老百姓笑疼了肚子,拿手绢擦眼泪时,口袋里的钞票都被他集中了。这次我去了深圳,一听那边圈里人讲,咱省城有一个叫缪永的女孩,用反叛的文笔,写了本《我的生活与你无关》登在《北京青年报》上叫卖,寻找善于挖掘钻石的出版商。你瞧人家的胆识,你看人家的作为,何等的酷,大西北的人啊,就是被黄土埋得太深。"

　　张洁说完,深深地叹了口气,叶飞被她的一番说词说得有些心动,他看着张洁,张洁察觉到他的目光,又说:"真该给你这个井蛙配个望远镜。"

　　叶飞笑了,张洁也笑了,叶飞没想到大大咧咧无一点城府的张洁会有此番理论,不由得对她有点刮目相看。

2. 苏小芳下岗

　　春节过完,苏小芳下岗了。林子没告诉任何人,连叶飞和虎子都瞒了。小芳下岗,他总觉得脸没处搁。下岗这件事,虽说早已被外界扬起许多烟尘,但突然就降临到自己身边,一下子还是不能接受,大西北的人爱的就是这张脸。林子和小芳的脸上满是阴云,但谁也不愿提起,可事实却摆在眼前,以致令他们的一举一动都充满着无奈、羞恼和烦躁。

叶飞是碰见林子的母亲才知道的。叶飞陪母亲去医院看病,正好林子的母亲也来抓药,叶飞问候了一声接着问起林子和小芳,林母听叶飞提起林子和小芳,狠狠地说:"让他受去,早就对他说尽了好话,他就是听不进去,不听老人言,吃亏在眼前。"叶飞被这没头没尾的牢骚弄得摸不着头脑,从林母语气中,他断定事情有些不对,就又问了一遍。

林母仍气哼哼的,她在骂着小芳的同时才告诉叶飞苏小芳下岗了。

叶飞的心一下子想不过来,他想问个究竟,林子母亲却转身走了。

叶母见了这一幕,不知是怎么回事,她问儿子,叶飞说没事。叶飞陪母亲看医生,问诊,抓好药,送她回家后就给了虎子一个电话。

他叫来虎子,两人来到林子家。林子和小芳正好都在。叶飞看出来了,生活的阴影已笼罩着这只刚刚扬帆的小舟。他没说什么,坐下来接过林子递给的烟点上。

叶飞事先没告诉虎子,虎子看见小芳鼓起的肚皮开了个玩笑,虎子对小芳说:"女亲家,来让我摸摸,林子给我种的是个干儿子还是个干女儿。"

苏小芳一把打开虎子伸过来的手说:"你先别干儿子干女儿的,想讨干儿子、干女儿,先给干儿子的妈找口饭吃行不行?"

"咋了,怎么说这种话?"虎子不明白了,叶飞听见虎子问了一声后,林子干咳嗽了一声。

小芳没理林子,告诉虎子说:"我下岗了。"

"开什么玩笑,你科班出身,根正苗红,干的又是协调领导关系的文秘。你要是下岗了,你们处其他人嘴不都朝西张开?"

虎子说完,见所有的人都闷闷不乐的,拿眼扭头去看林子,看见林子的眼对了一下,躲到墙角发呆去了。又看看叶飞的模样,才知一切都是真的,便不再言语,抽自个儿的烟,室内安静了多时。

沙洲人还是很传统的。要说这下岗的事闹在男人头上也没什么大不了的,但要搁在女人头上,问题可就多了。女人其实就是一个家庭的基石。在沙洲人眼里,女人只要有个正正当当的职业,多多少少有个稳定的收入,生儿育女,洗衣做饭,平平淡淡,就能保持家的稳定。一旦女人没了职业,走出家

门,说得清的,说不清的,想得到的,想不到的就都来了。

但虎子毕竟是虎子,他也想不到这么多,抽几口烟,就有了话:"女亲家,没什么愁的,明个儿就到我歌厅来,我给你安排个活儿。"

"什么活儿,你得给我说清楚,我挺着这肚子可当不了小姐!"

叶飞听小芳的话,突然憋不住笑出声来,林子也笑了。虎子收住笑说:"你来给我收单,总放心了吧!"

"我看,你还是免了吧!"林子终于有了话,"别西瓜没抱成,人却被拉下了水。"

"你这是说哪儿的话!"虎子有点急,说,"我说你们这些人能不能用你们那狭小的心灵理解理解我这伟大的胸怀?"

满屋人又笑了,林子说:"你先别立状子,近朱者赤,近墨者黑。我可怕你带坏了我家小芳。"

"先别急了。"叶飞说,"事儿遇上了,急也没用,一时半会儿要没个法子,就在家里歇着,不一定会是坏事,我也琢磨着要下岗呢,以后有什么困难,尽管开口,不是还有我们几个吗?"

"这日子。"林子说,"暂时还能凑合,关键是心里窝火,沙洲地小庙也少,机会不多,这班我也上急了,拿我们警队来说吧!不管你干得多好,就是赶不上学校里出来的,因为人家是科班出身,国家公务员,我们行伍出身的,只能是以工代干。同样一件事,我干好和他干好结果就不同,我干好,顶多给我记功给不值钱的功本本,而他呢,噌噌就上去了。你心里明白,还没法说,就这个体制,你有啥脾气!"

"唉!我说你们老为这些事操心烦不烦?"虎子说话了。

"能不烦吗?我要是不去当兵而去上学,哪怕是自费上个警校,现在也不是这个样,早他妈的有权了。我要是有权,孙中举敢动小芳吗?说穿了,还不是主人的身子轻,狗才被打得嗷嗷叫嘛。"林子说。

"别争了,走哪儿说哪儿话。这世上要是有后悔药,秦家的江山就不会易主了。咱们现在也到了该考虑怎么活人的时候了,我们也不奢望万人敬仰,但最起码,要活得让那些人出手时得掂量掂量。"叶飞说,"以后,咱们再不能混了,要想法干点儿正事。"

苏小芳下岗后，一直闭门谢客，眼泡老肿肿的，用她自己的话讲就是看见熟人还没开口就先矮了三分。

沙洲的国有企业在市场经济的浪潮中毫无意外地遭到了冲击，苏小芳所在单位属事业性质，政策上本没什么动作，但她命苦，偏偏碰上了那个下午的那档子事。

生活本来挺平淡的，一天拿几个小钱，骑着自行车汇入人流中按钟点去单位干工作该干的事，再骑上自行车按钟点回家干家里该干的事。偏偏那个下午，有个该死的电话，打电话的是上级一位领导，说他有急事找孙中举。苏小芳让他稍等搁下电话满楼找处长。有人告诉她处长好像进了打字室，苏小芳爬上四楼敲门，里面没有回音，但传出来的声音表明里面有人。她想下楼给等电话的上级领导说找不到处长，又觉得如此处理不妥，因为她刚才还对上级领导说处长在，现在又对他说不在，两头都交代不下去，为难之际，她又去敲门，可能是用力大了点，门忽然开了，她看见孙中举正慌忙地穿裤子……

事隔几天，下午下班后孙中举让小芳晚上加班起草文件。小芳心里有点虚，但面对领导，她还是去了。没想送文件的时候，孙中举却动手动脚，想和小芳团结成一个人，小芳不从，给了孙中举一巴掌。

又过了几天，孙大处长领导潮流，率先在沙洲事业单位中推行优化组合。苏小芳也就因能力差，没人要等理由成了改革大潮中被淘汰的对象。

叶飞对孙中举有所耳闻。他1984年师范毕业，教了两年学，调到林业局干了两年技术员，后被提拔为副科长、科长，几年后上调为处长，有着一帆风顺、腾云驾雾的升迁经历，加之常出新招，在社会上很有影响。叶飞经常在沙洲的报纸上看到他的事迹报道。人生的经历和所处的环境无疑使他的自我感觉很好，同时也助长了他的刚愎自用、独断专行。

苏小芳的事在单位震动很大，有着几十年党龄的党委书记对苏小芳的下岗有不同意见。处长负责制是党和人民给的，苏小芳的事好像并不需要党的参与。在职工大会上，孙中举宣布苏小芳下岗，老书记当场就火了，但孙中举压根就没把他当回事。

散会后，老书记找到孙中举理论这事，并提出要召开处务会研究决定。

孙中举眯着眼睛说："什么叫改革,改革叫了这么多年没有力度怎么改?改革肯定得触及一部分人的利益。个人的事再大也是小事,单位的事再小也是大事。下岗有什么大惊小怪的,你身为党委书记,难道不知目前党的大气候、大方向?"

"改革是对的,但你也应该先通通气!"老书记说。

"谁说我没通气,你去问问,召开处务会议那天你在吗?"孙中举反问一句。他见老书记没了话,心里笑了,说:"老书记,我也是紧跟改革的步伐,响应的是党的政策。优化组合是管理一个单位的新举措,不充分地激发职工的紧迫感,人浮于事,这单位怎么管理?这工作还怎么搞?下岗分流,减少冗员,是单位改革的必然趋势。现在办公经费这么紧张,人浮于事,王书记,你说说,该怎么办?"

新形势下书记和处长级别是一致的,但两者却有着不可逾越的距离。孙中举早就对老书记爱理不理,本来说说笑笑可以顺便交换的意见,书记必须得在会议上提出来。高兴了,可怜可怜,不高兴,弄个少数服从多数形式,老书记就是举起两只手,也如在沙漠里落下滴泪水。

"这个杂种,坏到这个程度,得想法整整。"虎子听完小芳的哭诉,手握成个拳头。

3. 公司垮了

又一个春天到了,柳树长出丝丝嫩芽。天空开始有股潮潮的气味,虽然风仍在欢叫,但播种的季节是人所企盼的,人们脸上还是满含希望的笑容。

昌盛公司的总经理张中却笑不起来了。

市场真是个万花筒。就在前一个月,沙洲的大板瓜子仍被看好,求购的电话、传真应接不暇。张中认为这是个机会,组织了几百吨瓜子,积在库房,做着发财的美梦。没想,就短短一月,大板瓜子忽地成了一堆狗屎,谁也不想去碰。

据统计沙洲的瓜子只卖出去了三分之一,没出去的三分之二中昌盛公司就积压了三分之一。出货的价比公司的收购价低几个点，库房的货值眼睁睁贬了五六百万。

面对公司的全体职工，张中无可奈何地说："如果不想个办法，按目前的形势，亏损还不止这个数，银行的近千万贷款让我拿什么还？"

张中说完看着大伙，满眼的企求。看着看着，他越想越怕，双手抱住脑袋，一声不吭了，叶飞一直用余光打量着他，叶飞忽想起一句俗话："顾头不顾腚。"眼前不知怎么晃出张中领着小背心的情景，又闪现出张中坐在高背椅上骂他和老科长的情景，不由得暗暗一阵好笑。扭头看了看老科长，只见老科长双臂抱胸，两眼仰望着天花板，叶飞的目光也转到天花板上，天花板水迹斑斑，像张地图。

"你们倒是说话呀！"张中似乎在哀鸣。

"要不压货，该多好啊！"半天，代替老科长职位的丛南说。

"就是啊。""市场真难伺候！""该怎么办呢，要是不压货边进边出，说不定还有赚的……"开始有人嚷嚷，但说这些话顶什么用呢，在眼下这个时候。

"这种事早应该想到的。"老科长终于说话了，屋里安静下来，都把目光聚到他身上，"今年沙洲瓜子是历史上产量最多的一年，全国各地农副产品都不同程度出现难卖的情况。市场是有限度的，利润大风险更大的生意，更要遵循市场经济规律，否则单凭兴趣和过去的老经验，只能栽跟头。"老科长说完依旧望他的地图。

张中听这话很不舒服，他瞪了老科长一眼说："你早怎么不讲，马后炮。"

"早讲？"老科长忽地站起来，双眼盯着张中说，"早讲，这公司有我讲的份吗？再说，我讲了，也得有人能听进去。"

公司开了整整一天会，除了制造满屋的烟雾外，没有人能提出一个可行的建议。公司发生这么大的事，张中不得不对组织汇报。他硬着头皮走进胡红国的办公室。

"你是干什么吃的？你脑袋里装的是什么？"不出张中所料，他刚开口没说几句，胡红国便拍案而起了，张中双手合着夹在膝盖之间，低着头。"我派你去公司是去赚钱，你倒好，一分钱没赚到，反而给开了这么大的窟窿，你自个儿说，我要你有什么用？"

张中有点听不下去了,他抬头张张嘴,但忍住什么都没说。心里只恨这个不把他当回事的市场。可胡红国不管市场,他见张中想要申辩,气更不打一处来。"咋的了,还嫌我骂你了,我骂错你了?好,我不骂你,你有本事,你赔!与我何干,公司是你承包的,你是公司法人,你走吧,我不骂你。"

话音一落,胡红国双眼盯着张中,张中连眼都不敢拿正看他,哪敢走!遇上这个事,挨骂就挨呗,心里指望胡红国能拿出个法子来,这日子太难熬了。银行、税务、退货单等等,搅得他如进了炼狱。人整个瘦了一圈,头发不再油光,脸庞不再红润,嘴唇结了一层疤。胡红国看着,看着,觉得自己有点过分了,拿起烟扔给张中一根,没想,力用得小了些,扔在了地上。

张中赶忙起身,拾起烟,掏出火机凑上去,给胡红国点上。胡红国吐出一口烟,说:"不是我骂你,你也太大意了。过去,李刚把昌盛公司搞得红红火火的,我们把他撵走,目的就是为了你,可你……"

张中咬了一下嘴唇,吭哧了半天,还是问:"老局长,死瓜早在这个湾里了,还望老局长你给个法子,渡渡这难关!"

胡红国没有应声,只长长地吸着烟,张中巴望着,巴望着眼前这个硕大的脑袋能给他想出个法子。胡红国沉思了片刻,把烟掐了,声音不大地说:"这儿不是说话的地方,晚上,到家里来。"

虎子约叶飞去喝酒。晚饭后,叶飞来到"红磨坊",叶飞看着门庭若市的景象说:"挺红火的嘛!"

"那是,你不看这是谁干的!"虎子有点儿得意,叶飞看他那样,知道这小子飘了起来。

虎子让服务生拿来酒具,两人就坐在厅里开始对酌。自打邱月去了上海,两人渐渐少了摩擦,邱月一直在两人心中存在着,但谁也不提起,也不问。叶飞一次开玩笑骂虎子重色轻友,虎子骂叶飞是傻蛋,既轻友又不重色,弄得谁也不好受。骂过了,笑过了,邱月就在时间的凝滞中搁下了。

两人聊着天,碰了碰杯,叶飞看着进进出出的客人心里也很开心。虎子又一次招呼客人回来,满脸开满了花。喝着酒,两人聊起黄浩,虎子说:"小广东的这套也还真管用。"

“你现在想起他的好了。”叶飞接过话说，“说洋一点，这叫策划。市场经济，什么都是钱，换了别人，你不得出几个，你还把他骂得半死，我真替他叫屈！”

“就是就是。都怪咱这坏脾气。”虎子连声说。

黄浩给“红磨坊”填补了不少空白，他把南方的那一套理念都搬给了虎子，他告诉虎子：“酒楼的硬件每一家都差不多，吸引客源的关键还是靠软件，靠服务挣钱。”从微笑服务到跪式服务到全方位服务，“红磨坊”的服务生大都经过黄浩的调教，这些服务理念在沙洲产生了不小的影响。中国人吃喝玩乐的内容真是丰富，只有想不到的，没有做不到的。

不知不觉，一瓶酒空了，叶飞看看表，一个多小时过去了，想起有张熟悉的面孔进去了还没出来，也真是佩服，佩服他们洗个脚能折腾这么长的时间。

叶飞对虎子说了，虎子说：“管他呢，这些人都是钱胀着呢！我是热烈欢迎，欢迎他们投资，别的我管不了，我也不想管。再说我干吗要管呢？我管得住这儿，他们会去那儿，我何苦放着钱不赚呢？”

正说着，一位挺着啤酒肚的客人，一手捋着头发，一手握着手机，边讲边从里间出来，虎子赶忙迎上去，点头哈腰，请他过来一同喝酒。叶飞看着虎子的样儿，知道这主儿有来头。看他转过头，看自己，赶忙站起来，虎子拉客人的手对叶飞说：“这是市公安局的姜处长。”指着叶飞对姜处长说：“这是我的战友叶飞。”叶飞伸出手握着姜处长胖胖的手说：“幸会，幸会。”虎子招呼姜处长入座喝酒，姜处长摆摆手说：“今儿不行，没闲工夫喝酒，这不刚洗个澡，电话就催过来了，还是你们俩继续喝吧！”虎子又盛情了一番，看姜处长真的有事儿，便将他送出门外。门外早有一辆车等待姜处长，姜处长上了车，摆摆手走了。

两人又回到酒桌上，叶飞问：“你几时也学会装孙子啦？”

“还不是逼的，上次应该有点儿教训。人在江湖，什么本事都得学，像我们这些有特色的地方如果没他们的保护，能生存下去？”

“这些天不见，你还长了见识了！”叶飞调侃了虎子一句。

“这都是学来的，没法子的事！”虎子说。

两人又喝了几杯，叶飞看那张熟面孔也从里间出来了，红润的脸上挂满美滋滋的笑容。虎子又起身，笑脸相迎，吩咐小姐埋单。桑拿是按钟点收费的，叶飞刚看了看表，对虎子报出的单价有点好笑。

虎子送客人到门口，说了些欢迎再光临的客套话后回到酒桌上，见叶飞抿嘴笑着，有点不解。

"无商不奸啊！"叶飞叹了一口气说，"还记得老头的电话亭吗？"

虎子一愣，忽明白了，随即也笑了，他看着叶飞，摇了摇头说："社会就这么邪，你老实，有人骂你傻；你奸，有人骂你黑心。你怎么做，都有人骂你。走自己的路，让别人去说吧。钱装在自己的口袋里，心里才最踏实。"

"嘿，理论还不少，社会公德全都让你这号人糟蹋了。"叶飞骂了他一句，但想想普遍的欺诈、失信现象，又叹了口气说，"这社会谁都骂人坑人，可谁也不放过能坑人的机会，自觉不自觉地，加入到尔虞我诈无规则的游戏中。"

"没治，20世纪50年代人育人，60年代人整人，70年代人防人，80年代各人顾各人，90年代人宰人。富的就是投机倒把，发的就是坑蒙拐骗的财。我的信条是兵以诈立，商以奸立，人以诚立。"

叶飞看着他，又摇着头笑了。

酒逢知己千杯少。叶飞也不知道自己什么时候醉了，一觉醒来，发现睡在虎子的床上，揉揉眼，下床推了推睡在沙发上的虎子。虎子被推醒，问："大清早，你干吗呢？"问完背过身又闭上眼睛，叶飞看着他也没法，他知道这伙人的早晨都从中午开始，于是叶飞洗了把脸，回到家。

叶母看见他惊问："你没去上班？"

"上什么班？"叶飞没好气地说。

"你这孩子，昨儿你走后，公司打来电话，通知今早上班，说是开什么重要会议。我左等右等不见你回来，我还以为你知道去了单位……谁料你玩得现在才回来……"叶飞不想再听母亲唠叨，就去了公司，看见院内停着好几辆上档次的轿车，心里慌了一下。

公司里静悄悄的，叶飞跑上三楼，轻轻地推开门，溜了进去，悄悄坐在后排，左右看看，见没有人瞧自己，才坐直了身子。胡红国正在讲话，旁边坐着几位市上的领导，张中坐在边角上，在笔记本上写写画画。

会议开到中午一点多钟，这个领导讲几句，那个领导讲几句，最后，胡局长又总结了一番，这才宣布散会。领导们走出会议室，会议室里有了议论，声音越来越大，叶飞看着领导们钻进轿车，司机打响了喇叭，驰出了大门。

叶飞想起会议内容，气就不打一处来，"公司到了这个份儿上，全是市场经济惹的祸。每人五十吨瓜子摊销，价格不能低于进货价。低于进货价的亏损自个儿贴补。按进货的价格，只有鬼才要。有风险了，张中一纸检讨，工资下调一百块钱，就算处理？真是活见鬼！"

叶飞一个人心里冒着傻气，没有发现老科长在一旁愣愣地看着他。会议室的吵闹声渐渐转移到楼梯大院。叶飞搓搓脸，转身才看见老科长，老科长问："小叶，这五十吨货咋办呢？""还能咋办，晚上睡觉找找孙大圣帮忙呗！"叶飞给了老科长一个苦脸，老科长盯着叶飞看了看，长叹了一口气，叶飞给了他一根烟，两人点上无语相对，摇摇头，下了楼。

刚推开玻璃门，安莲过来说："张科长，咋办呢，这五十吨货不是明摆着往死里逼人吗？世上哪有这个道理……"安莲喋喋不休，叶飞感觉脸上点点潮湿。他对这个女人，从来就没有好感，过年过节分鱼分果，她非要大一点的，达不到目的就喊喊叫叫，说这个得了便宜，那个拿了大头，鸡毛蒜皮之类的事，也要事事得优。虽然现在都是一根绳上的蚂蚱，但还是让人难以谅解。本来，心里就烦，听她嚷嚷，觉得心里到处都冒火，便说道："划不来，不会不去推销，让它烂在库房，头不就轻了。你不堵这个枪眼，不炸这个碉堡，大家能过上幸福生活吗？"

"对呀！我怎么没有想到这些？"安莲眼睛突有一道亮光，转身跑向围在花坛前的人群，大声地说，"叶飞说得对，咱大伙都不去推销，都顶着，看他张中咋办！"人群中又是一阵嚷嚷，叶飞不想参与进去，独个儿回家。

吃过晚饭，叶飞心里越想越不是滋味，叶母看他一根接一根地吸烟，唠叨了几句，叶飞觉得心里憋气，换上鞋，出了门。

今天是个难得的好天气，叶飞觉得自己太渺小了，电影电视屏幕上的主人公内心有什么不快，风、雷、雨就会来做伴，自己已快近三十而立的坎儿了，还是做不得葫芦解不得瓢。他站在巷口，看见还未吐芽的槐树，心仿佛回到很久以前。他有些发呆，没有看见面前骑过了辆自行车，骑车的是位小姐，

她原以为打打车铃叶飞就会礼貌地闪到一边，没想车到跟前，叶飞不躲不闪，似根木头，一点儿条件反射也没有，那女的心一下慌了，刹车也不是，拐把也不是，左晃右晃，眼看前轮就要撞到叶飞，叶飞还没躲的意思，自己更没了方寸，就这样一天美好的心情被狠狠的一跤摔破了。抽出车下的身子，也不顾亮艳艳衣服上的尘土，那女的摆开架式骂了起来。叶飞莫名其妙了一阵，明白了，他双手抱拳，笑着扶起自行车，小姐没好气地扭过车把，瞪了叶飞一眼，骂咧着走开了。叶飞看着她的背影，看着小姐骑车扭动着的屁股，想起了张洁，便走到巷口拐弯的电话亭给张洁挂了一个电话。

电话里传来的是男人的声音，他问叶飞找谁。叶飞说找张洁，男人停顿了一下，问有什么事，你是张洁什么人？这么一问，叶飞为难了，便编了谎说是同学，男人又问叶飞的名字，叶飞照实说了，叶飞说完又问张洁在吗？对方却挂了电话。

叶飞摇了摇头，慢腾腾地放下电话，转身准备走，却被守电话的大娘叫住，叶飞才想起忘了付电话费，他掏出几张毛票，揉成了团，扔到了里面。

叶飞漫无目的地沿着大街朝前走，他什么也没看到。脑中几个女人的模样轮换着，他看到云云的长发，听到了夏雨的呻吟，看到了邱月的背影，听到了张洁的大叫，这几个人像川剧中的变脸，忽隐忽现。叶飞摇摇头，坐在台阶上，点了根烟。

他木呆呆地看着来来往往的人流，腰间的呼机响了，他看了看是张洁的号码，感觉浑身没一点力气，像块雨中的土坯。

张洁不见叶飞回电话，七想八想一阵，取过话机，连按了几次重拨键，无果，便发愣地蜷在沙发上。张洁从老头的审问中知道叶飞来了电话，她也好几天没见叶飞了，心里怪想他的。

张洁很容易地对付过了老头的审问，并异常主动地为老头放水，宽衣，把老头推进浴室，就呼了叶飞。张洁想叶飞可能是生气了，又想叶飞的呼机是不是没电了。电话铃突然响了，她听见是叶飞的声音，赶忙说："老头回来了。"并对老头的不礼貌连声道了歉。叶飞说："没什么，他回来了，我就不打扰了。"张洁却不让他放电话，在话筒里连给了他几个响吻，两人一时都没了语言……

4. 酒吧醉酒

叶飞一连几天都闷在家里，晚上睡得很迟，早上太阳晒着屁股了还在被窝里。叶母有点不明白了，她终于忍不住，推开门审问叶飞。叶飞本不想让母亲知道，他觉得烦心的事一个人担着就行了，但耐不住母亲长一声短一声的询问，便都说了。叶母的脸色刷地变了，半天，她说："李刚在的时候，公司那么红火，还不到一年，怎么说不行突然就不行了？"说完连声叹气，叶飞看着母亲，后悔告诉她这些，于是他点了根烟，下床穿好衣服。叶母见他是要出去的样儿，问他出去干吗，叶飞说看看别人有什么动静。叶母跟在叶飞身后，安慰他说："不要再冒傻气，不要强出头。"叶飞下了楼，叶母还在门口，对着冷冰冰的楼梯发呆，心上又落了一层太阳穿不透的灰尘。

公司里已没有了往日的整洁，风卷堆的纸片儿、塑料袋儿，到处可见。叶飞看见楼前聚集了一堆人，唧唧喳喳地议论着什么。叶飞也想听出点儿什么，还没走近便看见老科长从人群中出来，并用手招他过去。

老科长左右看看，小声地说："你来得正是时候，我刚才还在寻思着怎么去给你透个信儿。你赶快去找张中，银行验货的人快到了，迟了就没份儿了。"

"没什么份儿，你说清楚些！"叶飞有点不明白地问。

"你小声点儿，张中要拿库存的货抵贷款，你赶快去找找他，只要任务完成了，头也就清了。"叶飞听老科长说完，还是不太明白，但已知道老科长透给的信儿肯定对自己有利，便上楼找到张中。

刚进门，张中见是叶飞，故作吃惊地说："哟，叶飞来了！"叶飞笑了笑说："张经理，能不能把我的份儿添进去。"叶飞说完，拿眼看着张中，张中今天西装笔挺皮鞋锃亮。张中没理会叶飞。叶飞硬着头皮又恳求了一番。张中点了根烟，嘴角有一丝冷笑，他用指关节敲敲桌子，说："怎么？你不是对安莲说不要吗？你有什么份儿？"

221

叶飞听这话心里一阵搅动，他知道往下没什么结果，转身走出了经理室，走到拐弯处，老科长正等着他，问他情况如何，叶飞苦笑着，摇摇头，老科长有点急，说："抵银行贷款，价高，出得又利索，要不再找个人去说说。"叶飞有点感动，他深情地看了老科长一眼说："不了，谢谢你，老科长。"说完，走下了楼梯。

叶飞也没回家，他给虎子挂了个电话，没有人接，又给林子打了电话，还是没人接，他有点悲哀。人生一场，事业没个奔处，真正能坐下来交交心的朋友也没几个。苍黄的天卷起阵阵旋风，街上的人全副武装得只漏了个眼珠，人们行色匆匆。叶飞静静地看着，耳边响着风卷广告牌的撞击声。他不知道该去哪儿，哪儿都是灰蒙蒙的一片。

他进了一家酒吧，酒吧里没一个客人，他也没心情观赏酒吧的情调。坐在靠窗的一张小桌上，服务生过来问喝点什么，叶飞说什么都可以，是酒就行。不一会儿，小姐端来两杯酒，叶飞端起酒杯，酒吧响起音乐，是一支低沉的管乐。叶飞看见，酒杯里有自己的脸，很是苍老。他想起了父亲去世那一年悠闲的生活，那段日子好久没有想起了。叶飞觉得很遥远，不像是自己的经历，又觉得生活根本就是一个玩笑，是场梦。

想着，喝着，这样过了整整一个下午。大厅里亮起了灯，叶飞才察觉天已黄昏，但他却没有一点想走的意思，觉得待在这儿昏想也还不错，又要了两杯酒。酒吧里渐渐多了些声音，叶飞感到头阵阵发昏，眼中的人都在上下跳舞。他看见一团红走到自己眼前，听见有人问："先生，这儿可以坐吗？"叶飞断断续续地说："可……可以……怎么不……可以……"小姐坐定了，手里托着一杯酒，小姐看了看叶飞说："一个人泡酒吧，要么是泡在幸福里，要么是泡在痛苦里，先生是泡在哪里？"叶飞听这话感觉顺，但自个儿又不知怎么回答，只说："泡，泡在不知道里。"小姐咯咯笑出声来，叶飞抬起头说："你笑，笑什么，就是泡，泡在不知道里。"小姐仍笑，她看见叶飞抬头直勾勾地盯着自己，觉得有趣，说："就泡在不知道里，这才是喝酒的最高境界，喝酒就是喝酒，联系那么多事干吗，来，喝！"说完托起酒杯，示意了一下，仰脖饮进红红的液体。

两人东一搭，西一搭地聊，一个观点双方赞同，就举杯喝酒。小姐又叫来一瓶,叶飞也不知道自己是醉了,还是没醉,只觉头昏昏的,脉搏的跳动听得很真切,刚刚遗忘的不快又回到眼前,他想站起来和张中理论,却一个趔趄趴在吧桌上。

小姐一声惊叫,赶快躲开,衣裙上还是溅了不少酒。她推了推叶飞,叶飞已是一摊烂泥。无奈的她摇摇头说了声:"醉猫。"扭头却看见服务生过来,赶忙道歉,说:"不好意思,我男朋友喝碎了,我出门拦辆出租车。"服务生一脸的同情,递给小姐一张单子:"麻烦你先埋单,两人一共六杯酒,120元。"小姐满脸灿烂,说:"不急,不急,我拦辆出租车,先让我男朋友躺着,再埋也不迟。你看,他的衣服都湿了。"说完,高跟鞋急急地响出门外。

服务生收拾完吧桌上倾倒的酒杯,还不见小姐过来,出门一看,哪还有什么人!骂着回来,又推叶飞,叶飞已不是叶飞了,服务生感觉轻轻一推,叶飞便滑到了地上。服务生没招了,只好去找老板。

老板是位年近五十的中年人,他正与一位要好的朋友聊天。酒吧里出现酒鬼是再平常不过的了,但他听说酒鬼的女朋友借拦出租车扔下酒鬼怕付酒账独自溜走,却还是头一次,便来了点儿兴趣。他让老朋友先坐着,来到厅里,服务生指指叶飞说就是他。老板走上前去,蹲下,拨过叶飞的身子,吓了一跳,惊呼道:"这不是小叶吗?"双手要扶叶飞起来,服务生看见赶忙过来帮忙,两人费了好大的劲儿把叶飞抬进去,一进门,老板大喊:"掌柜,你看是谁?"被称掌柜的正是李刚,他站起来,看见了斜靠在老康身上的叶飞,心里也一惊。两人抬着他,让他平躺在沙发上。老板赶忙吩咐服务小姐,拿杯醒酒饮料来。

"这孩子,怎么喝成这个样!"老康说,"也苦了他了,让他睡吧!"李刚说完,服务小姐端来醒酒的饮料,李刚让老康把他扶起来,把饮料灌了下去,叶飞一连咯咯声,李刚取过毛巾,擦了擦叶飞嘴角的水迹,苦叹了一声。两人回到沙发上,李刚说:"老康,小叶有不错的悟性,只是没个机遇。公司不行了,又不得张中赏识,所以,借酒消愁。"老康也不停感叹,骂了胡红国和张中几声,也摇摇头,两人你一言我一语地对叶飞叹怜,不知不觉也喝进了不少酒。临走时,李刚又对康师傅说:"老康,咱得想法帮帮这孩子。不能让他就这样下去。等他醒了,给我个电话。"说完,和老康在门口分了手,拦了一辆出租车

回家去了。

叶飞一直睡到第二天天明,醒来,感觉嗓子疼痛难忍,忍不住咳嗽了几声。老康也醒了,叶飞看见是他,忙坐起身子问:"康师傅,怎么会是你,我怎么睡在这儿?"老康笑笑,说:"也怪我没告诉你,这酒吧是我开的,昨晚,你喝得烂泥一般,亏在我这儿,要是在别处,恐怕要睡大街了。"叶飞不好意思地笑笑,老康倒了一杯水给他,深情地说:"以后喝酒可得拿住神,喝坏了身子咋办?你康叔知道你心烦,可靠喝酒能解决问题吗?"叶飞不知说什么好,点点头,喝了口水。

老康看着叶飞不语,心里也一阵酸,他没有责怪他的意思,只感觉这孩子可怜,不由得说:"要不,你过来帮你康叔,我年纪大了,跟着酒鬼们熬,这把骨头快没油了。"叶飞看了一眼,说:"康叔,你让我考虑考虑。"

叶飞对虎子说了公司最近的事和康师傅的意见。虎子只骂他傻,说:"这不是个好事吗?把货调出来,我给你想办法,把钱弄到再说。"叶飞知道虎子的意思,觉得不妥,虎子连连摇头说:"石磊怎么发的?还不是靠东家猫儿,西家狗支撑起来的,钱这东西,是人民的,到自己手里就是自己的。你调出来,我给你出,他张中有他的独木桥,我虎子有我的阳关道。现在,有好多人都瞅着这档子事儿呢,企业推销员,东西买了出去,货款一个也没有,企业倒了,他们一个个都成了老板。靠什么发财的,还不是借鸡下蛋的!你别老把工作岗位看得那么神圣,一会儿被捏成狗,一会儿被捏成猪,有什么好稀罕的,跟上毛爷爷,是有个盼头,可你跟的是张中,黑灯瞎火的,给你个手电筒,你又不往亮处走。"

叶飞还是拿不定主意。他知道其中的味儿,虎子的意思是把货调出来,按市价亏卖,货款不上交,两头串好,就说是赊购,钱揣在自个腰包,瞅空儿生钱,用钱赚钱毕竟比白手起家容易得多。

虎子见叶飞还在犹豫,不住地摇头,说:"你这人没救,天生就是掏大粪的料。到嘴的肉不吃,你不是傻帽谁是傻帽?"说完,一屁股坐在沙发上,自个儿点了烟,没给叶飞。

叶飞在室内地板上踱来踱去,还是拿不定主意,头脑里乱糟糟的。一会儿觉得虎子的话没错,类似的事社会上大有人在,有的企业减员增效,可偏偏拿这些人没招,因为这些人身子底下都有十万八万的,裁了,账不就黄了。一会儿又觉得这不是什么正事儿,万一有个环节出了毛病,小命不是放在刀上了吗?

虎子抽了口烟,很是没味,他对叶飞说:"你别晃来晃去的,我看见你就来气,你当排长时的气概到哪儿去了。这么点儿事,拿不下个主意。你干干脆脆说干还是不干,要干,我插旗招兵,有的是吃粮人,不干,也说句话,省得我跟你窝囊。"

叶飞看他的样子,苦笑了几声,又惹得虎子别过脸去。

第十四章　涅槃重生,风雨过后是彩虹

1. 再遇伯乐

就在叶飞快要下决心的时候,李刚打了电话,让叶飞过去。叶飞来到李刚家,看见李刚正和台湾郑老总下棋,两人看见叶飞走进来,点了点头算是打招呼,身心又投入到楚河汉界两岸。只见李刚一只炮,取了郑老总的象,郑老上象吃了高炮,李刚下的是带子炮,他问了一声:"走好了没?"就在郑老总发现棋局不对时,李刚的另一炮盖在了郑老总的象上,说:"将。"郑老总惊得赶忙抽出自己的棋说:"不吃你的炮,我出帅。""不行,不行。"李刚摇摇头,郑老总说:"就悔这一步,就悔这一步。"李刚看拗不过,取回自己的炮说:"将呢,走?"郑老总朝右角挪出帅,李刚撤出象口的炮,堵住郑老总马的出路,郑老总盯着棋盘半晌,撤回来吃炮,李刚动了动过河小卒看住炮,郑老总的棋被拴死了。李刚的另一匹车却自由活动,郑老总感觉每个棋子都绑条绳索,沉思寻找解索的法子。李刚却不停地催促,干扰郑老总的思维,郑老总突然拿起车,深底给了李刚一将,李刚抬起将,郑老总跟上将,一上一下,连将了好几次,李刚有些烦了:"你是不是觉得常将不为输?""那你再让我悔一步?"叶飞突然忍不住,笑出声来,李刚和郑老总也笑了。"老是娃娃,小也是娃娃。"叶飞心里说。

三人点了根烟,李刚说:"让你一步又何妨? 再悔一步,也是输棋。小叶,你就等着敲锣,看我怎么耍猴吧!"说完,挪开看炮的小卒。郑老总拿车直接吃小卒,李刚看小卒没路可去,自己的车又和炮平行,打算舍命赚个士。叶飞觉得没有必要,伸手挪出带子炮,跟在郑老总的车后面,郑老总卒也不能吃,吃卒老帅没命,炮也吃不得,吃炮丢车,只剩下单马,郑老总耍起赖来,说:"自个儿输,输得悲壮,李刚赢,赢得不光彩,自个儿虽败犹荣。"李刚争不过,给了他一根烟说:"就算了吧!好汉不打上门客,说说小叶的事吧!"

叶飞不知自己有什么事,但见李刚说:"小叶,郑老总公司缺个主管,你有没有兴趣?"自打在老康酒吧里看见叶飞喝成一堆泥,李刚时时都在跟人打听适合叶飞的工作,在一次和郑总闲聊中,郑老总托李刚物色一个主管,李刚揽个满怀。他正为叶飞的事发愁呢!没想瞌睡遇到了枕头,能不让他惊喜?但李刚没有亮底,他怕自己急了反而坏事,欲擒故纵了几天,跟郑老总说了叶飞。郑老总是见过叶飞的,叶飞也给他留下了不错的印象。便答应了,于是李刚约了两人面谈。

叶飞明白了,他一阵心动地说:"这不是打着灯笼也难找的好事吗?我只怕自己能力不足,不能胜任,负了郑老总。"

郑老总喝了一杯茶说:"你这个主管的担子可不轻啊,不仅要负责原料的种植,还要负责原料的收购、挑选,工作面挺广的,工作量也是挺大的。"

"这你完全可以放心,郑老总,你把这担子交给小叶,也就等于交给了我,对我你还不放心吗?"李刚不失时机地说。

"有你这句话,我就放心了。"郑老总满脸兴奋地说,说完掏出个红包,让叶飞拿着,叶飞说什么也不拿,郑老总说是规矩。叶飞看着李刚,李刚说:"这是郑老总的一点心意。小叶,你就收下吧!"叶飞这才接过红包,郑老总要求叶飞明早就来上班,叶飞没想到如此之快,赶忙答应了。

三个人谈论了一下午,郑老总伸伸腰说要回去了。李刚和叶飞送到门口,看见郑老总驾车走了,叶飞也想回去,李刚却把他叫到屋里,少不了一阵安顿。

回家的路上,叶飞很是激动,浑身好像有使不完的劲儿,他如邓加进球后一样狂喜,右拳不停地砸着空气,不知不觉到了家。叶母听见门铃声,打开门,见叶飞满脸笑容,他看着母亲的慈祥,忍不住亲了亲母亲的脸。叶母冷不防,摸摸被儿子亲过的脸说:"鬼小子,吃什么喜药了?""暂时保密。"叶飞食

227

指放在嘴上，轻轻吹了一下，摇着头，哼着曲，坐在沙发上，又一阵欢呼。

叶母看见儿子高兴的样子，知道一定有很大的喜事。儿子好久没有如此开心了，想着，心里一阵甜又一阵酸。吃晚饭时，叶飞告诉了母亲，叶母先是一阵担心，但说着说着，也想开了说："那以后，你也成了白什么来着？"叶飞忍不住喷出口中的米饭，笑了起来，说："是白领。""对！对！"叶母想起了电视里看到过有关白领的介绍，觉得自己的儿子也能有他们那样的生活，她能不高兴吗？叶飞发现母亲的观念真正变了，不再是那个催他去沙梁的唠叨婆婆了。

"飞儿，以后你就把心思放在工作上，好好干，干出个样子，让他们瞧瞧。"叶母说。叶飞知道母亲心思，说："妈，咱家受的气也太多了，我一定会让你有扬眉吐气的一天。"

叶飞打电话将这件事告诉要好的哥们儿，所有人的心情都和他一样灿烂，嚷嚷着如此大的事，非要花几个小钱乐一乐。叶飞一高兴，他突然想告诉石磊一声，便拨通了石磊的电话。听到石磊的声音，叶飞却没有说话，他慢慢地放下话筒，他问自己："有必要吗？"石磊给他的伤害就如一块巨石重压在心。石磊说他对叶飞的情义没变，说叶飞和虎子在如今的社会，因一个女人而互相伤害他们之间的情意，太令他失望了。

叶飞自感没他如此的胸怀，他无法忘却云云的死，虽然其中自己有不可脱卸的责任，但石磊的推波助澜、卑鄙下流是导致事件发生的直接原因。

叶飞明白了，这是钱在中间搅和，人类发展到今天，钱对任何传统，都给了狠命的打击。叶飞不知道该怎么样去理解，在人类的进化过程中不知是石磊前进了，还是自己的观念仍在原地踏步。但一个清楚的现实告诉他，双方已不在一个层次，彼此不可能再抱在一起了，心里便更加难受。

叶飞如期地报到了，郑老总观察了他几天，觉得还比较满意。他配给叶飞一辆"丰田"，一部手机，慢慢地引叶飞进入角色，以使他能担起担子。

时间在不知不觉中过了一个月，叶飞渐渐学会了很多的东西，他明白了台湾人为什么在短短几十年中过上了富足的生活，这全靠台湾人永不疲倦的信念和坚持不懈的工作态度。台湾人经营企业的理念是全新的，在这里工作，每天都有很大的压力，但台湾人又善于营造自主解决压力的空间。使你在工作的重压下,充满乐趣。叶飞在工作中遇到稍大点儿事,都要去听听李刚的意见。他忘不了李刚对他成长的帮助。

2. 美女的郁闷

张洁陷入了焦虑和困惑中,这段时间她几乎天天给叶飞打电话。叶飞总说很忙,她不知是叶飞对她不再有兴趣了,还是真的很忙,她自个儿也搞不清楚,心里思忖着忍不住又拨通了叶飞的电话。

叶飞拿起手机,一听是张洁的声音,问:"有事吗?"张洁说:"没事!就是想你。"叶飞不知再说什么好,双方沉默了一会儿,叶飞说:"没事我挂了。"张洁突然哭了:"见不着人,我听听声音也不行吗?"叶飞没话说了。

人们常说,心闲无事想邪事。叶飞自打成了白领,郑老总要的是价值,自然就有一大堆产生价值的事要叶飞去做,叶飞渐渐忘了生理的需求。张洁的电话一度也使他烦恼,但还没到厌恶的地步,他没有想到张洁会对他如此饥渴。张洁曾吻着叶飞的耳垂说要叶飞一辈子做她的情人,叶飞答应了。原想只不过是相互需求的慰藉,渐渐地,她却陷入进去。

张洁问:"你能来吗?"叶飞想了想说:"不了,就在电话里聊聊吧!""你是不是开始讨厌我了?"张洁问。"我真的有事!"叶飞说。张洁不依了,哭着说:"你是不是找了新朋友,忘了老朋友?""没有。""那我过来。""别别,你千万别来,家里我妈妈在呢!""我只在楼下等你,你不下来,我就等你一个晚上。"没等叶飞再说,张洁挂了电话。

叶飞掏了根烟,坐在沙发上,脑中乱糟糟的。张洁却开始化妆,她对着镜子仔细地描绘自己,她开始以为叶飞讨厌自己了,她要用自己的艳色重唤起叶飞对她的激情。她涂涂嘴,描描眉,换了一身衣服,驾着老头给他的红色本田,来到叶飞楼下,左看右看,不见人影,她的心开始悲凉,使劲地打响喇叭。

叶飞听到了喇叭响,他拿不准自己该不该下去。他不知道张洁是怎么了。他开始怕了,怕自己真的被拖进去。叶飞原以为自己挺伟大的,现在感觉自己也是自私的。

　　张洁的喇叭声还在响，有好几家窗口推开又关上。叶飞听见母亲也在念叨，还是决定下去。

　　"你怎么了？"叶飞上了车问。"没怎么，你要是不下来。我一个晚上不让这幢楼安宁，要是谁下来问，我就告诉他，我找你。""你有病！你烦不烦？"叶飞说。"我就是有病，我就是想你。"叶飞看着她，心有点感动。伸手擦了擦她潮潮的脸，说："你呀！"话没说完，张洁扑进他怀里。

　　张洁把玩着叶飞的纽扣说："我也知道这样不好，但我控制不了自己，我对天发誓，就今天一晚，以后你不招我，我绝不烦你。"

　　叶飞看她那天真样儿，不觉笑了笑，张洁用手拢了拢头发，对着后视镜，看了看自己，扭过头，莞尔一笑，亲了叶飞一下，启动了车子。

　　两人又回到了极乐天堂。

　　一切过后，两人静静地躺着，室内只有空调发出蜜蜂一样的声音。

　　突然，地板上衣服内的手机响了，两人都抖了一下身体，叶飞爬起来接了电话，郑老总让他马上来公司。叶飞答应后，关了机子，准备下床穿衣服，张洁却一把抱住他说："飞子，我不让你走，你是我生命中真正的男人，你每次离去，我抱着留有你体温的被子，心仿佛被掏空了一样难受。"

　　叶飞双手托起她的脸，看着如朵牡丹的脸，目光相对，张洁双唇又贴了上来，舌尖探入他的嘴中，极力地吮吸着。

　　叶飞脑中突然闪现出自己，他冷静下来，轻轻推开张洁，拿起衣服，边穿边说："我得去了，女人可以吃青春饭，男人可不行。"

　　张洁的眼睛突然睁大，她愣了一会儿，以为是飞子真的看不起她了，她下床双手推着飞子后退，叶飞身子一个踉跄，差点摔倒在地上。张洁仰起脸，脸上滑下两颗泪珠："你以为我愿意吃，你以为我愿意当二奶？当妓？我没想到你还这么看我，你还这么说我！"叶飞看着她不知道该说什么好，张洁猛一甩头说："我就是吃青春饭，你以为你是谁？你不也是供我满足的玩偶吗？"

　　叶飞呆了，张洁也呆了。张洁不再看叶飞，趴在床上放声痛哭。叶飞没想到一句不经意的话引起她如此大的震动，他一时也手忙脚乱，不知如何是好。张洁仍在哭，肌背雪一般的洁亮。叶飞拾起衣服，默默地走上前，盖在她身上，拍拍她的背说："我不是这个意思，你也知道我没那个意思。"张洁听叶飞说完，转过身抱住叶飞说："我就是不让你说这样的话，要是你还这样看我，我活着还有什么意思？"

叶飞长长喘了一口气，张洁扑哧笑了一声，帮他系好领带，说："去吧，是雄鹰就要去天空展翅。"

林子坚守了三天，一声清脆的哭声，小生命终于来到带晨露的人世。苏小芳满脸疲惫，她低头看了看粉嘟嘟的小家伙，幸福地笑了。林子听说是个男孩，满脸狂喜，喜得不知道自己是谁了，护士叫了三遍，他才醒过来。按护士的吩咐，给小芳冲了杯红糖水，小芳接过林子手中的杯子，眼睛柔柔地看着林子。护士脱下大褂，看他俩蜜意绵绵，说："行了，行了！快些把糖水喝了，躺下休息。"

林子安顿好他们母子俩，赶忙给家里打了个电话，电话是母亲接的，她听说小芳生了孙子，丝丝愧疚系上眼眶，声音有些哽咽。放下电话，她赶忙从衣柜里拿出早已偷偷准备好的小褂儿、小裤儿，赶到医院。

小家伙渐渐有了人样，眉目清秀，脸大口方，胖乎乎的很是逗人。叶飞和虎子也去医院探望了，叶飞从小芳手里接过孩子，胖家伙红粉粉的小脑袋旁举着两只红粉粉的小手，投降似的。小芳说小家伙很不老实，裹在里面不大会儿拳头就伸出来了，怎么也裹不住。林子说长身体就和玉米拔节差不多。

虎子说："来，让干爹看看。"说完从飞子手中接过孩子，看了看说："活脱脱是个小林子。"他又看了一眼小芳说："看来，没有什么问题。"苏小芳脸突然红了，她瞪了一眼虎子说："你以为全世界的人都像你！"所有的人都笑了，虎子又逗什么也不知道的小家伙叫干爹，苏小芳怕他吓着孩子，伸手接过来，虎子撇撇嘴说："这世界多么的不公平啊，林子你都当爹了，我们呢，还旗杆一根。"

"唉！你就别想了，你是饱汉子不知饿汉子饥，这几天我忙里忙外晕头转向，你在哪儿？七八天我没踏踏实实睡过一个好觉，还是你们好，一个人吃饱，全家不饿，趁机会多玩玩吧！结了婚有了孩子，想玩也没得玩。"林子说。

正闹着，门被敲响，林子开了门，进来一位三十多岁的男人，林子问："有事吗？"男人衣着笔挺，笑眯眯地掏出盒大中华，林子指指墙壁上"禁止吸烟"

的字条,男人忙笑着收起。男人说:"想找个保姆。"虎子说:"我们这儿没保姆。"男人看了看小芳:"小姐,能不能给我的孩子也喂喂奶?"小芳愣了一下问:"孩子母亲呢?"男人说:"她怕给孩子喂奶影响体形,要我给孩子找个奶妈。"虎子烦了:"去别处找,出去。"男人说:"我给钱的。"虎子说:"多少?""一月两千,保健品除外。"男人说。"一个月三万。"虎子说。男人脸色有点为难,想了想说:"这是不是太高了点儿,再加一千,一个月三千。"虎子瞪了他一眼说:"没钱?你没钱找什么保姆,出去,出去。"男人张了张口,突然明白了,赶忙笑着出了门。

小芳说:"飞子,你说这社会走着走着,什么怪事都又回来了,那女的心可真狠!也不知咋想的。"

"管好自己吧!"飞子说,"等你有钱了,也就用不着大惊小怪了。"

叶飞因干得出色,郑老总要给他加薪,叶飞赶忙拒绝说:"郑总,不是我不喜欢钱,只是和别人拿的钱悬殊太大了,不好开展工作。"

郑老总说:"你不拿,我倒不放心,管理者对自己的工作所得不接受,难免会出现思想误差,一个低薪的人可以把企业做好,同样很容易把一个企业破坏,因为没什么牵挂嘛!"叶飞还是怕树大招风,郑老总想了想说:"那就不公开,我给你开个户头,每月打过去。这钱,你一定要拿的,还是那句话,你不拿,我倒不放心了,给你加薪,就是给你加责任,我不搞发奖状的那一套。"

叶飞接受了,郑老总说:"大西北啊,观念还是陈旧。大西北落后的最大的敌人还是你们自己。当官的,个别人除了混就是吹,把老百姓都吹成空气球了,还在玩着浮夸刮风赶潮。老百姓啃着资源填饱肚子,找着法儿上访抗费,哪有精力发展经济?西部招商往往都把土地廉价,劳动力廉价作为优势宣传,岂不知往西部投资手续繁多市场不规范,无序竞争行政干预等所花的费用,早已翻番了成本。"

叶飞点点头说:"那你为什么还选择来西部投资?"

郑老总看了看叶飞,说:"大陆改革开放二十年,东部的经济宽带增长已放慢了脚步,中国内陆急需一个新的经济增长地区。发达国家在发展中都出现过类似的情况,美国的西部,日本的北海道就是在相同的背景下开发出来的。中国提出开发大西北,我们就是要抓住这个机遇,加快资本扩张,把公司做大。"

叶飞想起西安丝绸起点的群雕,想起中国最早走向世界的欧亚大陆桥。这块有点沉重的土地,有着浓厚的文化底蕴,有着丰富的矿产资源,有着巨大的旅游潜力,难道我们西部还不能有所作为吗?

叶飞从此振奋了起来,他盼望着大西北这块古老的土地再次焕发青春。叶母看着儿子每天都精神抖擞,高兴之余,心里那块疙瘩又堵在喉咙里了,母愁儿妻,又念叨起叶飞结婚的事情了。叶飞也觉得自己该有个伴儿了。每当看见夫妻左手拎着鸭,右手拎着菜,走出菜市场时,叶母心底也会升起层层羡慕。叶母想起邱月,自我解嘲地在心里说:"也许她早已成家了,自个儿还庄周梦蝶。"这么想着,又觉得邱月真是绝情,走了这长时间也不来个音讯。

叶飞对张洁说了邱月的事儿,张洁说:"全是我掺和着,拆散了你们。"叶飞说:"这也不全怪你,怪我没把握好,长这么大,我人生的每一个转折,都有女人陪衬,这也许是上天的安排,让我泡在女人的泪水中,泡发了思维,好让我写东西有内容。"叶飞自嘲地说。

"你千万别把天生之才荒废,要知道钱并非什么都能买来。我这辈子是没什么出息了,我也没有奢望能守住你,我也应该有自己的生活。我打算攒一笔钱,回到我的家乡买辆车跑出租,平平淡淡地过日子。要是能遇上你这样的男人为伴,就谢天谢地了。"

叶飞听她这么说,心也有些伤感,他说:"还是你们女的好,像条河,走到哪儿流到哪儿,我们男人就不成,像棵树,栽在哪儿就定在哪儿。"

两人都有些酸,半天,张洁苦笑了一声,说:"我们这是干什么呀!我和你之间的约定不是人生苦短,及时行乐吗?怎么忽然变成老孔的学生了,好像真到了哭泣别离的那一天。"

叶飞也笑了,他说:"这活人说到底有什么呀!到处是名的纷争和利的厮杀,一个不相信一个,一个防着一个。和你在一起,心底儿没一丝私念,可惜这样的日子不长了,想想你要走了,连给知心的人说说知心的话的机会也没有了,怎么不让人伤感。"

233

"我要是真走了，你就好好找位姑娘，真心地对她，不愁没个说话的地方。"张洁安慰他。

叶飞长叹了一声，说："可惜，我俩彼此了解得太多了，知道得太多了，否则，也是很好的一对。"

两人东一句，西一句，感慨了一阵儿，相拥着进入了梦乡。他俩相会，第一次没有做爱，张洁枕着叶飞的胸膛，呼吸异常均匀。

郑老总决定上罐装饮料生产线。依托沙洲丰富的瓜果资源，依托西部大开发带来的机遇实现他发展的第一步战略。在他的蓝图中，他要在这瓜的海洋和果的世界中，打造一艘航空母舰。早在福江他就对沙洲的子瓜做了研究。随着炒货厂的增多，他感到单一的瓜子市场隐藏着深深的危机，必须走多元化、产业化经营的道路。他查资料，做调查，苦苦寻找子瓜潜在的价值。他终于找到了，子瓜不仅营养价值极高，还是一种理想的生物性化妆品原料。这一发现，更坚定了他的决心。他调来福江公司技术人员，以少有的速度安装、调试生产线，他给叶飞的任务，是寻找成功的策划公司，进行强强合作，保证产品的问世有一个响亮的品牌来占领市场。

叶飞上省城，去沿海，终于找到一家市场策划的高手，谈妥了条件，便马不停蹄地进行了艰苦的市场调查，一篇篇可行性报告，一封封调查问卷，不停地分析，反复推敲，务必要找出怎么在众多的饮料品牌中脱颖而出的突破口。

高素质的人才都是非常敬业的，叶飞被他们的精神所鼓舞。他感觉每天都过得很快，日子在忙碌中充满挑战的乐趣。郑老总对公司事业的发展很是满意，他对李刚说："腾龙瓜汁若能做成功，我一定要给你颁发'发现人才奖'！"李刚也很高兴："你别给我戴什么高帽，只要你能给叶飞一个发挥才能的空间，我比得你那个什么奖更高兴。"郑老总说："这不是什么高帽，这是你伯乐价值的体现，从叶飞身上，我看到了大西北的希望，未来的西部开发中，正是他们要挑起大梁。等产品做好了，我一定要游说更多的台商来西部投资，大西北并非只是黄沙厚土，这里确实蕴藏着巨大的商机，这里深埋着不少商业天才。"

"若能真如你所想,我先替大西北的人谢谢你了!"李刚也充满了深情,他站起来,握住郑总的手,两人相视而笑,仿佛看见大西北沸腾了起来,看见大西北人在号角中抖落尘埃,为自己的家园热火朝天地奋进。

3. 传销魔窟

林子当班,突然桌子上的电话铃猛响,他赶忙伸手拿起话筒。报警电话是一个中年男人打来的。中年男人对着话筒没讲几句就娘儿们似的抽泣开来。林子安慰他慢慢说。从中年男人断断续续的话语中,林子才明白他是想举报隐居在沙洲市的一个传销网点。林子一激灵,立马用腮帮夹住电话,取过记录本,登记下男子举报传销网点的详细地址。

放下电话,林子立即跟杨大队汇报。林子知道,传销是严重扰乱市场经济秩序的,涉及地区广、人员多、资金大,有的还伴有非法集资、制售假冒伪劣商品、侵害消费者权益等大量违法行为,它不仅诱骗大量社会人力资源,吸纳大量社会资金,破坏了市场经济的健康和谐发展,还严重扰乱社会治安秩序,影响群众的正常生活秩序和生命财产安全,同时还具有很强的继发性,很多大量刑事案件以及扰乱社会治安秩序案件,就是传销引发的。

杨队长听了林子的汇报,感觉到了案情的严重,立即召开会议部署。根据报警男子提供的地址信息,他们决定微服侦察,拉网布控。

根据杨队长的部署,林子和女警官朱艳秋装扮成一对下岗夫妇,找到报警的中年男子,通过他接触到他参加了传销组织的媳妇周红英。中年男子对媳妇周红英说林子和朱艳秋是他老家的远方亲戚,因双双下岗,借了一笔钱来沙洲准备开家小店,才消除了周红英的警觉。林子像个没见过世面的小瘪三,跟前跟后一口一个婶子叫着讨主意。周红英一双小眼睛转动了好半天,突然很神秘地对林子说:"傻侄子,干吗要去受开店的苦,干脆去婶子的公司吧,婶子的公司一个月能开两千多呢!"林子心里窃喜,装作很高兴的样子连口感谢。在一旁的朱艳秋装作不放心的样子问了一句:"婶子,你所在的公司具体做什么工作呀?"周红英看了朱艳秋一眼说:"我们公司是专门营销保健

235

产品的。"接着周红英开始滔滔不绝地讲起元气袋包治百病的神奇功效。

演足了前戏，林子显得迫不及待，要周红英立刻带他去公司赚大钱。周红英笑着说，有婶子在，赚钱是肯定的，只不过，公司营销的元气袋疗效非凡，供不应求，常有营销人员不按公司的规定销售，给公司造成了恶劣影响，为了避免同类事件的发生，公司规定新入公司的职员需交六千元人民币的押金。

林子面露难色，朱艳秋微微迟疑了一下问道："婶子，这押金交给公司，假如不干了能不能退？"周红英白了朱艳秋一眼说："退？怕是你进了公司，哗哗的钞票装进口袋，就是要退给你让你走人，你也会哭爹叫娘的不愿意退呢！"

林子装作提到嗓子眼的心放了下来，看了一眼朱艳秋，两人意会，相视微微一笑。

第二天，林子和朱艳秋早早来到周红英的家。周红英看着他俩，问钱带来了吗？林子拍拍口袋说带来了。周红英一张老脸盛开得像朵烂菊花。她拦了一辆出租车，带着林子和朱艳秋上路了。

出租车带着他们来到西郊的一幢居民楼前，林子看了一眼六层高的楼房，眼带疑惑地问周红英："婶子，这就是你们的公司？"周红英说："我们公司是物流式直销性质，因为元气袋太抢手，往往货还没到，抢购的人就排着队等候，所以公司不需要正规的店铺。再说，沙洲只是分公司。"

三人一路聊着上到五层，听见从门缝里传来很多人嘈嘈的声响。周红英指指门说："听听，公司人气多旺。"说着敲响了门，里面有人鬼鬼祟祟地看了眼才开了门。

走进门，林子看见七八平方米大小的客厅里站满了一二十个人，再看，卧室里也是人，男男女女都有，看见他们进来，都睁大眼睛朝他们看。林子和朱艳秋对着他们微笑，可他们的表情却异常木然。

这时一个男子对周红英说："周总，给介绍下啊。"周红英笑着说："我侄子和侄媳妇，可要多多关照。"

林子看见一男子正拿着一沓钞票哗哗点着。周红英附在林子耳旁悄悄说："大侄子，看见了吧，有很多人都相信进公司能赚大钱，都在自愿交纳押金,都想早一点成为公司的员工。公司还会给新来的员工进行岗前培训。听说,公司的老总要来亲自授课,你是赶上头彩了!"

林子赶忙点头,连说赚钱了一定不忘姊子的好。

在臭烘烘的房间里和一帮人挤了三天,林子和朱艳秋终于等来总公司老总。只是林子怎么想也想不到,来给他授课的总公司老总竟是三四年没有音讯的民子。林子睁大了眼睛,心猛地一抽,他悄悄把脑袋躲在前面一男子的背后,焦急万分。

林子知道自己的衣扣里装有信号跟踪器,杨大队通过指挥中心的 GPS 定位仪早已锁定了他们的位置,就等他的信号发出拉口袋口了。他只要轻轻一按,杨队就会带着公安干警呼啸而来,民子和民子的同伙顷刻间就是瓮中之鳖。

林子拿不定主意,坐在他身旁的朱艳秋用肘捣了他一下。林子看了她一眼,不知该怎么对她说,只咬紧嘴唇,拧皱了眉头,心像放在热锅上打滚的蚂蚁,奇异般难受。

就在林子犹豫间,民子手拿粉笔在黑板上刷刷写了"改变你的思维,就是改变你的生存环境"几个大字。然后,在椅子上坐下来端起紫砂壶小喝了一口,目光盯着在座的听众,然后他指着最前面的一个人问道:"你想穿着睡衣,喝着咖啡,轻轻松松地月赚 10 万吗?"被问的男子愣住了,张着嘴好半天说不出话来。民子看着他,手指指着黑板上的几个大字说:"改变你的思维,就是改变你的生存环境,改变你的人生。今天,我就是要告诉你们,要想改变人生,就要具备自信。自信,就是要相信自己的选择,相信自己的能力,相信我们的公司。"

这时,朱艳秋又悄悄捅了捅林子说:"这家伙口才还真不赖,这就是所谓的洗脑吧。"林子也只能点点头,心里还是拿不定主意,只好对朱艳秋说:"再听听,看他狗嘴里还能吐出啥玩意儿的象牙。"

民子又讲:"拥有了自信,你的营销水平 3 日内就可发生翻天覆地的变化,你的财富 3 个月内就会产生难以置信的改观。走进了我们的公司,你就是明天的千万富豪。千里之行始于足下,从今天起,你们的一切将用两个字来代替,那就是美好。为了拥有美好的明天,我们必须从零做起。成为一个什

237

么样的富翁,取决你有什么样的改变。是不是只要改变就可以成功呢?不是,还要加强学习。要学习领导的成功经验和闪光点,要学习老业务员是怎么做的。人要有欲望,欲望就是目标,就是成功的动力。你认为无法达到的境界,恰恰就是你再努力一步就可成功的目标,要有把目标写在钢板上,把计划写在沙滩上的雄心,做到这一点,你的成功离你只有一步之遥……”

朱艳秋说:“再听下去,我也要被洗脑了,这家伙怎么跟大学教授一样能侃啊。发信号吧,我估计队里的同志们早等不及了,要是再被他们这般囚禁下去,我会疯的。”

林子仿佛没有听见她的话,眼睛怔怔地盯着民子,他想起在部队,民子对文物的痴迷。咬咬牙,他的手指伸向第四颗衣扣。

警笛的呼啸声从远而近传来,原本秩序井然的课堂爆炸开来。民子听见警笛声,一把拉开站在门口守护的周红英,就要往门外冲。林子发呆之间,听见朱艳秋大喝一声,似箭一样追向民子。

林子也立马从人缝中挤出,等他冲到一楼楼口,看见民子被赶来的队友擒住。民子左右挣扎,高声嚷叫,手腕被锁在一起仍不停地大喊大叫。林子不知该怎么好,脑子像被灌满了米汤一般。

眼睁睁看着民子和同伙被押上警车送进看守所,林子也只有长叹。下了班,他没有丁点儿胜利的喜悦,驱车来找叶飞。

林子先打叶飞手机,手机关机,又打叶飞传呼,仍不见回音。他有些烦躁,抽根烟,又拨虎子手机。虎子正在吃饭,他听民子搞传销被抓了,赶忙擦擦嘴,驱车赶来见林子。一见面他就问:“民子被关到什么地方了?”林子说:“现在在看守所。”“怎么弄成这个样子,好端端地搞什么传销?这不是脑子被门挤了吗?”虎子胸腔中里似有一团棉花,憋得难受。

“咋办呢?”林子看他烦躁的样子问。虎子抬头看了看林子说:“咋办,这河里的水,你比我知深浅,我能有什么办法?”林子见虎子这么说,知道他心里除了急也没什么招儿,只好继续拨叶飞的电话。

连续拨了几次也没拨通,林子气恼地把手机扔在座位上。林子说:“他会去哪儿呢?”虎子说:“咱去公司问问。”两人上了车,来到宏昌公司,保安听说是找叶副经理,让他俩稍等,拨通电话,没人答应,又拨通郑总电话,也无人答应。

两人没了脾气，虎子上了车，狠狠拉上车门，边启动车子边骂："死了吗？"话没说完，车子猛一点头。林子差点撞到前窗上。林子有点急，但他一看虎子的样子，到嘴边的话又咽了回去，车子急速行驶，林子抓住扶手，说："上家问问吧？"虎子说："问什么问？"但还是将车开到叶飞家楼下。

叶母开门，见是虎子和林子，赶忙招呼进来。

两人落座，林子刚想问叶飞的去向，叶母却先开口："林子，你都结婚有了孩子，小孩还乖吧？你妈妈真是幸福。我们小飞真不知怎么了，原先那个云云，我待她像亲生女儿一样，大了，倒嫌我们家穷，嫌我们小飞工作不好。一块儿长大的，说翻脸就翻了脸。有钱人家是好，可有钱的人家不一定看上你，不过是拿你开开心，玩玩。看不上这个家，嫌我们小飞穷，你别再来害我们，没人要了，学坏了，不行了，倒想起我们小飞。邱月是个多好的姑娘，人好，心好，模样也俊，硬是让她给搅散了，去了上海。有时候我真想不明白，我怎么生这样一个儿子，没骨头。岁数一天天混大了，好姑娘却让人挑没了，真不知道他是怎么想的，你们见了，好好劝劝。"

虎了和林子四目相碰，撇撇嘴，虎子见叶母还要唠叨，赶忙问："阿姨，飞子呢？"

"他去省城了，去了都快一个星期了，怎么他没告诉你们？"

"没有，我们有个事找他，机子也关了，呼他也不回。"

"啥事？"

"也没什么事。"林子赶忙说，他怕虎子告诉叶母民子的事，假如闹个满城风雨，场就不好收了。两人只好辞别，临出门，林子再三告诉叶母，假如叶飞打电话回来，一定要他和虎子打个电话。

"等吧！"虎子送林子回家。两人谁也没什么好的法子，听天命吧。民子属另类，这种性格的人，一旦陷进去，是很难拔出脚的。传销的危害性路人皆知，就是坑蒙拐骗，就是通过发展下线来赚取人头费。虎子和林子怎么想也想不到民子这几年出去是靠做传销生活。

起风了，天空瞬间变暗。沙尘在天地间狂舞，股股黑紫色的云团，翻卷着

239

掠过大地。大街上车辆开灯缓行或靠边等候，行人们尖叫着抱头裹衣或手拉手，臂挽臂逃进店铺躲避。呼吸变得困难，眼睛无法睁开，天空随风的呼啸，时黑时紫，不时传来物件砸地的响声，天地间闭合了。叶飞站在窗边，透着玻璃，他看着天空团团飞旋的黑云，心里真恨，大西北为什么每年春天都成了这个样子。儿时沙洲的春天是多么的令心追忆，万木勃发，雨后的沙丘布满小草，远远看去，像人工造就的高尔夫球场。沙枣花盛开的季节，整个沙洲都被浓浓的沁人肺腑的香味笼罩着。又一声巨响，打断了叶飞的思绪，他看着天，脑中又想这几天发生的事。

经过和策划公司的多次调查，论证，决定在新产品还未上市前，先采取形象宣传策略。叶飞和策划公司的丰经理来到省城，和选准的×歌星谈形象代言人的事项。叶飞总觉得×歌星那几句赞美腾龙饮料的话不值三百多万。叶飞第一次和×歌星面对，感觉很勉强。×歌星晃着二郎腿，翻着一双超世傲物的眼睛，自感高大，叶飞却越看越俗。叶飞没在合同书上签字，×歌星羞恼地用沙发巾擦擦皮鞋，又将揉成一团的沙发巾扔在床上，骂骂咧咧地摔门而去。丰经理开始生叶飞的气，在来省城之前，这都是和郑老总协定好的，和×歌星签了合同，就可以拍片子。他不知叶飞怎么会突然改了主意，让他的辛苦白费，心里也很恼火。叶飞看他，微笑着说："这小子我入不了眼，我没法下决心让他做腾龙的形象代言人。""为什么？""凭感觉他不值三百万。""他可是当今最红的歌星，是成千上万少男少女心中的偶像，他你都瞧不上眼，还有谁让你瞧得上？再说，这价钱是郑老总敲定的，又不是你口袋的，你疼什么心。现在，哪个企业不是花大价钱做广告，酒好不怕巷子深的时代已一去不复返，酒好还要会吆喝。这吆喝靠你我不行，就得靠×歌星那样的公共人物。都想在电视上有影，广播中有声，站立在宝塔之上，可被捧为月的只能是少数，我们暂时只有仰望的份儿，只能花钱让他帮助我们出名。等我们壮了，做大了，你就会明白物有所值，钱花得不冤。"

叶飞一直吸着烟，丰经理看自己苦口婆心的善导没起什么作用，心火更盛了，他指着叶飞说："叶副经理，话我可放在前面，事儿要砸了，你必须担起所有的责任。"说完也摔门而去。

叶飞一个人呆呆地立在窗前，好久，他没动，只注视着黑云翻滚的天。他在想省城的天都成了这般模样,沙洲的天地怕是早已闭合,浑为一体了。造物主真不是个东西,老祖先更令人讨厌,留给后代的却是一场接一场的沙尘暴。

沙洲在清代拥有生机勃发的年华。泉水出露,胡波粼粼,沼泽地星罗棋布。北面之沙漠戈壁非天生,也有人为因素。短短百年,废渠道而河流干涸,伐树木而秀川秃野。水资源的滥用,无节制的开伐,制造了沙尘暴。人类又开始品尝自酿的苦果。叶飞这么悲着,叹着,脑中突然闪现出来一些东西。他拉紧窗帘,关了手机,拨了房间电话,打开文件夹,开始做一个大胆的设想。

叶飞为自己的灵感激动着。他把自己锁在房间,苦苦地熬了两天,整个计划书才出来。凭感觉他认为自己是在做一件双赢的事。合上文件夹他决定回沙洲,因为沙洲的书房能磨平计划书中许多生硬的东西,能使计划书变得丰满滋润。

叶飞开了手机,叫来服务生退房,林子打进了电话。叶飞听他讲民子的事,心里咯噔了一下。这民子怎么了,要么三四年没个音讯,要么原子弹般地横空出世。挂了电话,他忘了跟丰经理告别,匆匆往沙洲赶。

三人来到看守所,林子说再不想办法,检察院就会公诉,民子也就完了。我们不能眼睁睁看着他沉下去啊。叶飞说,先想办法我们和他见见面,看看他心里是怎么想的。林子点点头,单独去找了看守所长。所长姓焦,有着五短的身材和衬衣第一个纽扣无法扣进的脖肉。林子客套了几句,说明来意。焦所长面部表露出难色,按规定,这时候民子是不允许探视的。林子说:"焦所长,轻重我懂,您放心,我不会给您添乱。民子和我是生死之交,我不能不管。您就我们就去看看他吧。"

林子等了老半天,焦所长才说:"看你份儿上,我给你十五分钟。你可要把握好,别害我。"

三个人见到了民子,民子穿一件对襟绸褂和灯笼裤。上唇的胡须如蜘蛛网般结在嘴上。虎子先张口说:"民子,你吃啥药了,中这个邪?"民子抬眼看见他们,心忖了一下,又仰起头,双目微闭,手掌叠在一起,左右转动。

"民子!"叶子见他这样,又气又有点心酸,他问了一声,"你怎么会成这

个样子？"

"问苍茫大地，天知地知，我这个样子怎么了，我倒是有点可怜你们。再说，我做什么了？我正正经经做生意，不偷不抢，以发展销售人员数量和依据销售量给付报酬的行为，怎么能叫传销？你们懂营销学吗？"

"我们理解，我们不懂，我们只是不理解你不偷不抢怎么会坐在小板凳上，你懂营销学，怎么把自己营销进这四堵墙的号子里？"虎子有些耐不住了。

叶飞瞪了虎子一眼，对民子说："这几年，哥儿几个都想你，今天，咱在这个地方相见，当哥的我心里难受。我不怨你，但你要明白自己的处境。你的事不同于杀人放火的刑事案，传销还是直销，政府有明确的界限划定。既然政府定性你的行为为传销，这就不是你我能抗辩的。认罪是你唯一的出路。识时务者方为英雄，我们是哥儿们，是战友，是有过生死劫难的兄弟。我们怎么能看着你身陷牢笼受罪受苦呢？主意我们拿，事儿我们办，能不能离开这个地方，关键还是要靠你自己。我不知道你陷得到底有多深，但无论深到哪儿，你必须立马上岸，你听明白了吗？"

"飞子。"半天，民了才吭声说，"我谢谢哥儿几个，你们也别费心了，出去了能怎么样。还不得为钱奔命，还不得仰望贪官的嘴脸，还不得天天戴张伪善的面具偷生。你们好坏还能攀缘借力，我呢？"说完，仰闭上了双目。

三个人无论再说什么，民子仍没有睁开眼，满脸的胡须下只有脖颈的喉结微微跳动。

时间到了，焦所长进来催促，林子行前再一次对民子说："该说的我们三个都给你说了，说心里话，看你现在这样我们心里难受。作为哥儿们，我不应该断了你的财路，但作为警察，我必须保卫人民财产不受损失。传销就是把自己的快乐建立在别人痛苦之上的游戏，你的下线骗取的都是亲朋好友的血汗钱，他们被骗了，只好接着骗人，很多家庭妻离子散，兄弟反目，都是因为你们的组织真正受益者，是你们站在塔尖上的几个人。"

民子睁开眼，看了一眼林子说："你真站着说话腰不疼，我要是穿你这身衣服，这样的话我也会说。"说完站起身在哥儿几个的眼光中头也不回地走出了探视室。

沙尘暴累了,但它劫后的天地,却是一幅令人惨不忍睹的景象。痛失亲人撕心裂肺的哭声,大片大片干枯的农田,倒在田林、路边的大树,消失了薄膜的温棚,城市被扭弯了脖子的路灯,店铺破碎的招牌……全国人民开始了声讨,都在问它产生的原因,都在商讨如何才能战胜它。一时间,沙尘暴占据了各样媒体,全国人民从心底里开始对西部有了忧伤。报纸上少了歌星绯闻、婚变、发脾气、用什么牌子的香水。少了名人老爹老妈、狐朋狗友们的丑态,媚状,矫情和酸姿。

叶飞更坚信自己的感觉,他跟谁也没有露气。一个人钻进书房,寻找自己想要的东西。只是民子让他不能专心,让他的心里隐隐生疼。叶飞不自觉地回想起民子在部队挖出陶罐的一幕,再也坐不住了。最近几天,他找了好多关于传销的资料查看,资料上介绍的故事让他心酸。想想资料的故事,他的心便开始打颤。浓霜只打无根草,祸来只奔福轻人啊。他找来林子和虎子,三人商量怎么才能让民子清醒的办法。

叶飞想了想,决定去民子家一趟,请老太太出山。可到了民子家,看见老太太一副老态龙钟的样子,他一时不知该怎么办才好。民子姐也在,她招呼三个人坐下。老太太已是耳聋眼花,神志痴呆,短短几年不见已认不出叶飞。民子姐大声地对着老太太的耳朵,一遍遍地喊着,老太太才认出是叶飞。颤抖着手,眼泪顺着脸上的皱纹流了下来。"妈。"民子大姐见状叫了一声,到这个份儿上,叶飞不知该如何了。谁也不知该如何开口,东一句,西一句地应付着老太太,心情都有点悲凉。老太太是思儿过度,是让眼泪洗瘪了脸,洗出了苍老。叶飞想,只有让一个活生生、好模好样的民子出现在老太太的面前,才能抚平老太太心灵上的皱褶。可一时半会儿,怎样才能让民子好模好样地站在母亲面前呢?

叶飞的心像掉进胆汁里,原先的计划看来是无法行通,三个人默默地坐了会儿,默默地捂着被老太太泡酸的心,告辞了。

走出民子家,叶飞抬头看灰灰的天,心情异常沉重。林子靠过来问:"飞子,咋办呢?"

叶飞收回看天的眼睛,咬了咬嘴唇。虎子看叶飞不语,径直拉开车门,弯腰上车。

沉沉地，车在大街上急驰。遇见红灯，虎子骂了一句，按下音响键，车身咣当摇晃。

车过电信大厅，叶飞脑中忽地一闪。想起在部队民子就是因为狂追青青未果，才对人生丧失了信心。解铃还须系铃人，他让虎子靠边停车。

虎子扭过脸，阴沉沉地问："停这儿干吗？"

"或许只有她才能解开民子心中的死结。"叶飞说。

"青青？！"林子明白了，他问。

"管用吗？"虎子也问。他将车泊好。

"试试，活马当做死马医吧！或许能回光返照。"叶飞说着下了车。

电信大厅里人声嚷嚷，宽大的屏幕上一位小姐扭头撷胯，挂在胸前的小手机在双峰间上蹿下跳。叶飞看见柜台后面的青青正叭叭敲响着键盘。

三人走到柜台旁，青青的手还在叭叭敲响着键盘，旁边的打印机吱吱吐出一张电话单子。青青看也没看，伸手扯下，交换到左手，胳膊一挥，电话单子在眨眼工夫搁在了柜台面上。

"下一位，号码多少？"青青头也没抬，问。

"8484555。"叶飞接过她的话应了一声。

三人看见青青的双手又叭叭敲打键盘。可键盘响了几下，青青的双手不动了，眼睛盯着屏幕发了会儿呆，猛地扭头。

她看见叶飞、虎子和林子都冲着她笑。

叶飞报出的号码，是青青家的电话号码。

青青莞尔一笑，对身旁的另一位收费员耳语了几句，起身离座，从柜台口走出。

叶飞说明来意。

青青说不去。

"一夜夫妻还百日有恩，别太绝情了。"虎子仰仰眼皮说。

"一边待着去。谁一日了？谁百日恩了？虎子你嘴上挂个锁好不好？你们谁爱去谁去。"青青瞪了虎子一眼，转身要走。

"青青，不说别的，咱都还是战友吧！"叶飞对着他的背影说。

青青停住了高跟鞋的嘎嗒声，转过身对叶飞说："一个连面对生活都没有勇气的懦夫,干吗要瞎费工夫。让他哪儿凉快哪儿歇歇吧。或许凉凉,脑子会清楚些。我替他谢谢你们几个。"说完径直走进柜台。

灰溜溜地走出电信大厅上了车,谁也没有言语。虎子开着车,七拐八拐,拐到看守所前。虎子一脚刹车,跳下车说:"这是最后一次,要是他还是那个鸟样,我只当生命中没有这个战友。我受不了。"虎子异常激动,不停地骂着民子。

林子又找到焦所长,焦所长满脸怒火,他告诉林子,这是最后一次。林子笑笑,说:"领导很生气后果很严重啊。"焦所长说:"林子,也不是我不给你面子,是这样的事应该点到为止。"林子含胸表示歉意,赶忙走出办公室。

三个人又见到了民子,民子的光头失了光泽,胡须像个鸟窝,不变的只有那双空洞迷茫的眼睛。"民子,想清楚了吗?"虎子先开口,民子却没看他,像是什么也没听见,迷茫的眼睛仍陷在不明不白之中,如枯庙里的一座雕像。

叶飞和林子又善导了一番,民子却说:"你们回去吧!别再在我这儿浪费时间了,苍生自有阳光普照,万物自有雨露沐浴。人在做,天在看,公道自在人心。"

虎子再也耐不住了,他扔掉烟头,站起来说:"民子,这里面很好玩,是吧? 我看我们也用不着瞎折腾了,摊上你这个扶不起的阿斗战友,是我上辈子欠你的,这回我还清了。开你的天目,练你千眼,你继续做你的富豪梦吧!你能,我们都是傻子,我们几个到不了你的境界!"

虎子说完,气呼呼地推开椅子,摔门而出。

4. 老天开眼

室内静悄悄的,虎子走后,谁也不知说什么好,时间在沉闷中分分消失。叶飞觉得这么熬下去,不是个办法,想了想说:"民子,来之前,我们三个到你家去了一趟。说实在的,心里很不好受。我们都是身为人子的,父母生我们养我们为的是什么?还不是老有所靠吗?你赤条条地走了,几年没个音讯,老人会怎么想? 你回家看看老人成什么样子了。我们都快至而立之年了,还让父母为我们揪心吗? 我知道你这几年过得很苦很累。我知道走到今天这一步,

不是你的初衷,不是你的本意。传销对你,也许就像一棵盛开的罂粟,它可以暂时给你积累点财富,让你享受物质的美好,但它是建立在别人的痛苦之上的。"

"这几年,你不在沙洲,但他们几个都在,他们知道。我同样堕落过,迷醉过,但我走了出来。我始终坚信,欲望不是理想,阴霾的梅雨虽然绵绵不尽,总有停的时候,数九寒天纵然写满凄风冷雨,只是春天的前奏。我们都有过迷茫,都迷失了春天,但我们不能迷失四季,迷失整个生命。我们还年轻,我们应该带上被季风打湿的青春,擦亮我们的眼睛,去背负我们的苦累。我们都是男人,我们虽顶不了天,但我们得为亲人营造生命的空间,才不枉来世一趟。你姐告诉我们,你妈妈这几年想你,饭不思一口,睡觉没一晚踏实。你忍心吗?"

民子仍像个颓废和绝望的活标本。但叶飞感觉到了他的内心的松动。焦所长又来催促了,话语里有了明显的不耐烦。叶飞深情地看着民子,期待自己的长篇大论能使这个执迷的浪子回头。

民子看着哥儿几个为自己奔波,苦口婆心的劝导。他听叶飞讲起母亲,母亲慈祥的身影在脑中久久定格。出去了这几年,说不想家,那是假,只是人生的不如意太多。当个兵原以为回来有个好命,分个好工作,娶妻荫子,平平安安,踏踏实实地过一生也就够了。不想,分到了半死不活的铸造厂,一双翻砂的手越发没了握住青青玉手的机会。看着周围的同学,战友一个个都有较好的归宿,天之下只有自己,只有自己苦巴巴地混着。混就混吧,他也曾心死了,可埋头翻了大半年的砂,工资没拿着一分,却排进了待岗的队伍。厂子留下厂长和厂长的七姑八姨,最后竟然成了厂长的私有财产。他恨,他写了好多的举报信,但举报信犹如泥牛入海,无声无息。他不愿自己这样下去,但他不愿又有什么法儿。

他想用自己的装满《文物大全》的大脑袋去改变自己的生存,来个衣锦还乡,来个万贯缠身,以泄心头之恨。他到了西安,到了商洛,到了天下文物聚散的各个源头,却在一次次满怀希望的行动中重复了一个一个肥皂泡破灭的故事。人生对他已是一种毁灭,他的天空下是一片风中的沙漠,什么也看不见,什么也看不清。他茫然着,心头响起了恶狼的嗥叫,他嫉恨整个世界,嫉恨一切成功不太成功的活得平静像样的人,他不断颠覆自己,放任心中的恶狼却十分自卑地维持生存。

他无法忘了那趾高气扬的面孔,是这些脸绝了他轻生的念头。他要让自己在这些脸面前绽放,让这些脸在自己面前不再有趾高气扬的神色,是他人生的唯一的追求。就在他苦苦寻找生路时,他听一个同在建筑工地做工的工友说,老家的朋友打来电话,说在南宁开了一家公司,要他来做副总。他听了羡慕无比,就凑过去恳求也带他去吧。工友说我打电话问问,要是可以,就一同去南宁。

等到了南宁,他才知道自己进入了传销组织。以前他也听说过传销的危害,但经过讲师的几次洗脑,他和大多数人一样坚定了信念,开始了忠心耿耿的奋斗历程。由于他加入组织时间早,他成为了传销组织的骨干。这次来沙洲开疆扩土,就是坚信这一行能带来梦寐以求的财富。谁知刚刚建立起公司的构架,就被林子化装潜入一网打尽。

在最初的几天,他只怨自己命运不济。叶飞说得没错,这个世界早把欲望当做理想,把世故当做成熟,把麻木当做深沉,把怯懦当做稳健,把油滑当做智慧。这个世界是强者的舞台,是冒险家的乐园。

听着叶飞不厌其烦的劝说,哥儿们情意使他倍加温暖。他看着叶飞他们为自己的急切,想着家中老母的艰辛,听叶飞讲母亲的苍老,他动摇了,眼睛里流出了悔恨的泪。

鸡蛋黄一样的天呼啸着风的尖叫,雨点一般的沙石敲得脸生疼。叶飞回头看了看监狱紧闭的大门,哨楼上一名武警战士挎着枪挺立,狂风闪打着他的衣襟。

林子走上前,拍拍叶飞的肩。叶飞看他的眼睛也弥漫着无奈。林子说走吧。叶飞点点头。

虎子和他的车还停在路旁,他透过前窗玻璃,眼睛里也一团凄雾。

又一阵风呼啸着旋来,连在车内的虎子也不自觉闭上眼睛。侧身避风的叶飞在风喘息的当儿,揉揉满是沙的眼睛,他放下手,看见从路口走来一位小姐。小姐白色的风衣紧紧裹着,整个脸用一条褐色的丝巾围包得只剩眼珠。

叶飞也没在意,可就在身体和她并肩的刹那间,小姐抬头看了他一眼又

247

慌忙地低下头,高跟鞋敲响地面的声明显急促。叶飞下意识停住脚步,听见风中传来小姐和门卫对话的声音。

叶飞的心一阵紧缩,随即惊喜。转过身,目盯着小姐白色的身影消闪进监狱的大门里面。

林子走到车前,看叶飞还盯着监狱的门一动不动,以为他还在为民子的事不甘心,折回身来对叶飞说:"飞子,走吧。作为战友,对得起他了!"

叶飞却说:"天开眼了。"

林子不明白了,问:"天开什么眼了?"

"想不到他也有今天?!"叶飞说。

"说谁呢?"

"看见刚才进了监狱大门的那位小姐了吗?知道她是谁吗?她是胡红国的千金胡晓晓。"叶飞说。

"看把你乐的。我早知道胡红国进这儿了。我是想告诉你的,可这几天为民子的事,忘了。上车,我告诉你详情。"林子说。

上了车,林子说:"也是胡红国一家太不知天高地厚了。胡红国过五十大寿,他的一家大肆庆祝。第二天,有关胡红国的举报信雪片一样下到市纪委的办公桌上。一个星期后,胡红国被请到纪委。在他随身的小包中,搜出信用卡及现金不下六位数。"

虎子听了说:"钱啊,你这杀人不见血的刀!是恨是爱只在一念之中。还是自己的血汗最踏实,来得太容易就是包炸药,说不定什么时候就炸个身首不保。亲爱的党啊,我代表飞子谢谢您!"

叶飞看他摇头晃脑地感叹,不免也笑了笑。

5. 春天真好

叶飞突然变故,惹得郑老总大为光火。他一直等着,等着叶飞亲自来告诉他的理由。

叶飞拿着计划书,走进郑老总办公室。郑老板看见他站起来厉声问道:

"你为什么谈崩了？为什么半道不见踪影？手机也关了，电话也不接，这么重要的事你拿它当儿戏？"叶飞知道会有这一场，他笑着，把计划书放在板台上，没等郑老总再开口，就说："郑总，你老先别生气，怪我，怪我事先没向你汇报。之所以这样，主要有两点，其一，我总觉得这个方案套路太老，没有创意。其二，×歌星素质太低，要价却狠，花三百多万买他几句话，像是拿钱往水盆里扔，感觉很不值。"

"你们大西北的人啊，黄土还是埋得太厚，观念还跟不上。企业做广告，为的就是产生轰动的效应，×歌星素质高或低，不是你我评判的。我们只需要他头上名人的光环。做大企业，就需大的投资，如果连这点钱也舍不得投入。我们的企业怎么做大？我们还要开发许多新产品，假如刚开始就缩手缩脚，以后还谈什么发展？"

"郑总，"叶飞说，"你曲解了我的意思。我知道，造名是市场的需要，也是企业发展的一般规律，这一点我也赞同，我并非疼惜在造名上的投入，只是感觉要投得所值，做广告也并非只有请×歌星做代言人这一条路可走。这几天，我有了另一种想法，请你先看看我做的计划书，不知你是否赞同。"

"是吗？"郑老总抬头看了一眼叶飞，翻开叶飞的计划书。叶飞心里敲着小鼓，他在等待着。

"不错，不错。营造腾龙林，这创意新颖独特绝妙。"郑老总粗略翻了一遍，兴奋起来，叶飞也很高兴："这是公共关系的一种促销术，它在理论上是一种'软推销术'。它在促进产品销售的同时，也会把企业的产品形象、产品生产企业和经营企业的形象也推销出去，满足消费者的高层需求。可口可乐公司无偿赠送中国价值 140 万美元的生产线，娃哈哈集团向交警送水，统一企业赞助贫困大学生，还有许多企业修建希望小学，为老区修路，援助社会福利事业等等，都是运用公共关系促销。它是最有利于塑造企业和产品形象的手段，其实质是以公众利益为出发点，树立起自身的知名度和消费者的信任感。它最大的收益是能利用公共新闻媒介。"

"国家决定把经济建设的重点向西转移，本身就是个机遇，现在沙尘暴又把全国搞得沸沸扬扬，人人都在诅咒它的同时，都在渴望蓝天净土。在这个焦点时刻，我们建设腾龙林无疑是给大开发做先导。对上，我们把握了战

249

略意图,对下,我们迎合殷切希望,这也符合我们给产品命名的理论。我们腾龙牌系列产品带给消费者的是营养、护肤保健的需求,腾龙林带给山川是防风、固沙、营造绿色家园的渴望。我们应该把握住时代的脉搏,抓住机遇的切入点,做个双赢。只要权威人士和新闻媒介站出来评价腾龙林,我们腾龙牌系列产品会频频闪现在公共媒体上。我们的腾龙饮品将和大开发工程相连,腾龙林将会让很多人赞美,企业随之会有良好的形象。良好的企业形象是潜在的市场占有率,就是明天的销售额。当然,这一切还需过硬的产品质量和市场信誉为依托。"

叶飞的话音刚落,门口传来一阵掌声,叶飞看是策划公司的丰经理,有点不好意思。丰经理本来揣着满腹牢骚,来跟郑老总辞行的。站在门口,听叶飞一席话,他很是惊喜,牢骚全无。"我怀疑自己是不是走进了大学的课堂。"丰经理拍拍叶飞的肩问道。"哪儿的话,在你面前操起班斧,让你见笑了。"叶飞说。

"不是,不是。跟我合作这么多日子,今天我才发现你的价值。跟我上省城吧!那儿地大,机会也多,我给双倍的薪水。"

"好啊,丰经理,我请你是帮我的,你却挖起我的墙脚。"郑老总坐不住了。

"哪里,哪里,开玩笑,你就当真了。不过,我还真看上了这个小子。努力吧,让我们共同为这个目标努力。"

三个人落座,对叶飞的计划书开始做决策性的定论。阳光透过宽大的玻璃洒进来,迎春花舒展了久封的躯枝,一股股暖暖的东西,从心脏的地方向全身弥漫着,它幸福地张开黄黄的眼睛,微启的嘴唇轻轻翕动,像是在说:"春天真好!……"